## 通篇金枝玉叶
## 满卷五彩缤纷

  谨将我国第一部散文体诗词"小说",献给有志于承传中华文明,积淀高雅素养,口秀笔隽华章的杰士、学子们!

江山如此多嬌

少轩 编著

中华诗歌

上卷

诗词里江山

中国书籍出版社
China Book Press

■ 清·任预《仿赵大年水村图》

## 著名诗人墨迹

■ 宋·秦观

■ 唐·李白

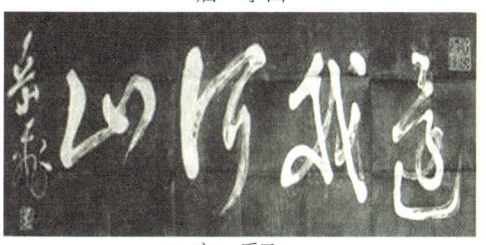

■ 宋·岳飞

■ 宋·黄庭坚

■ 清·康有为

■ 清·林则徐

■ 唐·杜牧

# 著名诗人墨迹

■ 宋·苏轼

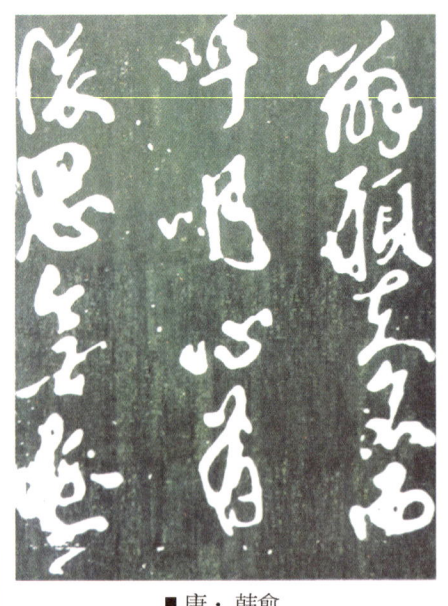

■ 唐·韩愈

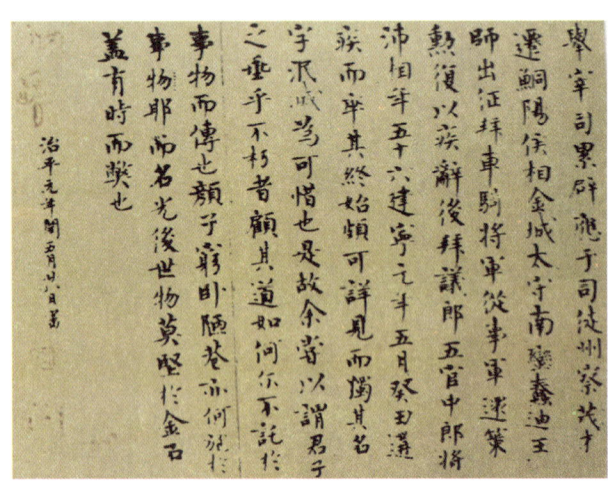

■ 宋·欧阳修

■ 三国（魏）·曹操

■ 宋·文天祥

■ 毛泽东

# 诗意的滋养

王改正

我的案头上放着邱少宣先生的书稿《中华诗彩》，一部分类述说中国历代约九百首古诗词妙句与锦段的新著。应少宣先生之邀，嘱我为书作序。2012年国庆中秋七天假期，我没有出门，静静地窝在家里，把这部书稿读了两遍。我热爱中华诗词，读过许多有关中华诗词阅读和欣赏的书，但都不同于这部书。少宣先生在不太长的篇幅里把诸多优美诗词的精彩妙句囊入其中，按其咏景咏事咏物详加分类，涉猎自然景观、社会人文、处世哲理，且把这美的享受与自己的人生感悟凝在一起，变成一种精神追求，以一种类似小说实为散文的独特文学方式播传中华文化精粹，篇幅不长，容量不小，实属鲜见。少宣先生著作颇丰，精专于经济，知晓企业管理，对世界经济和国家宏观经济运行见解深刻。他喜爱诗文，诗词作品也不少。看到这本诗词欣赏的著作，说明少宣先生不仅理论思维缜密，形象思维也非常丰美，艺术灵感同样敏锐。

读完书稿，我的思绪穿越民族历史的隧道，我的眼光，投向中华文化的海洋。我们这样一个诗的国度，五千年文化一脉相承，从未中断。每一个以汉语言为母语的人，都是在诗的土壤里生长，在汉语言羊水中浸泡孕育成人的。而诗词歌赋，则是这一泓羊水中最丰富而鲜美的营养，浸润到每个人的精神血脉中。诗是文学中的文学，皇冠上的明珠。诗意具有遗传基因一般的穿透力，隐居在每个人的心灵深处。写诗的人是善于拨动心弦的人。读诗的人，是让诗意的情人亲吻自己心灵的人。毫不夸张地说，我们中国人的灵魂和肉体上，深深印有我们民族所特有的诗词艺术的胎记。哪怕是不识字，他也一定知道"床前明月光，疑是地上霜"，知道"锄禾日当午，汗滴禾下土"。即使是在市场经济高度发达，物质享受成为人们首要追求的当下社会，幼儿园的老师们仍然把古典诗词作为重要的幼教内容，挺着胎腹的准妈妈们，也会轻轻拍着腹中的婴儿，背诵着唐诗。诗歌成为中国人、使用汉语的人们生活中不可或缺的美育食粮。不管是喜怒哀乐，还是悲欢离合，不管是在春华秋月里，还是在田园山水中，我们都会享受到诗情的美丽，诗意的滋养。

　　诗教伴随了中华民族的发展史。今年是孔子诞辰2564周年。孔子是最早倡导诗教的圣贤，他曾告诫人们"不学诗，无以言"。可见，孔老夫子是把学诗作为人们启蒙求知的基础来对待的。正如马凯同志最近所说："中华诗词是中华优秀传统文化宝库中的瑰宝，世世代代，多少人是吟诵着中华诗词认识汉字的，多少人是欣赏着中华诗词感悟中华文化的，多少人是吸吮着中华诗词的乳汁成长的。我们为我们的民族有那么多光彩的诗篇和杰出的诗人而感到骄傲和自豪!"阅读诗词,欣赏诗词,是塑造美好人生、培养健康人格的一种最有效的方法。

2007年1月9日《人民日报》第11版右上角有一幅李明先生画的漫画。画中的人物指着念唐宋诗词的老人说:"唐诗宋词就是当时的流行歌曲。直到今天他们的'粉丝'还不少!"在这张漫画下有一篇著名文化学者易中天教授的文章。他说,传统是什么?传统不是从天上掉下来的,也不是从地里长出来的。它是我们先民几千年来一个一个的"当下"、当时的"现在"积淀而成的。现代是什么?现代就是过去之发展。从这层意义上说,今天很多传统都是由当时的新锐奠基的。比如,唐诗宋词好比是当时的流行歌曲。柳永的词,有井水处就有人唱;白居易写的诗他要拿去念给老太太听,老太太能听懂,他才能拿出去发表。他们都是那个时代的新锐,其作品历经千古滤沥,如今已积淀成优秀传统文化的结晶。少宣先生的这部诗词欣赏,让我们沉浸在优美的诗词意境中,畅游在传统的河流里,心灵在先人们创造的图画中陶冶。

如果按照孟子关于欣赏诗词的方法,这个诗词选本不是完美的。孟子说:"诵其诗,读其书,不知其人,可乎。"(《孟子·万章下》)按这种读诗的方法,你读了一首诗,你就要了解这首诗词的作者,知道作品的时代背景,知道与作品相关的人和事。固然追根溯源、详知底里,是求知者通篇理解、准确把握、吸取精髓,以深化认知的通常方法。然而在现代科技文化迅猛发展、生活节奏快、竞争激烈的时代，谁不人生苦短，恨就"岁华过目疾飞鸟，壮士如何不着鞭"，对不属自己专业的知识，包括卷帙浩繁的我国古代诗词，渴求有"提其要""钩其玄"浓缩千古的书籍，似入万花采锦，点啜滋养，不求甚解，却能一叶知秋，以丰富自己的精神世界。正如泰戈尔所言的"天上未留痕迹，而鸟儿已飞过"的那种感觉。少宣先生的这本书正是适应了这个需要。作者把那些诗词所反映的人生万象、世事沉浮、造化沧桑、山川景物、春花秋月，变成感悟，融进情感，陶冶心灵。你在阅读中，也潜移默化地美育着你的人生。这是一本大众化、普及性的诗词欣赏读物，你和作者一起沉浸在诗词的氛围里。如果你和少宣先生一起享受这诗词的感悟时，觉得还不满足，你还可以翻看本书后边收录的诗词原文，可以此为线索更广泛地了解这些诗词的背景知识。

最后，恕我直言，每一位使用汉语言的人，你可能读过许多诗词欣赏的佳书，但是少宣先生的这一本，是独特的。即使你不是诗人，也能享受到诗意的阅读，追求诗意的生活，不知不觉中传承和延续着中华及人类优秀文明的根脉。《中华诗彩》是部值得放在案头、枕边或旅行袋里，以备闲来吟玩品赏的佳作。

2013年3月18日于北京白塔寺听诗斋

（序文作者为中华诗词学会秘书长）

# 修订版阅览必读（凡例）

《中华诗彩》修订版在2013年版的基础上作了重要修改，一是增加了近百首诗词，使该书串述或点评了我国历代近一千首精美诗词的佳句或妙段。二是对一些文字性错误，作者生平年代差错以及收录作者诗品原文发生的缺、漏进行了修改。三是在上卷的附录中增加了"诗词格律简述字表"，以便读者对本著中格律诗词的理解和阅读。

为使读者看到所选诗词的原文，在正文之后的附录"正文选句与原诗词对照序列"将其原文收集，并对上下卷的正文所选诗词及其典句、段落做了统一编号，与附录中的原文序号一一对应。为便于读者查询，特作说明如下：

一、正文中的诗词选句与附录中的诗词原文，如何对照查找？

① 凡在正文中出现的诗词及其句、段，按其先后，在其尾句后编排了序号。据此序号可在附录"正文选句与原诗词对照序列"中查到该诗词的原文。如，正文出现**"春色满园关不住，一枝红杏出墙来。**(16)"在该句尾见到"（16）"的序号，可在本卷附录"正文选句与原诗词对照序列"中查到此诗的原文。

② 如正文中出现的诗词为完整作品，则在附录中只显示该诗词的标题和它的序号，用"（同，略）"表示。有个别

诗词没能查到全文，在附录中用"暂缺"注明。

③ 有些诗词所选的典句等在正文中多次出现，一般依首先出现的序号为是，后面出现的，用"（同xx）"表示。

④ 本版修改已定稿后又补充了一些诗词，为不打乱已编序号，故将后补充插入的22首诗词以"*"为标示，按内容插入正文。这样又使正文凡是插入这些诗词的地方，出现序号不连接情况，特提请读者在阅读正文时，注意有"*"标示的序号。后补充的22个序号是：（*911）（*912）（*913）（*914）（*915）（*916）（*917）（*918）（*919）（*920）（*921）（*922）（*923）（*924）（*925）（*926）（*927）（*928）（*929）（*930）（*931）（*932）。

## 二、如何按作者查找作品？

本著收录我国历代351位著名诗人的诗词。为了便于读者查找，在上卷目录中设有附录二"上下卷所选诗词按人物索引"。可根据其人物索引提示的页码，在上卷附录二中查到本书收录该作者的作品标题。作品标题均标注了统一的序号，按此序号可在上卷或下卷的附录一中查到该作品的原文。也可据此序号在正文中溯到所选的该诗词典句等的解释和评介。还需要说明一点，个别诗词或对联，出处或原本没有标题，为方便查找，由本著作者据意标定名称。

# 上下卷总目录

## 上卷　诗词里江山

序

第一回　春夏秋冬四季歌

第二回　日月星云晨光曲

第三回　万里江海恋山川

第四回　一城一村风景殊

第五回　鸟飞鱼翔兽禽走

第六回　琼枝劲草斗芳菲

附录一　上卷正文选句与原诗词对照序列

附录二　上、下卷所选诗词按人物索引

附录三　诗词格律简述字表

## 下卷　诗词里人间

序

第七回　新陈代谢万古流

第八回　人间城府深似海

第九回　人生逢世百面生

第十回　　　治国励志寻正道
第十一回　　修身炼就成英才
第十二回　　豪杰忠国爱民族
第十三回　　识人辨才结挚友
第十四回　　机遇人生时光短
第十五回　　世间烟火多伤情
第十六回　　情恋萦绕伴终生
第十七回　　身逐岁月多姿状
第十八回　　书画乐艺献绝技

**附录　下卷正文选句与原诗词对照序列**

**《中华诗彩》参考文献**

**新版后记**

# 细分目录

## （上卷）诗词里江山

序 …………………………………………（001）

**第一回　春夏秋冬四季歌**

寒不愿去春疾来 …………………………（005）

**春**江水暖鸭先知 …………………………（006）

万紫千红总是春 …………………………（009）

绿树成荫子满枝 …………………………（011）

杜鹃一声报春晓 …………………………（013）

春风雷雨映彩虹 …………………………（014）

布谷声中**夏**令新 …………………………（018）

酷日蒸腾云雨奇 …………………………（021）

**秋**叶红于二月花 …………………………（023）

稻香迎来霜满天 …………………………（026）

风雪万里凝严**冬** …………………………（027）

**第二回　日月星云晨光曲**

**日**出江花红胜火 …………………………（030）

大漠长河**落日**圆 …………………………（031）

卧听银潢泻**月**声 …………………………（033）

华**星**闪烁出云间 …………………………（039）

**第三回　万里江海恋山川**

遥望**神州**九点烟 …………………………（042）

黄河之水天上来 …………………………………（044）
瀑落涛飞江上台 …………………………………（047）
孤帆一片日边来 …………………………………（049）
寂静深山流水急 …………………………………（051）

### 第四回　一城一村风景殊

灯火万家城四畔 …………………………………（054）
佳节一夜鱼龙舞 …………………………………（057）
桐江漠漠波似染 …………………………………（060）
稻花香满旧田间 …………………………………（063）
单于猎火照狼山 …………………………………（066）
万里疆塞边城关 …………………………………（069）
千章秀木苑亭阁 …………………………………（071）
鹰呼腰箭猎归晚 …………………………………（076）
涟漪影动摇潇湘 …………………………………（077）

### 第五回　鸟飞鱼翔兽禽走

弄风骄马跑空立 …………………………………（080）
浩空鸟飞千点白 …………………………………（081）
鸳鸯荡起双双翅 …………………………………（082）
杜鹃啼破江南月 …………………………………（083）
黄鹂啾啾鸣翠柳 …………………………………（084）
衔泥燕子迎风絮 …………………………………（085）
趁兔苍鹰掠地飞 …………………………………（087）
片片轻鸥下急湍 …………………………………（088）
晓鸦盘旋暮鸦鸣 …………………………………（090）
澄湖蟹香鱼正肥 …………………………………（092）
春风吹蚕细如蚁 …………………………………（094）

蜻蜓戏蝶时时舞 …………………………………（095）

鸣蝉红萤绿螳螂 …………………………………（096）

## 第六回　琼枝劲草斗芳菲

春风杨柳万千条 …………………………………（099）

报春梅花迎飞雪 …………………………………（102）

梅花已谢杏花新 …………………………………（104）

桃花嫣然笑梨花 …………………………………（107）

唯有牡丹真国色 …………………………………（110）

映日荷花别样红 …………………………………（112）

海棠不惜胭脂色 …………………………………（113）

残菊犹有傲霜枝 …………………………………（115）

芍药争美桂花香 …………………………………（118）

挺拔松柏翠筱竹 …………………………………（121）

稻麦豆黍清香茶 …………………………………（124）

物各有性诗言志 …………………………………（127）

## 附录一：上卷正文选句与原诗词对照序列 …（131）

（查找正文中所选诗词的全文，可按正文里所选诗词的编号，到附录中查找）

## 附录二：上、下卷所选诗词按人物索引 ……（170）

### ● 本著多次出现的作者及诗篇 ………………（170）

| 李白 | 杜甫 | 白居易 | 苏轼 | 辛弃疾 | 陆游 | 柳永 |
| 王安石 | 刘禹锡 | 杜牧 | 欧阳修 | 李商隐 | 李清照 | 张先 |
| 岑参 | 王维 | 柳宗元 | 李贺 | 李煜 | 晏殊 | 晏几道 |
| 韩愈 | 张孝祥 | 杨万里 | 黄庭坚 | 温庭筠 | 袁枚 | 孟浩然 |
| 孟郊 | 屈原 | 毛泽东 | 秦观 | 高适 | 范成大 | 曹操 |
| 曹植 | 张籍 | 罗隐 | 元稹 | 于谦 | 贺铸 | 朱熹 |

李咸用　萨都剌　元好问　曹雪芹　戴复古　鲁　迅

● 出现2~3次的作者及诗篇 ················（175）

郑板桥　郑谷　郑思肖　张耒　张九龄　张谓　徐渭
徐凝　许浑　曹丕　吴承恩　吴伟业　李顾　李坤
杜荀鹤　杜耒　唐伯虎　唐婉　唐彦谦　戴叔伦　贺知章
文天祥　龚自珍　骆宾王　陆龟蒙　李攀龙　贾至　姚合
蒋捷　韩偓　庾信　皮日休　洪昇　顾炎武　姜夔
鱼玄机　胡令能　秋瑾　朱淑真　汤显祖　齐已　林则徐
王冕　查慎行　赵翼　黄庚　宋之问　司马光　张问陶
李峤　李山甫　刘敛　曹毗　曹松　韦庄　高启
真山民　谢逸　郑遨　戎昱　岳飞　朱庆余　陶渊明
苏辙　邵雍

● 出现一次的作者及诗篇（按姓氏归类排列）······（177）

张　张昪　张继　张元　张若虚　张泌　张祜　张正见
　　张松龄　张震　张志和　张舜民　张咏　张为　张以宁
　　张说　张元干　张英　张氏

王　王驾　王粲　王寀　王士禛　王守仁　王之涣　王令
　　王献之　王国维　王曙　王观　王勃　王建　王僧孺
　　王昌龄

汪　汪琬　汪藻

赵　赵汸　赵师秀　赵希淦　赵煆　赵与湉　赵秉文　赵善伦
　　赵师侠

李　李师广　李东阳　李世民　李弥逊　李华　李元膺　李益
　　李之仪　李梦阳

刘　刘方平　刘光第　刘子翚　刘伯温　刘克庄　刘日湘　刘长卿
　　刘希夷　刘铄　刘邦　刘兼

徐　徐玑　徐绩　徐夤　徐琰　徐锡麟　徐庭筠　徐小松

| | |
|---|---|
| 宋 | 宋祁　宋雍　宋无　宋琬　宋濂 |
| 杨 | 杨巨源　杨载　杨收　杨广　杨庆琛　杨巽斋　杨慎　杨维桢 |
| 曹 | 曹冠　曹翰 |
| 陈 | 陈玉树　陈师道　陈曾寿　陈亮　陈与义　陈白崖　陈子昂　陈陶 |
| 吴 | 吴文英　吴本善　吴潜　吴履垒 |
| 黄 | 黄大受　黄裳　黄巢　黄升　黄氏女　黄体元 |
| 朱 | 朱超　朱草衣　朱元璋 |
| 沈 | 沈佺期　沈偕　沈约　沈周　沈德潜　沈彬 |
| 卢 | 卢梅坡　卢照邻　卢仝 |
| 史 | 史青　史达祖 |
| 范 | 范仲淹　范椁 |
| 韩 | 韩翃　韩溉　韩琦 |
| 孔 | 孔武仲　孔平仲 |
| 崔 | 崔致远　崔知贤　崔颢　崔护　崔珏 |
| 侯 | 侯夫人　侯克中 |
| 程 | 程颢　程之鵕 |
| 虞 | 虞世南　虞俦 |
| 江 | 江淹　江洪　江总 |
| 司 | 司马光　司空曙　司空图 |
| 苏 | 苏颋　苏麟 |
| 叶 | 叶绍翁　叶梦得 |
| 鲍 | 鲍溶　鲍照 |
| 贾 | 贾弇　贾至　贾岛 |
| 高 | 高骈　高翥　高蟾 |
| 倪 | 倪瑞璇　倪瓒 |

| | | | |
|---|---|---|---|
| 胡 | 胡太后 | 胡君防 | 胡皓 |
| 何 | 何基 | 何逊 | |
| 陆 | 陆机 | 陆凯 | |
| 曾 | 曾巩 | 曾纡 | |
| 裘 | 裘衍 | 裘万顷 | |
| 吕 | 吕履恒 | 吕之声 | |

**其它**

| | | | | | | | |
|---|---|---|---|---|---|---|---|
| 令狐楚 | 董解元 | 俞琰 | 牟融 | 雷震 | 萧贡 | 揭傒斯 | 丁鹤年 |
| 晁冲之 | 党怀英 | 施闰章 | 孙谔 | 魏夫人 | 舒亶 | 顾况 | 韦应物 |
| 申时行 | 袁裒 | 章孝标 | 和凝 | 利登 | 梅尧臣 | 方岳 | 道潜 |
| 乐雷发 | 林逋 | 法具 | 许廷荣 | 庾传素 | 廖凝 | 马熙 | 秦韬玉 |
| 耿湋 | 谭嗣同 | 陶翰 | 颜真卿 | 章碣 | 宗泽 | 夏完淳 | 彭定求 |
| 寒山 | 戚继光 | 贯休 | 劳之辩 | 祖咏 | 贺兰进明 | 薛能 | 冯梦龙 |
| 释德清 | 蒋士铨 | 珠帘绣 | 杜秋娘 | 向滈 | 金岳霖 | 朝施槊 | 殷文圭 |
| 潘良贵 | 储光羲 | 周密 | 奉蚌 | 翁照 | 褚载 | 邵谒 | |

无名氏（5人）

## 附录三：诗词格律简述字表……………………（181）

# 序

三国时代的著名诗人、文学家曹植，对变幻无穷的大自然有句精彩绝伦的描述："**天地无穷极，阴阳转相因。**"其意谓，天地万物的变化无穷无尽，而变化是其内部客观存在的两种作用相反的力量或因素，相互作用，此消彼长，互为因果的促动而成。此诗句，既能体现我国历史名人的睿智和风范，也能让人感悟到中国传统文化的悠久、博大、精深而富有哲理。

地球上的大自然真是神奇！春夏秋冬不断轮回，白天黑夜循环往复。东升西落的太阳，温暖着大地。不歇的河流，滋润着万物，又被风霜雨雪催生肃杀再生。无边云绕的苍穹，电闪雷鸣，倾盆雨后彩虹映现，又是一汪碧蓝的晴空。在这摇曳多姿缤纷的世界里，小小禾苗，长成参天大树，娇嫩的花儿竟结出满枝满藤的硕果。这一切，连同河里游的，地上跑的，天上飞的，都与人类的繁衍息息相关，连袂共存。

可爱的地球，我们赖以生存的家园！美丽的大自然为人类提供了适宜的阳光、空气、水分和一切生命存活的资源与环境。茫茫宇宙，穷尽千百年科学探索，穿越数百光年太空，到目前的发现还只有我们这个星球适合人类及其他生命的存在。地球之于人

类，是伟大的母亲，它的重要与珍贵无与伦比，同我们的生命一样，要十分地关爱它。

因之，人们歌颂大自然，保护大自然，是人类珍视生命，追求美好生活的夙愿。在一个国度，人们歌颂大自然，可堪称是热爱自己祖国的一个重要体现。

中国人热爱大自然古来有之，甭说浩如烟海的丽章美文，仅就中华文明的两大瑰宝——唐诗宋词，洋洋洒洒，留存下来的也有六七万首，而其大部分，都是描写自然风情。大自然，赤橙黄绿青蓝紫，呈万般变化，丰富着人们的物质生活。而诗人们又通过生花妙笔，再现大自然的纯美，丰富着人们的精神生活，以获得尽善尽美的艺术享受。金代诗人赵沨的诗《黄山道中》有句：

**"好景落谁诗句里，蹇驴驮我画图间。(1)"** 是说，一处好景被写进诗篇里，对于读者就好像是骑着毛驴慢慢地欣赏风景那般逍遥、舒美。诗词之所以有这样大的魅力，在于它是人类心灵触摸大自然和社会碰撞出的智慧火花，用精美语言酿制的结晶，其中的名篇则是民族优秀传统文化里永存的瑰宝。

我国古代诗词大体可分为古体诗、近体诗和词三个大类。古体诗也称作古诗或古风。近体诗又称格律诗。格律诗因对一首诗的句数、每句的字数、字音的平仄、押韵等等有严格的限制，所以称之为格律诗。相反，凡不受格律限制的诗，都称为古诗或古风。

格律诗按句数区分，每首为四句的，称为绝句，或称律绝；每首为八句的，称为律诗；每首为十句以上的，称为长律，或称排律。

格律诗的每句字数是确定的，一般是每句五个字或七个字。绝句是五字的，称为五言绝句，简称五绝；是七字的，称为七言绝句，简称七绝。律诗是五字的，称为五言律诗，简称五律；是七字的，称为七言律诗，简称七律。长律有五字句和七字句，称为五言排律或七言排律。

到了隋唐时代，逐渐形成了一种多样的定格式的新音乐，对这种音乐配上的歌词称为"词"。音乐有节奏和音的高低轻重，而词的字音有平仄、轻重，以及词中句子的多少和长短，会形成不同的声调和节拍。大概是基于曲与词的这种联系，定格式的音乐从字音的选择上形成了定格式的词，也就形成了词牌和词谱。词产生于盛唐而盛于宋，因那时的诗主要是律诗，词深受其影响，使古人的词中律句特别多，词由此被称为诗馀。所以，凡写词或填词，了解和掌握格律诗的一些规则是必要的。

古代的格式化的乐谱虽已失散，但格律化的词谱和精美的词牌，作为我国一种特有的优秀传统文化却流传了下来。现在的人们虽然不会唱当时的歌，却可依照着这些词牌和词谱，来欣赏和创作美妙的词。

中华历史悠久，文化积淀深厚，现代社会发展迅速，光阴飞逝如箭，一个人不可能也没必要阅尽人间留存的诗篇，而本著尝试用小说的结构，散文的语言，在万花丛中摘得最优美的部分，组成靓丽的风景线，供人欣赏。若是有心者去仔细品味书中所摘录的每一首诗词，便能获得美不胜收的艺术滋养。

诗人们是怎样描写大自然的呢？我们先从春夏秋冬四季说起。

## 第一回
## 春夏秋冬四季歌

历史悠久而勤劳睿智的中华民族，早在远古就依着太阳月亮对大地气候影响的周期性变化而进行耕作。这样的周期称之为年或农历年，每年分为春夏秋冬四季，每季时段三个月，其中的各月分别称为孟、仲、季或暮。如春季第一个月称作孟春，第二个月称作仲春，第三个月称作季春或暮春。其它各季类推。先人们对一年四季还逐步总结出要历经二十四个节气，有首音律优美的诗歌是这样述唱：**"春雨惊春清谷天，夏满芒夏暑相连，秋处露秋寒霜降，冬雪雪冬小大寒。"** 该诗用二十八个字写全了二十四个节气，且按节气的顺序，又使其音律流畅爽口，实属绝笔，尽显诗歌凝结的艺术魅力。我在《寒尽春来子满枝》诗文集里，也有首赞美四季的诗："天公造化意离奇，更暖泼寒劲炼枝。春夏秋着红绿黄，冬来脱尽百重衣。"一

■ 宋　马远《梅石溪凫图》

年四季，由春开始，冬了结束。而就春天来说，初来时，与冬交融，冬寒逐渐退去，温春缓步走来。

**❀ 寒不愿去春疾来**　冬春转换的时节，冰雪消融、腊梅初放、春吹柳青、始暖还寒，高明的诗人往往会抓住这些最具表征的现象，极尽描写。

唐朝大诗人李白的《宫中行乐词》这首五言律诗中有句："**寒雪梅中尽，春风柳上归。**(2)"作者着眼于这个时节，雪尽梅开、风催柳发这类现象的关联变化，采用律诗精彩的对仗技法，以"寒雪"正对"春风"，"梅中"婉对"柳上"，雪"尽"妙合春"归"，对冬去春来两个季节的转换，写得贴切而自然。儿时曾是神童，十四岁被赐为进士的北宋著名词人晏殊的《蝶恋花》词也写道："**腊后花期知渐近，寒梅已作东风信。**(3)"腊月指农历十二月，此时处于冬末的大小寒，最为寒冷，也称隆冬腊月。植物最易感知节气的变化，而梅最有灵气，它在寒风飞雪中绽放，最先告知世人，冬将去，春即来。腊后的时节，在中国的北方，雪中带雨是温春与冬寒相搏的迹象，而柳梢发青是继梅花之后早先迎春的信使。唐中期诗人姚合在一首七言律诗中云："**残云带雨轻飘雪，嫩柳含烟小绽金。**(4)"其前句表达了此时雨雪交融的环境，尤其是后句对春柳吐芽形如"小绽金"的描写，很是新亮生动。

以五步诗成名的唐朝诗人史青，应唐玄宗之诏作五步诗《应诏赋得除夜》，也有一句巧对："**寒随一夜去，春逐五更来。**(5)"此句与前述用梅和柳表达春来的方式不同。而用"寒随"对"春逐"，"一夜"对"五更"，以断然的语调直白除夕之夜，寒冬如败将，落荒而逃，当夜离去，春天似追兵，势如洪潮，拂晓已来到，其"逐"字尤能表达出春去冬来这个趋势，春天是来了。

### ❀ 春江水暖鸭先知

大地上的植物经过一冬的养精蓄锐，到了春天，太阳回暖，随着气温的上升，雨水的增多，内生机制活化，植物体内的能量开始释放。所以，到了春天，万物萌动，植物生根、发芽、开花，孕育着新的生命，到处呈现出一番生机勃发的靓丽景象。

春来的第一个月是早春，又称为孟春。在我国古代，将孟春的第一天即正月初一作为一年的开始，称作元日即为现在的春节。唐代诗人杨巨源在元日写过这样优美的诗句：**"一片彩霞迎曙日，万条红烛动春天。**《元日呈李逢吉舍人》(6)"春天来临，天象是有变化的，朝霞也显得和暖、鲜亮而有生气，东方晨曦漫布的条条彩霞像点燃的红烛启开了春天。杨巨源的这句诗，不仅对仗妥帖，在意境上也美妙地表达出气象变幻春来到的时令氛围。从写作特点上看，前后句写的是同一景物"彩霞"，前句是直描，后句是用比喻手法作进一步描述，使其生动地表达了春来临这一主题。

天象的变化温润了大地，空气中弥漫着浓重的湿味，地上的万物应合着发生了变化，什么变化呢？北宋文学家张耒在《早春》上讲：**"残雪暗随冰笋滴，新春偷向柳梢归。**(7)"诗中用"残雪"巧对"新春"，"冰笋"契合"柳梢"，恰切地写出早春的环境特征。又用"暗随"与"偷向"两词，对暖春悄悄袭来时，残雪融化向柳梢泛青这一活妙通达现象的转换，表达得尤为传神。张耒的这个对句的写法，与前述杨巨源的那个对句是不同的。其前句说的是雪，后句却拓开一步，说的是春，前后句的景物虽不同，但旨意相同。

早春虽是万木欲兴，而诗人却用敏锐的眼光，善于捕捉其中最有标识的信物变化来描述春的到来。元朝进士杨载是用此时的鸟叫来表明已临的早春。他的《到京师》有句：**"柳梢听得黄鹂语，此是春来第一声。**[8]"黄鹂柳上鸣，正是春来时候，说它是万物生灵报春的第一声，语出新奇，十分响亮。杨载的这个对句的写法，与上述张耒的对句又有不同，但与前述杨巨源的对句写法相近，前后句都是描述同一景物。不同的是，杨载对句的后句是作者对景物的感悟或体会，而杨巨源对句的后句，述说的还是此景物。

从上述诗中描写早春的几个精彩对句可以看到，诗的出句与对句从描写手法上看，有许多变化。在我们欣赏一首诗时，有意注意这些变化，对学习和了解诗的内涵及作者创作特点极有益处。

诗词巨擘、宋代的苏轼即苏东坡的七绝名篇《题惠崇春江晚景》，虽是一首题画诗，作者依画而作，通过对鸭子在春江戏水的活泼以及周围环境新鲜事物萌发的描述，生动再现了早春一幕。写法上，通过出句、对句和邻句对景物的转换，一句一景，转述无痕，令人难忘。诗曰：**"竹外桃花三两枝，春江水暖鸭先知。**[9]"其描写先由岸上到江里，叙述桃树花开禽鸟戏水，随着视野的移动，从广阔的田野又回到江岸进一步述说：**"蒌蒿满地芦芽短，正是河豚欲上时。"**此时正是夕阳西下，苍翠的竹林边，已有几枝鲜丽欲滴的桃花初开。碧蓝的春江里，群鸭戏逐，田野里的野菜和岸边的芦芽茁茁萌发，这个时候，可以看到河里肥硕的河豚窜腾着到岸边产卵。寥寥数语便描绘出一幅鲜活而生机勃勃的江南早春晚景，切时切景，春味特浓。宋代翰林学士宋祁的词《玉楼春》也写得美妙：**"绿杨烟外晓寒轻，红杏枝头春意闹。**(10)"对蜂乱杏花这一特景，用一个"闹"字着意渲染，使人切身地感受到乍暖还寒柳烟初萌的早春，嗡嗡叫的蜜蜂于杏花中采蜜的生动景象。著名文学家唐代的韩愈别出心裁，他在《春雪》诗中说：**"白雪却嫌春色晚，故穿庭树作飞花。**(11)"用拟人的手法描写初春的雪花，其轻扬飞舞的姿态，欲飞又留，似有意缓步企盼春天的来临而不愿离去。

　　春来时，远在天际的边疆更有一番纯美的自然气息。唐代进士、著名边塞诗人张籍的绝句《凉州词》中有句：**"边城暮雨雁飞低，芦笋初生渐欲齐。**(12)"描绘的边塞小城的早春景象，春气十分浓郁而别致。此地的傍晚，下着零星小雨，一群群觅食归来的大雁低飞落巢，水中芦笋生长得"贼"快，好像能听到拔节的声响。用大"雁飞低"，芦"笋初生"，一下一上，凸显了大自然的无尽活力。唐中期诗人令狐楚的《游春词》中有句：**"高楼晓见一花开，便觉春光四面来。**(13)"此句妙在，用一枝独秀的特景点化，使人骤然感触到此时的四周春天已来的那种醒脑明目而耐人寻味的气息。这种气息使万物在这个节点所表现出的韵味与其他时节就是不同。

　　唐代负有盛名的现实主义诗人白居易在《忆江南》中的那句**"日出江花红胜火，春来江水绿如蓝**(14)"为历代文人赞绝，其中的比喻绝妙地表达了此时的太阳与江水特别新活的特征，尤以"江花"一词简括极美，增加了诗的实感、动感和美感。远处

"日出江花红胜火",眼下"春来江水绿如蓝",一幅充满活力的春天画面跃入人们的眼帘。宋代著名诗人王安石的不朽诗篇《泊船瓜洲》中也有一句绝唱:**"春风又绿江南岸,明月何时照我还。**(15)"众口交赞此句中的这个"绿"字用得极有灵气,其字一出,满篇即活,春势如潮,迅疾点燃出初春时节春满江山的丽景。早春的进一步发展就到了春的第二个月,仲春。

### 🌸 万紫千红总是春

仲春是什么样子呢?南宋诗人叶绍翁在其绝句《游园不值》里有描写仲春的美句:**"春色满园关不住,一枝红杏出墙来。**(16)"你在高墙外看到一枝伸出墙头而洋溢着春美的杏花,怎能感悟不到园内已是满园春色,预示春满大地的来临。语中的"关不住"尤显仲春时节春势的迅猛,"出墙来"更显出春的生机勃发。此为众口交赞的好诗句,其用词不显艰深,却表达出如此美妙而真切的意境,全在于诗人对生活的深入和热爱而得到灵感,触摸到了景物的魂,并将它转化为诗言的功夫。

描写仲春之美,南宋进士、著名思想家朱熹的诗《春日》最有代表性,诗曰:**"胜日寻芳泗水滨,无边光景一时新。等闲识得东风面,万紫千红总是春。**(17)"此诗妙用"起承转合"的技法,对一处环境的描绘,鲜活靓丽,令人兴奋。看到如此清丽春景,作者若有所思,追寻着春的真谛。春的表面是万紫千红,而其内在有一种活力,其活力是因春时温暖的东风引发了活力,迎来了这万紫千红的春天。作者既从哲理上诠释了春的新意,又用新词"万紫千红",把春到仲春时的姿容完全展开了,其对盛春的概括,荣华而丰满,辞丽亦新颖,已积淀为中华常用的优美文词。仲春是春天最美的时候,对此,历代文人名流无不研墨弄笔显露身手，其作诗赋，堪与仲春媲美。南宋进士、杰出诗人杨万里的《小池》描写的一个特景："**小荷才露尖尖角，早有蜻蜓立上头**[18]"，其中用"露"字很能显出春的勃发生机；唐朝刘方平的《夜月》"**今夜偏知春气暖，虫声新透绿窗纱**[19]"，用"透"字来描述虫子寻光钻窗时发出的声音，微妙地表达出春的呼唤；唐代进士贾至的《春思》"**草色青青柳色黄，桃花历乱李花香**[20]"，用"乱"字表现春的繁盛，万物竞活，春色斑斓；晚唐进士王驾的《雨晴》"**蜂蝶纷纷过墙去，却疑春色在邻家**[21]"，其中"疑"字用得精彩，用拟人的手法风趣地描绘出蜂蝶因春雨打落了盛开的花朵，而纷纷飞去另寻春处的神态；中唐诗人鲍溶的《春日》"**径草渐生长短绿，庭花欲绽浅深红**[22]"，用青草"渐生"和红花"欲绽"作工整对仗句，巧妙地表述出春力趋盛和春色渐浓的变幻；苏轼的《送别》"**鸭头春水浓如染，水面桃花弄春脸**[23]"，用"弄"字着力渲染出仲春靓丽的氛围。它们都是诗歌里的诗眼，对诗句要表达的意境精当到位，起到了画龙点睛的作用。

另外，白居易的诗《春至》中的"**白片落梅浮涧水，黄梢新柳出城墙**[24]"，是描绘丽日下梅落柳新时的仲春；他在《彭蠡湖晚归》中的"**彭蠡湖天晚，桃花水气春。鸟飞千百点，日没半红轮**[25]"，通过桃花、飞鸟、落日，使用格律诗词对仗的宽对技法，描绘出日落湖畔时的仲春；金代戏曲作家董解元《西厢记》中的"**月色溶溶夜，花阴寂寂春**[26]"，描绘的是夜幕月色下静谧而泛活的仲春。以上都是通过阳春时节明媚而柔和的光照变幻的点化，将此时靓丽的景色表现得淋漓尽致。仲春过后就到了春末即是暮春。

### ❀ 绿树成荫子满枝

暮春来临，正是春花由盛转衰，呈现花瓣飘零红瘦绿肥的一番景象。杰出的豪放派词人、南宋辛弃疾的词《满江红》有句，**"满眼不堪三月暮，举头已觉千山绿**(27)**"**，描写的正是这个时候特有的情景。眼前繁花纷落，远山色着新绿，草木芊芊。两句的对仗高妙，句中"不堪"与"已觉"两词用得尤好，示意花儿凋谢显现大量落红和转眼间红色的世界变成了绿色海洋的景象。

同是对暮春的描写，不同的诗人，其妙笔噙含的情感与所选择的景物不同，表达出的意境各有其妙，精彩纷呈。王安石的诗《咏石榴花》中的**"浓绿万枝一点红，动人春色不须多**(28)**"**，用一个"点"字，不仅突出了石榴花因迟开而显出它的独美，而且突出了暮春时节红衰绿肥的景象。宋代著名女词人李清照的词《如梦令》里有句**"知否？知否？应是绿肥红瘦**(29)**"**，其对此时春景的特色，用"绿肥红瘦"四字来概括，极为精当明确。绿肥，不仅是指树叶，还指花所孕育的果实在长大，因而暮春即是预示季节由春到夏的转换，还表示生命的升华和情感的变化。唐代杰出诗人杜牧的《怅诗》，是他为十四年前在湖州立约纳妾而最终未能实现所作的一首伤感诗。诗中**"狂风落尽深红色，绿叶成荫子满枝**(30)**"**隐喻当时立约要纳的妾还是十岁的孩子，现在他来湖州做刺史仍铭记在心，而人家早已嫁人生子，为此伤感不已，是谓"绿叶成荫子满枝"。但就字面描写暮春的特征，此两句表达得鲜明准确而有活力，很有艺术欣赏价值。诗词大家苏轼有首《蝶恋花》词，它的上阕对暮春的描写十分地精彩而别致。其曰："**花褪残红青杏小。燕子飞时，绿水人家绕。枝上柳绵吹又少，天涯何处无芳草。**(31)"此以清新婉丽的笔调，着笔于对暮春时节红英尽褪青杏初生这一普遍现象的经典概括。轻快地将视线离开枝头，移向飞舞的燕子，正沿着绿水环抱的村上人家飞绕，时显盎然春意的延续。落笔又回到枝梢，虽是写不起眼的柳花，但在诗人的眼里，此时已是芳草布满的暮春，柳绵飞舞正是暮春时的景象。在平实而绝美的描述中，视线随着轻盈流快的景物移动，体现出作者此刻融入大自然的那种怡然愉快的心情。韩愈的绝句《晚春》对暮春的观察则体悟到另一番意境，"**草树知春不久归，百般红紫斗芳菲。**(32)"人知岁月不饶人，孰知植物也懂季节不饶物，要不草木为什么都爱春、惜春、争春，都要抓住时机纷纷亮相？韩愈此诗句，借物喻示了一个哲理，纷繁芜杂的人间现象说怪也不怪，植物都珍惜生命的历程，争奇斗艳，何况人呢？

　　素来认为梅花不争春，是开在雪冬之时，而宋代诗人范成大却认为，牡丹也是如此，是开在春暮之后。他在绝句《再赋简养正》中曰："**一年春色摧残尽，更觅姚黄魏紫看。**(33)""姚黄魏紫"是牡丹花中的珍品，百花虽已落败，但最美的牡丹花正在开放。意思是说，牡丹将春天最好的日子让与了众花，在春天将尽的暮春，才始展露自己的芬芳。宋代杰出词人柳永的词《诉衷情近》有句"**榆钱飘满闲阶，莲叶嫩生翠沼**(34)"，用苍白的榆钱飘满台阶和鲜绿的莲叶初生，这些普通而与生活很近的景物变化，生动描绘出暮春的到来。唐代诗人杨凌的《句》"**南园桃李花落尽，春风寂寞摇空枝**"，以含蓄的笔调来描写暮春万花落尽而新绿吐芽未长成的情景。唐代著名诗人刘禹锡的诗《春日抒怀》里对暮春景色也有精彩的描写："**野草芳菲红锦地，游丝缭乱碧罗天。**(35)"地下野草纷生，落红满地。天上丽日晴空，柳絮飘乱，一幕新陈代谢、生机盎然的景象浮现眼前。杨万里诗中的"**落红满路无人惜，踏作花泥透脚香**《小溪至新田》(36)"，则是用暮春花儿已亡，而落红成泥却留香的现象，以赞美春花续春的品质。宋代著名词人张先的词《千秋岁》，可谓对暮春的描写最是言简意满。词曰："**数声鶗鴂，又报芳菲歇。惜春更把残红折，雨轻风色暴，梅子青时节。**(37)"这里我们不论作者是不是借景物隐喻人生爱情历程的波折，而仅就写景，本词选用《千秋岁》词牌，长短句交错，富于折变，易于表达复杂画面和情感曲折变化，极有特点。着细微处，用杜鹃叫、花儿谢、细雨轻、春风劲、梅子青，层层拨开春势的演进与春天的退出，述说新的季节到来。是什么季节？宋代杰出诗人陆游在《初夏绝句》里曰："**纷纷红紫已成尘，布谷声中夏令新。**(38)"是夏天到了。

关于季节的描写，春天是诗人们着墨最多的，除了对春天节令变化的描写外，还有对春天别有景象的描绘，如对春晓、春风、春雨、春雷以及人们的踏青活动等的描写。

### 🌸 杜鹃一声报春晓

春晓即春天的清晨、黎明，写春晓最著名的当数唐代孟浩然的这首五言绝句《春晓》，诗曰："**春眠不觉晓，处处闻啼鸟。夜来风雨声，花落知多少。**(39)"此诗语言精炼，且形象生动，诗中有画，情景交融。先是听到鸟声，后有风声、雨声，又看到田野里花儿竞放，又被时雨催落，生出新绿。读后，顿感春光浮现，给人以春美无限的遐思。对春天的一夜到黎明，上述孟浩然的诗是采用倒叙的方法，而苏轼的这首《西江月》词则用顺叙的方式作了绝佳的描述："**可惜一溪明月，莫教踏破琼瑶。解鞍欹枕绿杨桥，杜宇一声春晓。**（40）"如此精美的用词，描绘出仙境般美丽的春夜。明朗静谧，绿鲜舒美，令人醉痴入梦，不觉东方欲晓，却被杜鹃清脆悠扬的叫声打破。难怪他在《春宵》诗中对春天的黎明发出这样的感慨："**春宵一刻值千金，花有清香月有阴。**（41）"

### ❀ 春风雷雨映彩虹

春风送暖，吹生草木，春雨润枝，叶绿花鲜。在白居易的笔下，春风之力，可化解被寒冬肃杀而凝固的万木，释放出深藏的灵气，呈现出五彩缤纷的世界。他在《春风》这首诗里有这样的描述："**春风先发苑中梅，樱杏桃梨次第开。荠花榆荚深村里，亦道春风为我来。**（42）"诗中的"苑中梅""次第开""深村里"，用语尤为洗练洒脱，生动切意，所述实景实物颇多而有层次，如江潮推涌，尽显出春风的威力和对万物的魅力。

春风虽有神力，如若少雨，草木也难生存，活力减半，姿色不润，故有春雨贵如油之说。宋代进士，著名诗人黄庭坚的七律诗《次元明韵寄子由》中有句："**春风春雨花经眼，江北江南水拍天。**（43）"诗的艺术上采用了天文对地理兼复字对的对仗方法，很有特色。是说，唯有春天的风和雨，才能催生出色彩斑斓的新世界。意指他和苏轼兄弟的真挚情感如同这春天的风雨，与万物调顺，至善亲和，相互促进，才思惊动当朝。唐朝的杜甫深解春雨春风的这般作用，写出了《春夜喜雨》这脍炙人口的佳句："**好雨知时节，当春乃发生。随风潜入夜，润**

物细无声。(44)"大地和草木经过寒冬狂风的劲吹,水分大量流失,春来时植物尤需补充水分才能勃发,春雨之好是下得及时,犹如久旱得甘霖,并有送暖的春风作陪,是好上加美。其中的"知""当""乃""潜""细"五字为神笔,极为妥妙。你从"润物细无声"这句描述春雨对植物微妙而潜移默化作用的表达中,能感悟到作者对事物的观察是多么的细致,也显示出作者腾挪运笔技法的高超。杜甫在《赠卫八处士》诗中还有句"**夜雨剪春韭,新炊间黄粱**(45)",也是写与春雨有关的事。一次春雨的夜晚,作者到了多年未见的友人家里,老朋友相逢互认时的瞬间,情感迸发,随即呼儿拿酒,自己冒雨去剪鲜活的春韭,做出香喷喷的黄米饭招待他。春的温馨和朴实的人间亲情是那样的和谐交融,在诗里得以充分表现。尤以"夜雨剪春韭"所述雨景下采蔬,新鲜生动,回味无穷。

春风春雨催生洗尘,环境清新醒目,诗人笔下生花。南宋大诗人陆游的七律《临安春雨初霁》诗云:"**小楼一夜听春雨,深巷明朝卖杏花。**(46)"经过一夜春雨淅沥,临安的早晨,清丽甚美,小姑娘挎篮叫卖杏花,此时此景,是多么的鲜亮,令人神怡。那么要问,为何这春雨让诗人彻夜而不眠呢?看遍诗的前后便知,是诗人壮志未酬、厌透世态的情感,令人万般惆怅。伴随着滴答的春雨临近清晨,眼前浮现出村姑来卖鲜嫩的杏花这一幕。沉闷的内心被清新的外景触动,洞然豁亮。此诗句巧用对仗,省略主语,可谓是婉美地表达情与景交合的经典。

春雨后如果到草木葳蕤的绿地,乃会激起你一种特别的兴奋。唐代著名诗人王维的七律《辋川别业》中有一联很好的对仗

"雨中草色绿堪染，水上桃花红欲燃(47)"，这是从近的视角观察沐浴中的花草的鲜丽。清代诗人汪琬的《忆洞庭》也有联精彩的对仗"雨过斑竹千丛绿，潮落芳兰两岸青(48)"，是从广阔的视角观察洞庭湖岸雨后的清丽之景。宋代著名词人秦观的词《好事近·梦中作》中的"春路雨添花，花动一山春色(49)"，则是从由近及远、由点到面连动的视角，观察雨润花开的场面。随着一朵朵、一枝枝、一树树、一片片花开，满山尽显活变的绚丽春色。其中的"添"和"动"字用得尤为传神。这些诗句都是作者通过细心体察此时的场景，抓住典型景色，运用格律诗词的艺术笔法写出的，达到了出神入化的效果。

春雨后的乡村田野也是美的。宋代的辛弃疾在《鹧鸪天》一词写道："春入平原荠菜花，新耕雨后落群鸦。(50)"轮番耕作的新翻地，雨后显露出新芽、小虫和种子，群鸦、小鸟此时最喜在此处觅食。鸦噪雀起，形成争食、漫步的生动场景。此句以"春入"似潮为切入点，采用平视移动的视角，观察雨后田野中的这一特有的清丽佳景，充满着春时浓郁的乡土气息。宋代史学家、诗人刘攽的诗《雨后池上》也有一名句："东风忽起垂杨舞，更作荷心万点声。(51)"雨后平静的池塘，被忽来的东风吹落的柳叶上的雨滴打破，且散落到荷叶上，顿时发出"万点"声响，雨后池塘上刹那间的一种动态之美，在诗人笔下得以生动体现。著名词人宋代柳永的《木兰花慢》词是写雨后人们春游踏青的名篇，词曰："拆桐花烂漫，乍疏雨、洗清明。正艳杏烧林，缃桃绣野，芳景如屏。倾城，尽寻胜去。……风暖繁弦脆管，万家竞奏新声。(52)"该词前几笔便勾勒出春雨后的丽景，随后的"正艳杏烧林",形容雨后盛开的耀眼的杏花如大火烧林般绚丽,此句被历代文人称为神来妙笔。以上都是写春风春雨的绝妙佳句,细细嚼悟,饶有滋味。

春季,春风春雨常常夹携着电闪雷鸣,为大自然的天象增彩不少。唐代著名诗人李商隐的这首《无题》诗中有句:**"飒飒东风细雨来,芙蓉塘外有轻雷。**(53)"此句中所隐含的闺中女子与情人春心萌动、遥相呼应的秘情自不必说,就表意写景而言,实属高妙,寥寥数语便勾勒出春风舞柳,引来细雨润泽塘里的荷花且夹杂着雷声的景象,让人仿佛听到飒飒而来的风声,淅淅沥沥的雨声,和远处沉闷的惊雷。其实,夏日的气流异动更为强烈,雷雨更多也更猛烈。明代嘉靖年间的进士李攀龙的诗《广阳山道中》有句:**"雷声前嶂落,雨色万峰来。**(54)"描写春雷在层峦叠嶂的山前落下发出的声响,霎时云起雨来前,白云爆发似地形成了奇特的万峰之状,声景并茂,蔚为壮观。

苏轼也是描写此类景观的高手,他的《望海楼晚景(其二)》中有句描绘雨时闪电的景象颇为精彩,诗曰:**"雨过潮平江海碧,电光时掣紫金蛇。**(55)"春雨后河水满满,天空时现春雷电闪、蓝光明灭、宛如蛇形的精彩图像。后句"紫金蛇"形容美妙,而"时掣"用得很传神,颇有动感,是电光的持续颤动,由此牵扯出"紫金蛇"的画面。陆游有两句诗:**"激电光入牖,奔雷势掀屋。**《夜雨》(56)""**电挚光如昼,雷轰意未平。**《七月十八夜枕上作》(57)"与东晋诗人曹毗的这句妙对**"紫电光㸌飞,迅雷终天奔。**《霖雨》(58)"此三句诗均用十个字将雷电所产生的声、光、势,表达得淋漓尽致。宋末元初诗人俞琰也有诗句"一痕急逗狂雷信,万焰纷随暴雨挞(电)(59)"，对迅急的电闪即逝、狂雷大作、暴雨骤下的情景，描写得极为贴切而精彩。雷雨后天气放晴易形成彩虹，天空与地面附着物如水洗一般清爽，这样的新丽画面，被宋末元初诗人黄庚的《暮景》中的这句"**一曲彩虹横界断，南山雷雨北山晴**(60)"充分地表达了出来。看到这些迷神的诗篇，若真景再现，令人叹佩。

### ❀ 布谷声中夏令新

到了夏天，气温持续上升，雨水充沛，万物进入高速生长期。繁花不见了，绿色的叶片很快长成，草木成荫，生机盎然，太阳对植物的光合作用充分发挥，孕育的小生命也迅速长大，呈现出繁茂的绿色世界。

春去夏来，花儿渐已落尽，自然是绿色成长，这虽是夏季来临的普遍标志，但不能据此确定哪一时刻是夏天的到来。元代的杨载是用黄鹂柳上鸣，说它是标志春来的第一声，宋代的诗词大家陆游是用此时的布谷鸟声标示夏季来临，有诗云："**纷纷红紫已成尘，布谷声中夏令新。**(同38)"红衰绿盛是夏天来到的标志，而布谷鸟也在此时鸣叫，用一种声音的呼唤来标定季节的转换，其创意颇为新颖。

初夏时节，俗称孟夏，有关此时的景象，王安石的绝句《初夏即事》有句："**晴日暖风生麦气，绿阴幽草胜花时。**(61)"其描绘的孟夏是，晴多阴少，暖气升腾，麦苗茁壮生长散发出特有的清香气味，青草绿叶已漫没残褪的花红。王安石的这一对仗句，内涵极为丰富，不仅有初夏的气象特征，而且概括了此时绿胜红衰的大自然景象，特别是提到此时麦子香气浓郁这一典型现象，可谓是准确地描述了乡村初夏时的特征。在唐代诗人贾弇眼里的孟夏是：

"**江南孟夏天，慈竹笋如编。蜃气为楼阁，蛙声作管弦。**(62)"他描写初夏的江南，是在一种名为慈竹的竹林里，竹与笋，高低错落，像编排起来一样。明媚的竹林中，仿佛因蜃吐气而出现美妙五彩的幻景，形成海市蜃楼（古人以为蜃，又名大蛤或蛤蜊，吹气可成楼阁虚景），而四处雨蛙鸣叫，像管弦一般演奏，描绘出一片生机盎然的初夏景象。贾弇的这首诗很精彩，以实物布列，形声色并茂，生动描述了初夏生机旺盛的生态环境，且有传说增彩，产生了很强的艺术表现力。宋代女词人朱淑真的《即景》有："**谢却海棠飞尽絮，困人天气日初长。**(63)"说孟夏时，海棠花儿凋谢，柳絮飞尽，气候渐热，令人乏困的白天日渐变长。此言虽简，但较全面地概述了初夏的环境与气象的特征。

孟夏过后就到了中夏即仲夏，此时愈加日长夜短，气候加倍闷热。杜甫在《夏夜叹》中一语说透仲夏的难熬："**仲夏苦夜短，开轩纳微凉。**(64)"夏日辛苦的劳作，人们盼望在夜里多休息一会，可这时的夜晚太短，其闷热和白天相差无几，即便打开门窗也只能感受到一点微凉。白居易在《观刈麦》诗中这样描绘仲夏："**田家少闲月，五月人倍忙。夜来南风起，小麦覆陇黄。……足蒸暑土气，背灼炎天光。力尽不知热，但惜夏日长。**(65)"诗中的五月是农历，与现在的公历六月相当，正值热风催熟小麦渐黄的仲夏，也是农活最忙的时候。此诗的艺术价值在于，不是空泛直白地描写仲夏的气候，而是通过农夫此时劳苦的切身感受进行描述，足下热气蒸腾，背上阳光炙灼，人们虽已习惯于这样的劳作，但也嫌时日太长。如此写来，亲切自然，感情饱满，能深深地表达对劳动者的敬重。

唐代诗人高骈的绝句《山亭夏日》对仲夏的描写也别有一番情致:"**绿树阴浓夏日长,楼台倒影入池塘。水晶帘动微风起,满架蔷薇一院香。**(66)"诗中描绘当时一处富庶农家仲夏时的环境,绿树成荫,旁边一汪池塘,高高的楼台形成美丽的倒影,整个水面犹如一挂水晶帘子,微风吹动泛起水波,随之倒影晃动。院落里蔷薇盛开在藤架上,散发出农家特有的夏日清香。高骈的这首诗写得很出色。首句让你感到夏日的闷热,二、三句有了水和风,又感到一丝清凉,末句又闻到乡村中来自大自然的特别芳香。经过几层意转,使你完整地感受到这一乡村院落环境的别致。宋代范成大善于描写乡村田园的生活,他在其组诗《四时田园杂兴(其二)》里也有一句对仲夏时田园环境的描述:"**日长篱落无人过,惟有蜻蜓蛱蝶飞。**(67)"仔细揣摩该诗句,写得很有情调。仲夏时节空寥无人的田野一片寂静,而静中有动,时有轻盈飞动的蜻蜓和翻飞的彩蝶。此番描述,显现出乡村田园贴近大自然的那种静谧与祥和。

仲夏之末渐入夏暑。北周著名诗人庾信的诗《奉和夏日应令》中有句:"**麦随风里熟,梅逐雨中黄。**(68)"斯是夏暑,热浪扑地,雨水渐多,麦熟梅黄。此句以洗练的笔法、工整的对仗,描绘了夏暑的特点。而大自然中的阴阳相转,总是在态势强大的一方走向极端的时候,孕育出异己的力量以取得自我平衡,炙热的夏暑时节,空中自然会积聚更多的水蒸气形成暴雨以降温。南宋进士、诗人赵师秀《约客》里的这句"**黄梅时节家家雨,青草池塘处处蛙**(69)",即是对南方在夏暑前后出现梅雨这一自然气候的出色描写。

### 🌸 酷日蒸腾云雨奇

诗人们对夏日的描写不甚多，大概是夏日万物一般为绿色，色彩单一、没有层次感的缘故。但夏天酷热，蒸发量大，热气升腾，天空易漫布多状的奇云，正如东晋诗人、画家顾恺之诗言"夏云多奇峰"。故而这雨前的烈风突来、云状奇变和暴雨倾下的奇景，使诗人们写出了非常美的诗篇。

明代嘉靖年间的进士李攀龙曾以其名句 **"落日千帆低不度，惊涛一片雪山来**《送子相叩广陵》(70)**"** 蜚声诗坛。诗人系马江边看夕阳，风云易变的夏日景象尽收眼前：落日天际处的云彩像是千帆突起，迅似惊涛涌来形成的一座座雪山。诗人用高超的艺术手法，挥就飞动的用词，完美地表达出瞬间变幻无穷的壮美天象。清初著名诗人查慎行的诗句 **"一雁下投天尽处，万山浮动雨来初**《登宝婺楼》(71)**"** 也有异曲同工之美。"一雁下投"表示孤雁疾飞姿状，因为天象的速变，天际处的云雾如"万山浮动"，大雨将来，描写真切，形喻绝妙。

风是雨的前奏，晚唐诗人许浑在《咸阳城西楼晚眺》一诗中描绘了夏秋季节雨来前兆的特景：**"溪云初起日沉阁，山雨欲来风满楼。**(72)**"** 这句诗常被人们用作警句，来表达"事发有前兆"这样一种哲理。从诗的美学角度欣赏，也相当出色。它用工整的对仗句，简洁但却具体地描绘出一处从日落、云起、风涌到雨落的全过程。夏天闷热时会突来风雨，此番景象，唐代著名文学家、诗人柳宗元在《登柳州城楼寄漳汀封连四州刺史》一诗中，用工巧的对仗句这样描述：**"惊风乱飐芙蓉水，密雨斜侵薜荔墙。岭树重遮千里目，江流曲似九回肠。**(73)**"** 其中"乱飐"对"斜侵"，"千里目"对"九回肠"，用词形象生动而准确，

第一回　春夏秋冬四季歌

明写夏季急风来，山岭繁荫遮目，江流磅礴九回的雨景，暗喻社会阴暗复杂的环境，朝廷保守势力对柳宗元、刘禹锡为首的革新派的打击和迫害，彰显了诗人不屈的个性和高超的艺术手法。夏日雨后天晴的山景也格外清新，宋代诗人张耒的《初见嵩山》有句"**日暮北风吹雨去，数峰清瘦出云来**(74)"，对雨后风吹云散，山峰渐露的特景描写得很是生动。夏日里郁郁山中的雨景多有奇观，唐代著名诗人王维《送梓州李使君》诗中对此景的描写可谓生动逼真："**万壑树参天，千山响杜鹃。山中一夜雨，树杪百重泉。**(75)"只简寥数语，便道出沟壑万纵的大山里，巨树参天，鸟语花香，和雨前雨中及昼与夜时的丽景。气势宏阔，神韵俊迈，既有视觉形象，又有听觉感受，画面、意境、气势、语言俱佳。唐宋八大家之一的宋代诗人曾巩的这句"**朱楼四面钩疏箔，卧看千山急雨来**〈西楼〉(76)"，因楼四面有钩箔、四壁有窗而通亮，故四面都能欣赏到山中的大雨特景，而在诗人笔下，却能精彩地描写出山中下暴雨时的那种"四处惊山动，小楼若欲摧"之感。

  对风与雨的描写，这里要提到陆游两首诗中的两个名句，一句是"**风入拔山怒，雨如决河倾**〈大风雨中作〉(77)"，另一句是"**雨势平吞野，风声倒卷江。**〈卯饮醉卧枕上有赋〉(78)"此两句可谓是对暴风骤雨情势描写的工整对仗绝笔，其中用字的诗艺和精练所体现出的气势与魅力，值得吟思品赏。就雨落地面的景状，宋代诗人韩琦的"**声落牙檐飞短瀑，点匀池面起圆波**〈北塘春雨〉(79)"和陆游的"**映空初作茧丝微，掠地俄成箭镞飞**〈雨〉(80)"也写得相当绝妙。请注意，作者这里对一种现象的描写，不是静止地停留到一点，而是将其作为一个变化过程来追述，通过前后二句的承接与转换，便精彩地描绘出了这个生动情景。这些出手不凡的名句，给人以无限的美感，令人遐思并百看不厌。

### 🌸 秋叶红于二月花

物极必反，夏天经历大暑后由极热转凉入秋。植物叶子的功能开始弱化、老化，逐渐阻断了与太阳的光合作用，叶面由绿变红变黄，呈现出五彩缤纷的新世界。而植物内部的养分继续向果实集中，其内化机理使果实不断丰满、完美，并且孕育着新一代小生命。所以，秋天也是到了收获的季节。宋代进士、诗人张昇的词《离亭燕》概括的秋天是：**"一带江山如画，风物向秋潇洒。**(81)"到了秋天，草木由绿色变为五颜六色，姿色颇为华美潇洒。从高处眺望远景，用"江山如画"概其之美，富华祥瑞，使人怡然欣致。南宋诗人杜耒的诗《秋晚》这样描写此时的景色：**"丹林黄叶斜阳外，绝胜春山暮雨时。**(82)"金秋时节，层林红染，黄叶落照时的景色尤其诱人，可与花开暮雨时的春山美景堪比。

叶红叶黄接着就是叶落。著名山水诗人、东晋著名的田园派诗人陶渊明在《酬刘柴桑》中有句：**"闲庭多落叶，慨然知已秋。**(83)"意思是，从庭院早落的叶片便确知秋天到了。初唐文坛四杰之一，被称为神童的骆宾王，在《晚泊江镇》中讲：**"荷香销晚夏，菊气入新秋。**(84)"说荷花虽谢，却用莲子的香气送走了夏天，而菊花新放，散发出清香，迎来了金秋。

秋天的景色表面看是叶红叶黄叶落了，其实原因是气温的下降，于是弥漫于空间四处的水气，初秋时成了露水，中秋时有了轻霜，晚秋便是寒霜。绿色的叶面受露水和霜的作用而变红变黄，气温的持续下降，气流活动加强，产生了不断加力的秋风，吹叶落地，是谓霜杀叶红，风起叶落。宋代大词人柳永的《八声甘州》一词是描写晚秋气候变化对自然景物影响的一首绝唱，被大文豪苏东坡评价为"该词不减唐人语"。词曰："**对潇潇、暮雨洒江天，一番洗清秋。渐霜风凄紧，关河冷落，残照当楼。是处红衰翠减，冉冉物华休。惟有长江水，无语东流。**(85)"词中随时令变化持续的渐进使用妙语"暮雨""清秋""霜风凄紧""关河冷落""残照""红衰翠减""冉冉物华休"等，颇为精当，极其微妙地描绘出秋去冬来前的秋色。唐代进士、著名诗人刘禹锡的《秋词二首》有句："**山明水净夜来霜，数树深红出浅黄。**(86)"诗中的寒霜催化秋叶变色的动感颇强，绘出了一幅漂亮的深秋初来的画面。"出浅黄"三字尤为生动传神。被称为"小李杜"之一的晚唐进士、杰出诗人杜牧，一次深秋日暮驱车登高看红叶，对霜杀叶红也有精彩的描述："**远上寒山石径斜，白云生处有人家。停车坐爱枫林晚，霜叶红于二月花。《山行》**(87)"其末句尤能表达所看之景的感触，又脍炙人口，所以能流传千古。秋霜能使千林万树的每一片绿叶变红变黄，致万山层林尽染，又因物种不同，色变时差不一，各色皆有，极显缤纷多彩。从大观上看，形成的效果比之春天的花还艳丽，说秋色不逊于春色并不为过。用红叶落叶表现秋色的好诗句很多，如唐代的几位诗人，牟融《送报本寺分韵得通字》中的"**满地新蔬和雨绿，半林残叶带霜红**(88)"，宋雍《失题》中的"**荷花开尽秋光晚，零落残红绿沼中**(89)"等。

秋天的另一典型现象是秋风。秋风与春风不同，应时"泼"冷，吹叶落地，霎时间竟是"无边落木萧萧下"，可谓秋风横扫落叶。唐代诗人李峤的诗《风》，形象地描述了风在不同季节的作用：**"解落三秋叶，能开二月花。过江千尺浪，入竹万竿斜。**(90)"诗中各句的头两字，对风逢时遇物的描写很有特色。"解落"一词，比喻秋风如刀剖箭驰般颇有刚利之气，而在春天，风似靓女的纤巧之手，轻巧灵动地拨开了花朵。在它驰骋过江和挺然入林时，却有排山倒海之力，掀起巨澜，倾斜万木。另外，每句都用了数字，先用"倒数对"，后用"顺数对"的笔法，是一大特色，为此诗增彩不少。斯风过江入林后，其脚步并未停止，又去洒向人间，登堂入室，好不痛快。宋代诗人刘攽的这句**"唯有南风旧相识，偷开门户又翻书**《新晴》(91)"采用拟人的写法，说风是老相识，它轻巧如偷，推开门户，直奔厅堂又入书房，劲翻书卷，读来潇洒诙谐，独有情调。而就专述秋风，杜甫的诗《茅屋为秋风所破歌》对它的描述尤为精彩："**八月秋高风怒号，卷我屋上三重茅。茅飞渡江洒江郊。高者挂罥长林梢，下者飘转沉塘坳。**(92)"这里对秋风的描写很有特点，与前述李峤的《风》有相似之处，追述风吹的路径，把风作为一个过程来描述，从而在不同的层面具体地反映出秋风的特征。其中用"怒号"描述秋风的声势；用"卷"描述风的威猛；用蓬草被风吹散落下的姿状"挂罥""飘转"描述风的狂放，甚是惟妙，令人称绝。诗界评价杜甫的七言律诗独步天下，他的《登高》一诗被称作是古今七言律第一之旷世之作，其中有句**"无边落木萧萧下，不尽长江滚滚来**(93)"，此语将大自然内藏的摧枯拉朽的浩然之气，通过浪漫的落叶与恢弘的江腾完美地表现出来了，实为惊世名句。其义涵之深阔，对仗之工巧，尤可研读。此外，唐人贾至《泛洞庭湖三首》中的"**枫岸纷纷落叶多，洞庭秋水晚来波**（94）"，唐代诗人崔致远《兖州留献李员外》中的"**芙蓉零落秋池雨，杨柳萧疏晓岸风**（95）"等，都是描写瑟瑟秋风的佳句。

除以上用叶红、叶黄、叶落及秋风描写秋色外，还有的诗人用野鸭戏水，大雁横空，寒蝉凄切，蟋蟀促吟来表现秋色的美妙，如王勃《滕王阁序》中的千古名句："**落霞与孤鹜齐飞，秋水共长天一色**"和柳永的《倾杯》词："**鹜落霜洲，雁横烟渚，分明画出秋色。……离愁万绪，闻岸草、切切蛩吟如织。**（96）"

### 🌸 稻香迎来霜满天

赞美大自然秋景，总离不开对乡村秋色的描写，因为偏僻的乡村是人类最贴近大自然的地方，也是人类一年辛苦劳作获取收获的金秋时节。辛弃疾的《西江月·夜行黄沙道中》一词对这方面景色的描写极为出色，词上阕曰："**明月别枝惊鹊，清风半夜鸣蝉。稻花香里说丰年，听取蛙声一片。**（97）"精练淳朴的二十五个字，便将读者带入月明鸟惊、蝉吟蛙鸣、稻香浓郁、农家欢悦的乡村秋夜，令人格外神怡，美不可言。宋代诗人雷震的这首绝句《村晚》："**草满池塘水满陂，山衔落日浸寒漪。牧童归去横牛背，短笛无腔信口吹。**（98）"作者通过草满水盈落日映照池塘的环境，和天真顽皮的牧童嬉闹，美妙而生动地绘出一处中秋之后夕阳向晚的山村景色。其中"山衔落日"形容绝妙，"横牛背""信口吹"很是洒脱妙趣。

秋风劲，霜也来，《二十四节气歌》中有："秋处露秋寒霜降，冬雪雪冬小大寒。"白露、寒霜是秋冬之交的典型征候，当出现白露和寒霜时，肃杀草木，冬天就要到了。诗人们就是抓住时令季节的这些特征，同具体的事物、活动结合起来，使作品充分表达出作者的感触。如唐代诗人张继的绝句《枫桥夜泊》就是一首描写晚秋霜来，江南人生活情景的名作，诗曰："**月落乌啼霜满天，江枫渔火对愁眠。姑苏城外寒山寺，夜半钟声到客船。**(99)"前句描写晚秋月落时苏州护城河边渔港寂静的环境，月朗而寒霜降临，水中闪动着渔火，岸上是一棵棵饱经风霜发红的枫树。后句描写盛唐时的苏州，交通贸易发达，虽已夜深，渔港并不宁静，仍有钟声鸣响，客船到达。一静一动，对苏州秋去冬来的深夜环境描写得尤为真实而生动。不难看出，唯有深厚的文字功力和对生活的丰富观察力，才能道出"月落乌啼""江枫渔火""夜半钟声"这些精炼合意、脍炙人口的词句。东汉文学家王粲《七哀诗》中的"**迅风拂裳袂，白露沾衣襟**(100)"，以及唐代诗人戴叔伦《江乡故人偶集客舍》中的"**风枝惊暗鹊，露草覆寒蛩**(101)"等，则是用秋冬之交寒露这一征候的出现，对时令景物影响的精彩描写。

### ❀ 风雪万里凝严冬

秋天的果实几尽耗完了植物体内的养分，需要一个休养生息的过程，正是大自然的天工巧作，安排冬天的降临，气温骤降，使植物开始休眠，叶片决然死去落掉，以减少能量的消耗。然而，这一过程使我们看到了，冬天来，寒风猎猎，万木肃杀，大雪纷飞，形成冰天雪地的美丽奇景。这些又会给诗人以强烈的视觉刺激，启动他们的想象力，凭借高超的艺术手法，奇特的夸张妙语连连，写出美不胜收的诗篇。

宋代杨万里在《嘲淮风》中，这样描写江淮一带冬来时的风云天气，江水被烈风卷起，似凸起的大山扑来："**不去扫清天

北雾，只来卷起浪头山。（102）"北宋末期曾做过西夏王李元昊的中书令的张元，他的诗《雪》，想象飞腾，精彩绝妙，比喻大雪纷飞，像天上被挫败的玉龙的鳞甲纷纷散落之状那样神奇："**战罢玉龙三百万，败鳞残甲满天飞。**（103）"著名边塞诗人、唐代进士岑参的名篇《白雪歌送武判官归京》，形容大雪挂满了树枝像盛开的梨花："**忽如一夜春风来，千树万树梨花开。**（104）"李白的《北风行》夸张雪花之大如席："**燕山雪花大如席，纷纷吹落轩辕台。**（105）"这是多么难于想象的艺术夸张！唐代诗人李颀说，这样的大雪你要是在边关看到，其景象颇为孤漠而恢宏："**野云万里无城郭，雨雪纷纷连大漠。**《古从军行》（106）"元代诗人黄庚的这句"**江山不夜雪千里，天地无私玉万家**《雪》（107）"，语景十分开阔，以舒缓的语气，述说这场雪下得很大，雪封千里，连天连夜。然后笔锋一转趋开新意，赞美天地的公平，它无私地将雪平均分给了天下人家。这种写法既大气，又给人一种温暖舒美而品高意深之感。唐人罗隐有首诗也是采用类似的笔法，在哦吟作诗时，对飞来的一片雪花若有所思，写道："**寒窗呵笔寻诗句，一片飞来纸上消。**《雪》（108）"虽是飞来一片雪花，但在具体的环境下，使人的郁郁心情，突被轻灵自在无忧的雪花所排遣。这一特别的新意，是机

■ 元 王冕《墨梅图》

敏的诗人的智慧嵌入到文里的艺术升华。

诗人岑参写雪诗侧重于气候的严酷，对边塞雪天之冷的描写令人震撼："**瀚海阑干百丈冰，愁云惨淡万里凝。**（同104）"此时，世界仿佛被凝固，广袤的沙海被厚厚的冰雪封冻。在这样恶劣的环境下，"**将军角弓不得控，都护铁衣冷难着**"，"**纷纷暮雪下辕门，风掣红旗冻不翻。**（同104）"将士们手冻得拿不紧武器，拉不开弓箭，穿不住冰冷的铠甲，连红旗都被冻得僵硬，寒风不能使其翻动。他在另一首诗里《轮台歌奉送封大夫出师西征》讲得更为残酷，无情的严寒，居然冻掉了马蹄，甚为恐惧心痛："**剑河风急雪片阔，沙口石冻马蹄脱。**（109）"

对雪景的描写，唐代诗人柳宗元的《江雪》一诗尤为独特，诗曰："**千山鸟飞绝，万径人踪灭。孤舟蓑笠翁，独钓寒江雪。**（110）"作者分别从高低远近的角度，对这场大雪作了仔细的观察。从高处看，大雪封锁了千山，鸟儿已飞离，通向山里的所有路径被埋没，未有人的任何踪迹。近距离看，大江几乎被雪封锁，在没有覆盖的一小处江面上，唯有一位老翁头戴斗笠身着蓑衣在木舟上寒钓。远距离看，老翁似乎不是在钓鱼，像是在钓一江大雪。诗人对雪势的描述，想象丰富，比拟独妙，用语精炼，堪称千古一绝。

大自然就是这样，否极泰来，当寒冷之极，又会送暖驱寒，春天又来临了。

第一回　春夏秋冬四季歌

# 第二回
# 日月星云晨光曲

地上，江河山川；天上，日月星云。地球上的生命因有日月能存在，呈万般变化，姿容万千。而孤单地去看日月星云，容貌单一，形影相吊，它们只有与地球上的万物兼容，组合成美丽绚烂的景象，才能凸显它们的伟大、壮丽和不可或缺。所以，日月星云因地球万物而生辉。过去的诗人们有关日月星云的不朽诗篇，正是他们在某个时间的某个地点，对所看到的日月星云与地球的具体环境相融合，形成美丽景象的杰作。

■ 明 周臣《寒鸦月夜图》

❀ **日出江花红胜火** 对朝阳彩霞，明代的江南才子、著名书画家、诗人唐伯虎的描写很有特色。他的《晓起图》诗中的"**晓鸦无数盘旋处，绿树枝头一线红**[111]"用美妙的艺术手法，描绘出绿树枝头上东方欲晓露出的一线红。朦胧的橘红色晨曦，映出无数鸣鸦旋飞形成巨大涡旋状的美丽景象。大诗人李白描写的朝阳也十分精彩，其有名句：**"翠影红霞映朝日，鸟飞不到吴天长。**《庐山谣寄卢侍御虚舟》（112）"古时称九江庐山一带为"吴天"，此句所显出的恢宏远大的背景，只有在日出红霞的清晨，站在庐山之巅，俯瞰茫茫东去的长江，遥望绿树覆盖连绵不绝、鸟儿难于飞越的万山沟壑，才能写出如此绚丽的绝笔。金代诗人萧贡的《日观峰》有句**"洪波万里江天涌，一点金乌出海心**（113）"，句中将宽广的与天际相连的汹涌大海，同弹丸似的从海中升起的柔光渐亮的太阳作对比，形成了强烈的视觉效果。宋代诗人黄大受有首诗也写得好，于细微处描述了从日出前星光欲灭朝霞初起的天象变化，到阳光斜映地面移动在窗前的那一刻清新鲜活的晨幕，甚为精妙，诗曰："**星光欲灭晓光连，霞晕红浮一角天。干尽小园花上露，日痕恰恰到窗前。**《早作》（114）"

然而，对朝阳的描写，最棒的当属白居易《忆江南》中的那句**"日出江花红胜火，春来江水绿如蓝**（同14）"。日出江面映照出红绿蓝多彩变幻的最美时刻，曾无数次映入人们的眼帘，唯有白居易用这般优美绝伦的文笔，以工整的对仗技法，写出了这一千古名句。

### 🌸 大漠长河落日圆
夕阳和朝阳一样美，甚至比朝阳的色彩还丰富，诗人们对此也写出了绝美的诗篇。

描写夕阳，唐朝进士著名诗人王维《使至塞上》的诗句"**大漠孤烟直，长河落日圆**（115）"，最为精彩。孤烟不是曲折飘动而是直的，说明此处此时空旷无风。其中"大漠"与"孤烟"、"长河"与"落日"可谓绝配。这种语似断而实有关联的搭配、排列，使前句突出表达了边塞的荒芜与广袤，使后句充分表现了山河的无限壮美。尤其是"圆"字，立体感很强，生动的落日似有被放大的效果。杜甫的诗有句**"峥嵘赤云西，日脚下平地**《羌村三首（其一）》（同116）**"**，用"峥嵘"表述夕阳映照飘云形成的无比辉煌的壮丽天景，用"日脚"形容夕阳落入地平线的斜角射线，描写出的夕阳与云雾形成的西天景象，颇为形象而美妙。清代诗人陈玉树的这句**"远树捧高沧海月，乱鸦点碎夕阳天**《秋晚野望》（117）**"**，描写出的景象静而有动，真而绝美。此时，月亮冉冉初升于东海海面上，约丈余高，远看，似被岸上的丛林捧起。它的西边呈现出夕阳沉轮的彩霞余晖被群鸦飞影点散的靓景，此用"点碎"尤佳。被称作江郎才尽的南朝梁诗人江淹，在《别赋》里写出了绝美的对仗句**"日下壁而沉彩，月上轩而流光。**（118）**"** 天空像一面巨大而拱形的蔚蓝色玻璃镜，太阳沿着镜面下沉，似是静影沉壁，在天际处释放出彩霞。时下，日落西方红霞渐暗，月出东方黄光渐亮，流光溢彩，明灭轮回，精彩地描写出同一时刻出现的日落和月升迥然不同的景象。但从描写的难度上说夕阳，白居易《暮江吟》中的**"一道残阳铺水中，半江瑟瑟半江红**（119）**"**所描绘的图景难度最大。此句中用"瑟瑟"两字，把残阳映入江水的那种明暗不均、静动有致的画面精彩地绘出来。"瑟瑟"，在这里特来形容眼下波动着的似碧似暗的江水形色，是为神笔。

　　落日与水面的结合会看到夺目的丽景。而水是波动的，在有风和无风的情况下看到的夕阳情景不同。元代著名文学家、诗人揭傒斯《梦武昌》诗中有副好对句：**"苍山斜入三湘路，落日平铺七泽流。**（120）**"**这是在无风的情况下看到的落日铺江的浑然景象。"苍山斜入"表现出山势插入平原的雄奇态势，"落日平铺"表现夕阳之低与江面几近相平，亦显出江面的开阔和余晖映入的绚烂。"三湘"，指洞庭湖南北和湘江流域；"七泽"，古指楚地江汉平原上湖泊群的总称，也称云梦泽。此两句对仗工巧，出神地描绘出武昌之地的雄浑和富饶。这里特别要提到，一句乃至一首好诗要善用多用实词，以实物、实景充盈使其意丰富，尤其用好动词，以体现其情姿动态和精神。譬如此对句中的"斜入"和"平铺"两个动词。宋代著名词人张孝祥的《西江月·黄陵庙》中有"**波神留我看斜阳，唤起鳞鳞细浪**(121)"，是在微风有细浪时看到的夕阳之景。"唤起"两字用得尤为传神，似有轻扬之姿，抚爱之情。北宋诗人王寀的这句"**万里波心谁折得？夕阳影里碎残红**。《浪花》(122)"也是写在有风的情况下，掀起的浪花对映夕阳时产生的靓景。宋代诗人陈师道《十七日观潮》一诗中的"**晴天摇动清江底，晚日浮沉急浪中**(123)"，是在大风激起巨浪时看到的夕阳仿佛随之波动的精彩画面。这些都是描写夕阳的绝好诗句。

李白在《送友人》诗中写的夕阳还带有浪漫的色彩："**浮云游子意，落日故人情**。(124)"用浮云形容友人漂泊不定，而绚丽的落日沉没，似是离开了大地，象征与友人的离情。其中的"浮云"对"落日"、"游子意"对"故人情"，对仗尤为工整。李商隐写夕阳与众不同，他的《登乐游原》为美好的夕阳而伤感："**夕阳无限好，只是近黄昏**。(125)"诗人认为，夕阳好是好，却是终将了去的辉煌。其优美含蓄的诗句和所寓涵的哲理，为后人交赞。

❀ **卧听银潢泻月声**　太阳和月亮是上天赐予人类和地球万物的生灵之神。地球自转的同时又围绕着太阳转，使地球

第二回　日月星云晨光曲

033

有了白天与黑夜及春秋四季。而月亮的阴晴圆缺，既照亮了地球上的黑夜，又有利于确定地球的时节。晚唐诗人司空图有首诗美妙地将太阳比作乌鸟，月亮比喻为玉兔，日月的轮回是这两种动物的循环接力，由此驱动了季节和时节的转换，诗曰：

"**乌飞飞，兔蹶蹶，朝来暮去驱时节。**《杂言》（*911）"当太阳、月亮、地球的运行处于一条直线时，能形成日食或月食的壮观天象。2009年7月22日出现了500年一遇的日全食，对此我写了一首观感诗《日月长空舞》，以略表对日月同现的感慨："金轮恋玉鉴，五百年一舞。日变月儿牙，月偎阳黛姝。日亲月丽唇，月吻日流苏。日送钻石环，月回一贝珠。戚戚分又合，万里心相逐。"其中的"流苏"意指额头，"钻石环"、"贝珠"即贝利珠，是指日全食时，月亮未完全遮住太阳的部分，形成的相似"钻戒""珍珠"的天象图景。

月亮占据着地球人生活的一半，若没有月亮给黑夜带来光明，人类的生存状况将不堪设想。所以，人们赞颂月亮的美丽，敬拜它的功德。唐诗人曹松是这样赞赏中秋之月："**无云世界秋三五，共看蟾盘上海涯。直到天头无尽处，不曾私照一人家。**《中秋对月》（126）"首句写中秋这一时点的夜空，晴朗而恢宏。第二句写人们观看月亮这只神话般的大光盘，在海上冉冉升起时的景观。三四句极力赞美月光普照天下，以感恩的心情，表达人们对月亮的感谢。时至今日，中国人代代年年都在过专属月亮的传统节日——中秋节。在浩繁的古籍中流传着诸如嫦娥奔月、吴刚折桂、玉兔捣药、蟾蜍守宫等美丽的传说。

古人多爱写月亮，可能是月光色柔，形态多变，与时景风物组合的景象丰富，且能引起人们的情感和激发出对美好生活的憧憬。就描写月亮与人的情感交流而言，苏轼的词《水调歌头》是最好的一首。词中曰："**明月几时有，把酒问青天。不知天上宫阙，今夕是何年？……转朱阁，低绮户，照无眠。不应有恨，何事长向别时圆？人有悲欢离合，月有阴晴圆缺，此事古难全。但愿人长久，千里共婵娟。**（127）"这首千古绝唱的中秋词，以其词风清雅流畅而又豪放奇迈折服众人。其设景清爽开阔，构思独辟蹊径，居然将复杂的思想情感，置于月光下广袤清寒的世界中，在天上和人间穿梭驰骋，以连连美句，感慨古今变迁，揭晓漫漫的人生，极富哲理和浪漫，抒发出忘我的喜乐哀愁和能与之相容的豁达胸襟。词内虽有对仕途坎坷和与兄弟子由离别的苦恼，却表现出作者热爱生活与积极向上的乐观精神，令人折服。而就月色夜景的描写，他的另一首词《西江月》也是最美的，对月光下的夜晚作了出神入化般的描写："**照野弥弥浅浪，横空暧暧微霄。障泥未解玉骢骄，我欲醉眠芳草。可惜一溪明月，莫教踏破琼瑶。解鞍欹枕绿杨桥，杜宇一声春晓。**（同40）"该词以蓝天碧水般的那种澄澈、空灵自在的心境，把自己完全融入到大自然中，忘却了世俗的荣辱和纷扰，独自神游，畅快愉悦，又欲眠芳草。词中"照野弥弥浅浪，横空暧暧微霄"，是月光弥漫映入溪水闪动，灰蒙蒙的苍穹被星月透澈并与浓郁的大地浑然形成了静谧的蓝色夜景。"可惜一溪明月，莫教踏破琼瑶。"琼瑶，是美玉，这里比喻皎洁的水上月色，如同玻璃面一样平静的丽景，怕被自己踩破。作者以其独特的感受和美妙的比喻，传神地描绘出一幅月夜下静美疏朗的人间仙境。读来回味无穷，令人神往。苏轼还有一首词《卜算子·黄州定慧院寓居作》，想象力极为奇特而丰富，此中一句**"缺月挂疏桐，漏断人初静(128)"**，把月亮穿越梧桐时那种斑驳陆离的幻动特景，准确地描绘出来了。其中的动词"挂"字用得极佳，尤显功力。宋代著名词人张先的《天仙子》对月亮也有精彩的描写，其中有句**"沙上并禽池上暝，云破月来花弄影。(129)"** 尤其是后半句，云、月、花、影的活泼联动，美妙无穷，成为脍炙人口的千古名句。月朗夜融的杭州西湖是非常美的，白居易的《春题湖上》有句**"松排山面千重翠，月点波心一颗珠(130)"**，描写西湖附近的山峦布满了排排青松，如千重迭叠的翡翠，铺展在水面上。皎洁的月亮像一个光点映入湖心，如同一颗闪光的珍珠。这是一处多么诱人的美景，其"点""心""珠"三字用得颇妙。李白一次夜晚乘船由峨眉山的清溪离开蜀地之后写的这首《峨眉山月歌》，对月亮的描述很是独特。歌中曰：**"峨眉山月半轮秋，影入平羌江水流。(*931)"** 上句写天上月，用七个字极为精练地写出了此景的四个层次：峨眉山—月—半轮—秋。将弦月当空的地点、季节、时间、形状、颜色等如此多的内容得以清晰地展现，实乃高笔。下句写水中月，月影映入活泛的江流，声色并茂，静动自然，为诗的后半部描写月亮如同好友一般随他一路同行的情景埋下了伏笔。在创作方法上，句内，字词搭配巧妙，使语色顿显出诗味。上下句，天地相连，左右周圆，生动地勾勒出一幅清水出芙蓉般的月下环境。

月景不仅有其柔美的一面，在特有的背景下，还能显出宏大壮美的另一面。杜甫《旅夜书怀》中有句**"星垂平野阔，月涌大江流(131)"**，描述星月下的原野平泻千里，又静中突起，月涌江流，浮光跃金，气势磅礴不可阻拦。其句法严谨，"垂""涌"两字尤奇，凸现宇宙的苍茫，星月的毕肖，平野的静阔，江流的活泛，勾勒出一幅阔大雄伟的景象。南宋词人、被皇帝亲擢为进士第一的张孝祥，他的《西江月·黄陵庙》有句描写皎洁月光倾泻江川的秋景："**满载一船明月，平铺千里秋江。**（同121）"此句美在想象别致，着色清丽，造势尤为宏迈，且对仗工整。唐代"吴中四士"之一的张若虚的名篇《春江花月夜》，以妙笔娓娓道来，春、江、花、月、夜形成的良辰美景，与人间的忧愁和游子的离别相思之苦相连，令人遐思，也令人迷茫、惆怅。尤对月光下春江环境的描写颇为生动，其中有句"**滟滟随波千万里，何处春江无月明**（132）"，其笔下的万里江海，月光随着波浪的起伏熠熠生辉，若隐若现，一片浩渺无际的夜景，窅然而神秘。诗人刘禹锡的诗《洞庭秋月行》也有这样的描写："**洞庭秋月生湖心，层波万顷如熔金。**（133）"这个对句，虽没有张若虚的对句中蕴含的那种岁月的悠长和空间的延绵之感，但所描绘的月下环境更为绚丽，其后半句尤佳。

月照因季节景物的变化，所形成的月下境况也不同。明代诗人裴衍的这句"**天空高阁留孤月，夜静河灯散万星**《中秋登偀家楼》（134）"，出色地描绘出中秋时，作者登上偀家楼看到的那种天高云淡，月明星稀，和江上的点点渔火灿若星河组成的静谧夜景。此句与北宋进士、著名诗人黄庭坚的《登快阁》中描写登高远望深秋时节的苍茫大地和月夜的诗句"**落木千山天远大，澄江一道月分明**（135）"有异曲同工之妙。但黄庭坚的出句凸显了深秋的秋高气爽和大自然的恢宏，而其对句特别显出此时月照江山环境的朗澈。初唐诗人沈佺期《巫山高》中的诗句"**月明三峡曙，潮满九江春**（136）"，是描写三春时节的月夜，凸显的是普照江山的春色靓丽。明代诗人丁鹤年的这句"**光移星斗天逾近，影倒山河月正圆**《元夕》（137）"和清代诗人陈曾寿的这句"**明灯海上无双夜，皓月人间第一圆**《元夕》（138）"，都是描写正月十五即元宵节时的月亮又大又圆。不过，丁鹤年的诗是在近山河边看到的月景，凸显其丽，而陈曾寿的诗是写在海边看到的月景，着显恢宏。

以上都是描写皓月当空，普照万里江河尽显丽景的名句。那么，月亮出海时又是怎样的景观呢？唐代张九龄的《望月怀远》中有句："**海上生明月，天涯共此时。**（139）"说海上的月亮又大又亮。张若虚在《春江花月夜》中也有句"**春江潮水连海平，海上明月共潮生。**（同132）"说春天海上出月更加明媚。这两句都是对万民举首望月以寄托情思的著名特写，从中能够感悟到月出大海时的那种鲜丽景色，相当壮观。

诗人大都想象力丰富，对壮丽的月色美景有的白描，有的则是随着景物的变化，从不同的角度使用比喻、拟人等艺术手法写出，各有妙趣。唐代诗人宋之问在七夕之夜对星空描写道："**奔龙争渡月，飞鹊乱填河。**《牛女》（140）"其用词动感性很强，奇特地想象出这个美丽的夜晚，群龙争着飞向月亮，而鹊群飞舞错落，在银河上忙着为牛郎织女搭桥的生动景象。从这个工整的对仗句里可以看到，好诗一定会描绘出美得令人惊奇的意境，但还要有好的字形相配。此句诗的每个字都散发出飞动的美感，让你一下子就认准它是一首好诗。北宋诗人、进士孔武仲有句："**飘然一叶乘空度，卧听银潢泻月声。**《五鼓乘风过洞庭湖》（141）"

乘一叶扁舟在满月普照的洞庭湖上，若凌空飞度，静听铮然而清灵的流水声，仿佛是月光倾泻到湖面上发出的琅然声。其"飘然一叶""银潢泻月"，遣词尤为轻灵精妙。南宋著名词人吴文英的词《浣溪沙》有句："**落絮无声春堕泪，行云有影月含羞。**（142）"此景下，彩云追月，花絮轻落，间有春雨滴洒，浮云遮月时隐时现，投下云影幻动大地，而月亮却像含羞的少女偷眼藏露。此句法工整，用语婉转，犹若飘云，轻柔至极。南宋词人、列为进士第一的状元陈亮，他的词《一丛花》有句："**冰轮斜辗镜天长，江练隐寒光。**（143）"比喻皎洁的月亮像一只巨大的冰轮斜辗天空而过，其月面又像一面巨大的镜子，光线扑射到犹如练带的万里江面，明灭潋滟，寒光荧动。这首词想象奇特，语言豪迈见刚，似利剑刺破青天。王安石写月的手法也颇为浪漫雄奇而独特，他在《客至当饮酒二首（其二）》中言："**天提两轮光，环我屋角走。**（144）"将茫茫宇宙看似被巨人掌控，日月星辰犹如弹丸随手可摘，如玩物一般随意摆动。

诗人们对月亮的情感，既有在月亮那里寄托着对故人的怀念，更是羡慕月亮作为永恒历史的见证者，表达诗人对美好人生的向往和一种难以割舍的情思。李白《把酒问月》中的"**青天有月来几时？我今停杯一问之。人攀明月不可得，月行却与人相随……今人不见古时月，今月曾经照古人。古今人若流水，共看明月皆如此……**（145）"和唐代张泌《寄人》中的诗句"**多情只有春庭月，犹为离人照落花**（146）"，都是表达了这种情感。

❀ **华星闪烁出云间**　　星星是月亮的伴侣，云彩是它们的衣裳。有山有水的地方，气温多变，云腾雾起，被晨光和夕阳所照，易形成绮丽无比的天象。长江三峡，特别是巫峡一带多有这样的景观，被诗人大加赞美。唐代著名诗人元稹的这句："**曾经沧海难为水，除却巫山不是云。**《离思五首·其四》（*912）"意思是，见到了沧海，江河湖泊还算是什么水；见到了巫山之云，别处的云彩都黯然失色。有关巫山之云与水，大诗人李商隐有句精彩工巧的对仗："**一条雪浪吼巫峡，千里火云烧益州。**《送崔珏往西川》（*913）"形容长江在巫峡，白哗哗似条雪浪，湍急浪涌，涛声震天；而高峡沿江，在夕阳下形成的绚丽彩云，似红火延绵千里，通烧益州大地，其景，十分的壮观奇美。杜甫在《中霄》中对星星和月亮也有精彩的一笔："**飞星过水白，落月动沙虚。**（147）""飞星"即流星。流星迅疾飞过，水中泛过一缕白光，月亮沉落，光影变幻，河边亮如白昼的沙滩突然隐去，留下一片空旷的阴影。句中对天象变化的动感描写颇得其神。宋代词人秦观有首《鹊桥仙》，借牛郎与织女会面于七夕夜的传说，用拟人化的手法对此时的云、星、月作了生动描述，情景契合，颇有特色："**纤云弄巧，飞星传恨，银汉迢迢暗渡。**（同801）"说天上的云，犹如情窦始开的少女，穿针乞巧，轻飘蜿动；飞行的流星，像似离别的情人传情，急切地表达离恨；而月亮这颗滚动着的慢轮，似是织女，私下里不辞千万里，执着地奔向

■ 明　陈宪章《玉兔争清图》

要去的远方。对星光、云雾和月照光影幻动这种现象，三国的曹氏三父子早有描写。曹丕的诗《芙蓉池作》里有句："**丹霞夹明月，华星出云间。**(148)"在天长的夏日，日月星同辉这一美妙现象并不少见，而在一句诗里将日、月、星、云、彩霞这样生动地写来，极为鲜见。曹植写星星月亮也很有特点，他在《弃妇诗》中云："**天月相终始，流星没无精。**(149)"说流星虽美，不过昙花一现，没有留下什么，而月亮与苍穹同在，为人间留下了温润的亮彩。还是老父曹操雄才大略，妙手不凡，他在《观沧海》中这样描写日月星云："秋风萧瑟，洪波涌起。**日月之行，若出其中。星汉灿烂，若出其里。**(150)"说秋风扬起波涛，日月星辰跃动于大海之上。此描写生动无比，气势横贯，凸显出作者胸怀和才气的不同凡响。

第二回 日月星云晨光曲

041

# 第三回
# 万里江海恋山川

在古人的宇宙观里，大地是乾坤的一半。而大地含有山川江河湖海。就山川而论，总有江河湖海相依。

❀ **遥望神州九点烟** 　如果站在高远的大视角看中华大地是怎样的景象呢？诗人对此的描写可谓是美哉！壮哉！与李白、李商隐并称唐代"三李"的著名诗人李贺，他在《梦天》一诗里有句**"遥望齐州九点烟，一泓海水杯中泻"**(151)。其描述的意境之清晰、高阔、神奇和所显气势的恢宏豪迈，令人惊叹。诗中的齐州指中州，泛指中国。相传禹治水后，将中国分为九州：冀州、兖州、青州、徐州、荆州、扬州、豫州、梁州、雍州。这里作者托梦游入天宫，想象在遥远的天际处观察大中华是什么模样。那九州小得就像九个模糊的小点，而东海小得就像一杯水倾泻

■ 清　王愫《洞庭秋月图》

下来。倘若作者胸中没有一种豪气，心中没有奇特的想象力，手上没有高妙的功力，是难以写出如此奇诡壮美的诗句。

李白在其五律《渡荆门送别》里有句对江河山川的描写也十分壮观，诗曰："**山随平野尽，江入大荒流。**（152）"作者于白天以平阔的大视角，看到的是高山势下平野、江河横穿大地这样一幅由延绵的群山、广袤的平野和奔腾的江河浑然而成的大画面。此句与杜甫在月下的这句"**星垂平野阔，月涌大江流**（同131）"有异曲同工之美。宋代张孝祥词《水调歌头》中的"**千里江山如画，万井笙歌不夜**（153）"，则把观察的镜头先是横移，再由远而近，以更大的跨度俯瞰大地，那是一片大自然美景与人间烟火和谐共存的景象。而王维的"**大漠孤烟直，长河落日圆**（同115）"，是在广袤无际的荒漠平野上看到的景象。其画面中奇特美妙的组合，最是艺盖群雄以绝胜。大漠与孤烟，一大一小突显地貌的广阔。长河与落日，一长一圆，红日冉冉落入长河的生动丽景，更显山河的壮美。北宋政治家王安石的词《桂枝香》，对江南晚秋时景的描写，立意高远，气势恢宏，词语精炼。其曰："**千里澄江似练，翠峰如簇。……彩舟云淡，星河鹭起，画图难足。……**（*914）"作者对景、物的拿捏举重若轻，将宏阔画面，纵横交合，物之高低错落，色之淡浓相宜，形之此静彼活，可谓精彩。三国时的大英豪曹操描写的大自然也极有特色，他的那篇《观沧海》尤见其长："**东临碣石，以观沧海。水何澹澹，山岛竦峙。树木丛生，百草丰茂。秋风萧瑟，洪波涌起。日月之行，若出其中。星汉灿烂，若出其里。幸甚至哉，歌以咏志。**（同150）"作者以极为精练的语言将宇宙万象置于笔下，大海与山川，芊芊草木和日月星辰，皆统于此篇，磅礴灵动，情景并茂，以咏释自己的壮志情怀，历来被称为千古名篇。

描写大山之美可以从不同角度着手，而历来诗人善从高险雄奇处下笔。这方面描写最棒的还是李白与杜甫。李白的古体诗名篇《蜀道难》把太白山之高、之奇写绝了。诗中有两句是这样写的："**黄鹤之飞尚不得过，猿猱欲度愁攀援。……连峰去天不盈尺，枯松倒挂倚绝壁。**(154)"说山的陡立使枯松倒立着生长，高得离天不满一尺，连鸟都飞不过去，即使善于攀爬的猴子也都忧愁。这样高险的山或许不存在，但经过诗人的艺术夸张，让你确信此山的高险。他的另一首诗《送友人入蜀》描写山的高陡也令人惊叹若临其境："**山从人面起，云傍马头生。**(155)"因山之高身置此中，故有"山从人面起"之感，因山之高处于云雾中，故有"云傍马头生"之景。杜甫的五言古体诗《望岳》是写东岳泰山的一首名诗，在他的笔下泰山是："**造化钟神秀，阴阳割昏晓。……会当凌绝顶，一览众山小。**(156)"大自然的造化，使泰山之高遮住了太阳，山南山北如同被分割成黄昏与白天两个时辰。而站在它的最高峰俯瞰，众山都显得那么渺小。惊奇的比喻，切实的感悟，将泰山的雄姿美妙地表达了出来。

### ❀ 黄河之水天上来

对祖国大好河山的描写，前面是以山川为主，这里是以江河湖海为主。

观察事物因视角不同，看到的效果也不同。吟诗作词之要，除却功力，尤是观察的视角，它反映出诗人的不同风格。李白的诗《将进酒》有句："**君不见黄河之水天上来，奔流到海不复回！**(157)"是面对黄河，用由此上溯和回首远望的视角对黄河进行的描写。他在《庐山谣寄卢侍御虚舟》中的诗句"**登高壮观天地间，大江茫茫去不还**（同112）"，是以登高远眺的视角来对长江的描写。李白的豪放风格决定了他善用这样的独特视角进行观察，使其诗充分地表达出黄河与长江汹涌而来奔腾而去的壮观景象，也是人们对大自然神奇运动的窥探。李白在《登金陵凤凰台》诗中有句："**三山半落青天外，二水中分白鹭洲。**（158）"其视角不算高，但也不低。如果站得太高，就显得山太矮小，如果站得太低，就看不到长江的大貌。以这样适中的角度，描写出长江到了南京，水面宽阔，旁边的大山，高耸入云，而山下的大江被江中的沙洲分为两条支流的景象。如此壮景，诗人描写得浑洒自如，举重若轻，巧用"半落""中分"妙笔和"三山"对"二水"的倒数对的工稳对仗，一幅活脱脱的大自然画面展现于眼前。南朝诗人朱超的《舟中望月》有"**大江阔千里，孤舟无四邻**（159）"，其视角是置于景物之中，乘小舟驶入江中才能感受到长江的博大，而尽显人的渺小。在岳阳楼上看洞庭湖是一大胜景，诗人们吟诗泼墨留下了许多著名诗篇。李白的诗《与夏十二登岳阳楼》有句："**楼观岳阳尽，川迥洞庭开。**（160）"登上此楼即可看到岳阳城的尽头，而转过身来，便可见浩瀚开阔的洞庭湖迎面而来。一收一放，一股浩然之气油然而生。如果说李白是从高企的平面视角描写洞庭湖，那么唐代著名诗人孟浩然的《望洞庭湖赠张丞相》，则是从立体的动态视角来描绘洞庭湖。诗中曰："**八月湖水平，涵虚混太清。气蒸云梦泽，波撼岳阳城。**（161）"先说水面浩淼，与岸齐平，后说湖色如天穹不分，雾气蒸腾笼罩云梦大泽，再说它的汹涌，波涛横推之猛可撼动岳阳城。"波撼"两字动感强烈，令人震撼。杜甫的《登岳阳楼》对洞庭湖的描写是从高空俯瞰的视角，奇妙无比。诗曰："**昔闻洞庭水，今上岳阳楼。吴楚东南坼，乾坤日夜浮。**（162）"形容洞庭湖之长，将吴楚两地拆开，其湖之深阔，可将天地容之，那天空飘动的云彩在湖面形成的倒影，仿佛是天和地漂浮在其中。如此神奇的描写，尤显出岳阳楼的高大和洞庭湖的壮观，无不令人赞叹。

　　作诗要选择恰当的视角，更重要的是在于炼字炼句，特别是动词和虚词的选用。宋代诗人晁冲之在《与秦少章题汉江远帆》诗里描写楚山、汉江的威力与作用时说："**楚山全控蜀，汉水半吞吴。**（163）"楚地相当于现在的湖北，楚地的西面是楚山，挡住了蜀地——相当于现在的四川和重庆。而经楚地到武汉汇入长江的汉江，一往无前到吴地——相当于现在的江苏、浙江等地区，并形成了众多湖泊，占却了吴地半壁江山。诗中用"全控""半吞"凸显了楚地有楚山和汉水这一战略要冲，具有重要的战略地位。著名的江西九江的浔阳楼，南倚匡山即庐山，北临长江，东及鄱阳湖，白居易诗《题浔阳楼》有句："**大江寒见底，匡山青倚天。**（164）"天气虽寒，江水清澈见底，而江旁高耸的庐山依然苍翠。仅用十个字概括出濒临长江的浔阳楼的冬季风貌。江苏、安徽一带的江淮地区，西有洪泽湖，东有高邮湖，金代进士、诗人党怀英描写此时的江淮是："**潮吞淮泽小，云抱楚天低。**《奉使行高邮道中》（165）"诗中的"潮吞"和"云抱"用词传神，"潮吞"示意浪潮大而猛，"云抱"表示云朵大而在低空飘动，意示云稠雨多。形象地描绘出那时的江淮平原上，洪泽湖、高邮湖的风高浪急，水面拍天，易遭江河风雨的侵扰。

### ❀ 瀑落涛飞江上台

诗人写大海江河不仅善于从大貌描写其壮阔，而且善于用惊人之笔描写江海的狂涛巨澜，从细节上刻画大海江河的态势。比如，李白的《横江词》中就有"**浪打天门石壁开**""**涛似连山喷雪来**(166)"的美句，其先用夸张的手法描写江浪的威猛如神斧劈开山壁，又以丰富的想象，比喻浪涛之巨形如连山，激起的浪花势似喷雪，其飞动的妙笔使生动的画面扑面而来。而这方面描写最为出色的是苏轼的千古名词《念奴娇·赤壁怀古》。他这样述说大江狂浪形成的惊美画面："**乱石穿空，惊涛拍岸，卷起千堆雪。**(167)"读者只要仔细琢磨吟赏此句，就会感到作者所描绘的那一刻的江海狂涛，显现出如此惊异的力量和毕肖的壮美景象。其所用三个动词"穿""拍""卷"三字尤为传神奇美。苏轼的另一首诗《望海楼晚景（五绝其一）》对海潮的描写也很出色："**海上涛头一线来，楼前指顾雪成堆。**(168)"其中的"一线"用词极好，线虽细小，但用在大海远处翻白似雪横成一线的浪涌，即显出涛浪威力的巨大。唐代岑参的《青山峡口泊舟怀狄侍御》，诗中有句"**奔涛振石壁，峰势如动摇**(169)"，夸张地描述奔腾的浪涛把石壁震落，山在波涛汹涌的海中遭受巨浪的击打，看似山峰也在摇动。王安石对山水的描写很精准且有特点，他对此时镇江北固山一带山月江浪的画面有这样的描绘："**山月入松金破碎，江风吹水雪崩腾。**《次韵平甫金山会宿寄亲友》(170)"月入松，光影浮动金光闪闪，风吹水，浪花四溅如雪崩腾，其比喻真是太美妙了，静中有动，轻慢激活，有声有色，极有诗情画意。从艺术手法上讲，对仗工巧，用词精美，比喻恰切，景色丰富具有较高的艺术欣赏价值。

第三回 万里江海恋山川

对江潮的描写，宋代诗人陈师道与清代诗人施闰章的诗写得最为精彩。陈师道的七言绝句《十七日观潮》用比喻、想象、烘托等手法写出了钱塘江潮的势和力。诗曰："**漫漫平沙走白虹，瑶台失手玉杯空。晴天摇动清江底，晚日浮沉急浪中。**(同123)"潮水像一道白虹朝着宽阔平坦的江岸奔腾而来，刹时盖满了江岸的沙滩，掀起了冲天巨浪。作者借传说描述此时浪涛翻滚、汹涌奔腾的江潮，是因居住在天宫瑶台里的神仙失手倒空了玉杯里的琼浆而形成。满江涌动的潮水，使映在其中的晴朗天空和灿烂夕阳的倒影，左荡右摆，时浮时沉，仿佛是撼动了天地日月，引喻甚为形象生动。而施闰章的五言绝句《钱塘观潮》，则从潮的"色""形""声""势"四方面着力渲染，精彩地描绘出钱塘江潮气势宏猛，如万马奔腾，气吞山河的画面。诗云："**海色雨中开，涛飞江上台。声驱千骑疾，气卷万山来。**(171)"其用词飞灵神动，极为洗练，"涛飞""声驱""气卷"的动感、实感、美感颇强。比喻形象神奇，耐人寻味，如临其景。从表现效果上看，较之陈师道的那篇写得更好。

水自山上落下形成瀑布，描写瀑布的壮观之美首推李白。他的那首著名的七言绝句《望庐山瀑布》："**飞流直下三千尺，疑是银河落九天。**(172)"其出句就不凡，"飞流"写瀑布的姿态，"直下"写运行的方向和力度，"三千尺"写瀑布的速度和长度。对句则思奇形肖，妙喻瀑布是银河下落，气势恢宏而生动。唐代诗人褚载有首诗《瀑布》，其有妙句也是将瀑布比喻为银河下落，此曰："**争知不是青天阙？扑下银河一半来！**(*915)"用设问并以肯定的语调回答，瀑布怎么不是青天的一块？它是银河下落的一半形成的。尤是后句对瀑布的描写极为精彩，一个"扑"字捅活了全篇，显出由天下落的瀑布，气势雄壮，速度快猛。用银河的"一半"形容瀑布，使本来不太长的瀑布，觉得非常之长，且续之不绝。李白的《蜀道难》有句**"飞湍瀑流争喧豗，砯崖转石万壑雷**(同154)"，把瀑布的画面立体化了，词精奥而意显，水动尤奇，声震魂魄，似乎你就在近处看瀑布，并听到其摔落时发出的巨大轰鸣声。南宋杨万里对一处瀑布的大貌与细末的描写也很出色，诗曰：**"分清裂白两派出，跳珠跃雪双龙争**。《题兴宁县东文岭瀑泉》(173)"清流化为跃雪，跃雪化作龙争，大自然的美被诗人的妙句升华，使读者的心灵产生舒快的喜悦，从中获得巨大的艺术享受。

### 🌸 孤帆一片日边来
对江河自然的描写，如果有人物活动在其中，整个画面会更加丰富而灵动。船行江中是这方面选材的佳景。

李白的《黄鹤楼送孟浩然之广陵》这首千古名篇中的名句：**"孤帆远影碧空尽，惟见长江天际流**。(174)"作者目送故友乘小船渐远于江中的帆影，与阔开天际的大江作对比，形成了宏与渺反差巨大的强烈视觉效果，从而准确地再现了当时所看到的雄浑壮丽的美景。如此流畅而美妙绝伦的描绘，使我们每次读到时，都能获得新的艺术滋养，而感激这位伟大诗人为中华文明作出的杰出贡献。安徽的天门山夹江而立，高耸的青山两两相对，长江流出天门山，如山断江开，李白的这篇《望天门山》就是对此丽景的描写。诗中有句**"两岸青山相对出，孤帆一片日边来**(175)"，其特别之处是一只小船从日边而来，小船的加入，使整个画面生动起来。他在

第三回 万里江海恋山川

049

《早发白帝城》中对水流湍急的江上行舟的描写，更是令人赞绝的神笔："**朝辞白帝彩云间，千里江陵一日还。两岸猿声啼不住，轻舟已过万重山。**（176）"其前两句用景物排列的手法，清楚地交代了作者乘船出发的环境、时间、地点、目标、距离和行进的速度及日程。如此多的内容，用两句话十几个字讲清，可见诗人的文字凝练功夫。这种笔法很值得研习。诗的后两句描写小船乘急流飞上腾下轻快前行越过重山，那两岸的猿声不断，似在吆喝前行的小船，着实渲染出江流快猛小船飞行的生动画面。其紧绕主题，借景渲染，思奇字妙、干净利落、鲜明活变的笔法，极大地增强了该诗的艺术价值，这一点也值得学习。

北宋著名词人张先描写水中行船的手法也很有特色，他的七律《题西溪无相院》里有句："**浮萍破处见山影，小艇归时闻草声。**（177）"其独到的地方是描写的细腻。山映出的倒影是在没有浮萍的水面上，可见水置环山，明暗交错，水面较阔且平静，呈一派山湖景色。小船归来闻见草声，说明水中的浮萍比较多，应是小船穿过浮萍时发出刷刷的摩擦声。唐代诗人贾岛曾与高丽来使共作一副《过海联句》，其中贾岛的对句是"**棹穿波底月，船压水中天**（178）"，描写在明朗的夜晚船行江海的感觉。船桨划破了水中月影，泛光流金，空中的月亮和星空映入水中的景象，好像船只压在天空上，如梦临仙境般美妙。张孝祥也有词描写他在中秋的夜晚，乘一叶小舟在浩瀚的洞庭湖上的感觉："**玉鉴琼田三万顷，着我扁舟一叶。素月分辉，明河共影，表里俱澄澈。**《念奴娇·过洞庭》（179）"明亮的夜晚，月光散入水中，那种上下澄澈通透的美景，似入天宫一般。唐代诗人韩偓的《乱后春日途经野塘》，写春天在河塘上行船的丽景：**"船冲水鸟飞还住，袖拂杨花去却来。(180)"** 其用笔细腻，对水鸟逐船、落花飞乱的那种活泛的画面，描写得尤为生动，把春天的活力和浓郁的春意充分的表现出来了。

### ❀ 寂静深山流水急

诗人们对山川江河的描写风格不一，有的侧重于画面静态的白描，有的侧重于动态细节的刻画。

杜甫的《绝句四首（其三）》有句**"窗含西岭千秋雪，门泊东吴万里船(181)"** 是静态描写的经典之作。首先是所写景物清晰，意段分明，音节自然流畅。其次是着笔新奇，构思精巧，对仗颇为工稳。前句"窗含"对后句的"门泊"，"千秋雪"对"万里船"。"窗含""门泊"像一面镜子，"千秋雪""万里船"是镜中之物。这样的描绘，想象如此奇特，揽天地之妙而出于笔端，令人叹绝。在这方面，唐代诗人杨收的《入洞庭望岳阳》也是出色地采用了静态的描写方法，其中有句**"黛色浅深山远近，碧烟浓淡树高低(182)"** 描绘的山，远近深浅分明，树木高低错落有致，色彩浓淡和谐，整个画面显出寂静宥然的自然景态。用如此简约的文笔描写出山的远近色彩和雾茫茫的原野万木，非笔功超群。

大自然在那一刻似乎是静态的，而时刻都是动态的，所以，诗作能自然地表现出景物的动态，则更能说明诗人的功力与水平。如唐代诗人郑邀的这句**"帆力劈开沧海浪，马蹄踏破乱山青。《偶题》(*929)"** 巧用动词妙语"劈开""踏破"，出色地描写了船帆征浪的气势和马蹄腾雾的快速，仅此句便可看出诗人的笔力不凡。杜牧的《过华清宫绝句三首（其一）》是采用动态写法的佳作。诗曰："**长安回望绣成堆，山顶千门次第开。一骑红尘妃子笑，无人知是荔枝来。**(183)"作者先用大跨度视角描写横距几千里相连的座座青峰，然后用动态细化、明扬暗讽的方法，着力描写山门次第打开，一骑更迭一骑，催马扬鞭一路奔来急送鲜荔枝，贵妃娘娘满面春风正在等待的生动情景。明末崇祯年间进士吴本泰，他的《送人之巴蜀》有一句"**云开巫峡千峰出，路转巴江一字流**(184)"，其江山之景被写得活灵活现，山峰云雾散去，露出巴峡之地原貌，恰如宋代诗人范成大所说："千峰万峰巴峡里，不信人间有平地。"而长江沿山九曲十八弯，峰回水转出巫峡，江流呈一字形展开，一往直前，其势不可阻挡。

动景中有一种特景即景物的迅疾之状或行速的飞快。大凡诗词大家都是描写此类景物的高手。如前述李白对庐山瀑布下落的描写："**飞流直下三千尺，疑是银河落九天。**(同172)"以及他对白帝城到江陵一段江流迅疾的描述："**朝辞白帝彩云间，千里江陵一日还。两岸猿声啼不住，轻舟已过万重山。**(同176)"其不凡的手笔，描写出如此生动流快美妙的画面，令人仰止。杜甫在四川听到唐军打败叛军，已收复河南河北的消息兴奋之极，作《闻官军收河南河北》诗云："**即从巴峡穿巫峡，便下襄阳向洛阳。**(185)"这是一副著名的流水对仗，精彩而贴切地描述了他在路途转换中的行动之麻利，和急切如飞一般的回乡心情。苏轼对快景的描写也非同一般，他能准确地把握事物飞快瞬间的姿态。且看他在《百步洪（其一）》一诗中对兔、鹰、马、箭、电等景物速动的传神描写，来形容他在徐州任职时看到的"百步洪"之水的流速："**有如兔走鹰隼落，骏马下注千丈坡。**

**断弦离柱箭脱手，飞电过隙珠翻荷。**（186）"他笔下之物的速猛，像鹰隼捕兔时那样的迅速和野兔挣逃般的跃起，像狂奔的烈马下坡般的冲势，像猎箭脱弦时的飞速，像雷电过隙和水珠从荷叶翻落之快的那一瞬。还有他在《祭常山回小猎》中的诗句"**弄风骄马跑空立，趁兔苍鹰掠地飞**（187）"，其猎杀场面的激烈，如奔马被勒停时惊现的突起之状，若猎鹰俯冲野兔迅起时，展现的掠地飞逐之姿。写得真是太美太绝了，要说中华文化宝库，这些美文绝唱，也是其中的块块瑰宝吧！

■ 宋　夏圭《山水十二景图》

第三回　万里江海恋山川

053

## 第四回
## 一城一村风景殊

描写大自然的宏景能体现诗人的胸怀和诗的壮美，而诗人的慧眼更善于洞察事物的细节。从诗人们对一处处特景的描写，你能悟出中华诗词文化的另一面——隽美，一种韵味淳厚而个味鲜浓的实美。

❀ **灯火万家城四畔** 对整座城市的描写，柳永的词《望海潮》最为著名。他用优美而精炼的语言，述说了北宋时杭州美丽繁华的景象："东南形胜，三吴都会，钱塘自古繁华。烟柳画桥，风帘翠幕，参差十万人家。云树绕堤沙，怒涛卷霜雪，天堑无涯。市列珠玑，户盈罗绮，竞豪奢。重湖叠巘清嘉，有三秋桂子，十里荷花。羌管弄晴，菱歌泛夜，嬉嬉钓叟莲娃。……(188)"用词美，语言简，写意全是这首词的显著特点。该词先用洗练的数笔，概述杭州自古以来在中国的政治与经济地位。然后

■ 明 沈周《落花诗意图》

由远及近，由大到小，从多角度、多层面述说富有生活气息、令人向往的人间天堂的美景和繁荣。词中美句连连，妙而通达，尤是脍炙人口的"三秋桂子，十里荷花"，尽显该词的洗练和精美，堪称是用诗词题材描写整座城市的千古绝笔。

白居易的诗《江楼夕望招客》描写出了人间天堂的杭州气势如虹、境界开阔的美丽夜景，诗云：**"海天东望夕茫茫，山势川形阔复长。灯火万家城四畔，星河一道水中央。……** (189) "在夏日的黄昏，诗人登上望海楼向东远望，天海一片苍茫茫。山势依川平展，山连川，川连水，水通海，海接天，绵延壮阔。俯瞰夜色中的杭州，一片繁华的景象。华灯初放，散落的万家灯火，与四处幽暗而月光下泻水面随波点闪的景色浑然，使西湖通向钱塘江一带，如一路灯光相映生辉，给人一种神奇的梦幻之感。"星河"一句，水中倒影，浮光耀闪，更增添了夜幕下的几分澄澈、清凉的感觉。描写自大观至小景，语炼气宏，方法可资鉴赏。

有的诗人用一句便能概括出一座城市的大貌和它的主要特征。宋代名人司马光这样描写都市洛阳的春来风采：**"洛阳春日最繁华，红绿荫中十万家。** 《京洛春早》(190) "其后句精彩地描写出春日的洛阳，繁花似锦，富丽堂皇，人丁兴旺的概貌，意境写得简洁大气。白居易对苏州城的描写则委婉而对仗：**"闾闾城碧铺秋草，乌鹊桥红带夕阳。** 《登阊门闲望》(191) "美丽的苏州尽管到了秋天仍是郁郁葱葱，绿树成荫，夕阳下的乌鹊桥一带尤其绚丽。一处碧绿一处灿红，阔而微之，美妙地表达出一地两处的景色。唐代著名诗人王维有两句对古城的特写："**高城眺落日，极浦映苍山。** 《登河北城楼作》(192) " "**荒城临古渡，落日满秋山。** 《归嵩山作》

(193)"其前句描写作者在城楼上眺望，看到夕阳冉冉西下，遥远的滨水映出苍山倒影的靓景。后句描写作者回归故里，在古渡口对岸眺望家乡的一幅情景。荒凉的古城依临古渡，后面的秋山被落日余晖洒满的苍凉景象。此两句诗所描写的景色一靓一暮，很好地表达了作者当时的一喜一忧的不同心情。清代诗人王士祯有句对济南城冬天的出色描写："**郭边万户皆临水，雪后千峰半入城**。《初春济南作》(194)"此句将人与自然相融，且凸显其山城雪后时景特色。与此形成鲜明对比的是，清代刘鹗在《老残游记》中对济南春天时景的描写："**四面荷花三面柳，一城山色半城湖。**"都是巧用数字对的技法，写出了对仗工整、表意生动、特色刻画鲜明的佳句。刘禹锡的《寄朗州温右史曹长》一诗中的这句"**城边流水桃花过，帘外春风杜若香**(195)"，虽没有着笔直写城市，而用"城边""帘外"几字，便概出朗州（今湖南常德）当时城内城外的丽春面貌，给人以丰富的想象空间。诗中的"杜若"是生姜开的花，也称姜花，香味很浓。唐代进士徐凝的《忆扬州》有句："**天下三分明月夜，二分无赖是扬州。**(196)"本来月光普照，并不独宠扬州。扬州历来为人重视是因著名的京杭大运河发端于此，且与长江交汇，经济繁荣，政治地位重要，为何此诗则全然不提？当你看到该句的上句"萧娘脸薄难胜泪，桃叶眉头易觉愁"，你会发现作者是从另一层意义上赞美扬州。说扬州如少女娇美的脸上藏不住眼泪，她们的眉梢上也挂不住忧愁。忧虑不会长期郁积在扬州人心中，他们谦让大度，春风和蔼的氛围，岂不是"天下有三分光明，二分聚在扬州"，真乃是天赐良地，物华天宝，人杰地灵。此诗句构思奇妙，寓意深含，高妙的艺术手笔泼洒出隽美的诗味。宋代诗人赵希淦作《半月寺有感》，称古都金陵是**"千古风流歌舞池，六朝兴废帝王州(197)"**。该句既是调笑人们为求功名富贵，被无情的岁月荡去了他们过去的辉煌，同时也是称颂金陵乃以往多个朝代的政治中心，风流歌舞地，人才汇聚，战略地位重要，意在强调，谁要争地盘以霸天下，当争金陵——南京。

### ❀ 佳节一夜鱼龙舞

我国是多民族的文明古国，主要围绕着季节的变换和各民族的习俗形成了大小数百个节日。如汉族的传统节日主要有：春节、元宵节、清明节、端午节、七夕节、中秋节、重阳节、腊八节和龙春节（即"二月二"）。其中春节、中秋节、元宵节是最重要的节日，描写这些节日的诗篇也最多。

古代生产力发展水平低，农业是基本产业，人们依赖大自然并受制于大自然的程度高，劳作沉重，物产不丰裕，生活困苦，人们要隆重欢庆的节日并不多。但人们更企盼节日的到来，与现在的人们对节日的感情不同。那时的人们过节时那种狂喜的情感，营造出人性化的、民族性的、地域性的欢乐气氛，十分的热闹。譬如隋炀帝杨广在《元夕于通衢建灯夜升南楼诗》里曾描写了某地除夕之夜的盛况：**"灯树千光照，花焰七枝开。(198)"** 说四处的灯笼照亮了街市，释放的烟花似花树绽放一样绚丽，此语也显出这位帝王的不凡文才。李商隐有句**"月色灯光满帝都，香车宝辇溢通衢。"**《观灯乐行》(199)描绘当时节日夜晚的盛况，烟花闪烁，照亮了古都长安，过往的车马行人堵塞了道路。白居易的诗也讲到古人过节时的情景：**"灯火家家市，箫笙处处楼。"**《正月十五夜月》(200)家家灯火通明，处处歌舞升平，锣鼓喧天，热闹到天明。如唐代崔知贤的这句"**欢乐无穷已，歌舞到明晨**。《上元夜效小庾体》(201)"和明代丁鹤年的这句"**灯火楼台锦绣筵，谁家箫鼓夜喧天**。(同137)"清代有首《灯节诗》上说得更为生动："**看戏烛火闹元宵，划出旱船忙打招。万放月华侵下界，烟杆火塔又是桥**。(*916)"人们喜气洋洋地涌到街市闹元宵，有的看戏放烟花，烟花似塔喷火，有的挑着竹竿放鞭炮，有的将爆竹挂成一排点燃，似火龙过桥。表演者情态嬉皮，走龙舞卷旱船，热闹非常。烟花光亮整个街市，似月亮下沉人间，华光满盈。由上得之，古人能写出在现代人看来也是最美的节日诗篇。

辛弃疾描写元宵节的《青玉案·元夕》词，是节庆诗词的代表作。词曰："**东风夜放花千树，更吹落，星如雨。宝马雕车香满路。凤箫声动，玉壶光转，一夜鱼龙舞。　蛾儿雪柳黄金缕，笑语盈盈暗香去。众里寻他千百度，蓦然回首，那人却在，灯火阑珊处**。(202)"该词一开始便把人们引入满是花灯、烟花腾空放彩的节日夜晚。喜庆的人们穿着节日的盛装，坐着华车，涌向街市。街上热闹极了，男人们舞龙划船，挥动笙箫，吹起动人的乐曲；女人们载歌载舞，戴着漂亮的头饰笑语盈盈；孩童们摇动着光亮能转的灯笼嬉闹跑窜。满城欢娱，通宵达旦。整首词中景物极为丰富，语言华美，且浓而不腻，所用的字词表现力很强，与节日的气氛、实景结合得妥贴而丽美，把古人狂欢元宵节的场面活灵活现地展现在了人们眼前。

王安石描写宋代人过春节的诗《元日》历来被人称赞。诗曰："**爆竹声中一岁除，春风送暖入屠苏。千门万户瞳瞳日，总把新桃换旧符**。(203)"作者抓住放鞭炮，喝美酒（即屠苏），贴春联（即换桃符）这三个最能代表中国人过春节的行为标识，用干净利落、脍炙人口的语言，描绘出当时人们过春节的景象。

农历五月的端午节，是我国纪念古代伟大诗人屈原的传统节日，在这一天，人们吃粽子，我国南方不少地方还举办隆重的龙舟赛。宋代词人黄裳有首描写龙舟赛的好词《减字木兰花》，词曰：**"红旗高举，飞出深深杨柳渚。击鼓春雷，直破烟波远远回。欢声震地，惊退万人争战气。金碧楼西，衔得锦标第一归。**(204)"这首词仅用几十个字，四句话，一句一层意思，便把整个比赛自裁判发令开始，到颁奖的全过程及其气氛，描写得十分生动而清楚。首先是裁判拿着红旗高举一挥，赛舟似箭离弦般，从江岸杨柳浓郁的水上飞出。顿时，舟上有节奏的鼓点如春雷迸发，激扬着赛手，船儿冲浪破涛自远方驶向终点。这时，岸上的人们欢声雷动，加油鼓劲，其声势能吓退万人生死激战时的那种气势。而后是获奖者到金碧辉煌的殿前领得锦标而归时的得意情景。这首词最出彩的是对比赛过程各环节特点的刻画和气氛的渲染。比赛预备开始，裁判举的旗是红色的，鲜亮醒目。旗高举，必是向下有力一挥，其不言自明，读者能想象出这个动作。随之是比赛开始的那一刻即船的"飞出"，"飞"字用在此恰如其分，一下子带出了整个过程的飞动。对比赛过程，先是描写协而有力的击鼓，其声如春雷，让你也能想象出在这样的鼓声激励下，赛手拼力作出整齐划一、频率颇高的划桨动作。然后将描写的镜头拉开，展现烟波浩渺的江上生动的大写意，赛舟乘风破浪，自远处疾驶终点的壮观画面。最后聚焦比赛终点这一时刻，采用夸张等技法，突出对人们惊天动地的欢呼声这一热烈气氛的

描写。

通过这些美诗佳词所表达出的情感，使我们能够深深体会到，根脉相通的中华民族，以其悠久的民俗文化的延续，不可避免地在现代人的心灵里烙下了不灭的印记，而从这类人特有的行为方式中，能辨认出他们是中国人。

### 桐江漠漠波似染

凡是诗词名人都有对某一处景致写出过十分精彩而独到的诗篇，且常有惊人之句，流芳百世。

柳永的这首《满江红》是特写浙江桐庐一带的旖旎风光。词曰："暮雨初收，长川静、征帆夜落。……苇风萧索。几许渔人飞短艇，尽载灯火归村落。……桐江好，烟漠漠。波似染，山如削。绕俨陵滩畔，鹭飞鱼跃。（205）"这首词不仅像一幅绝美的山水画，更像一段绝好的层次分明的实景拍摄视频。作者在几十个字里融进了大量的景物，个个鲜活灵动。仔细品味，作者对所列的没有生命的景物，多用动词、形容词等进行修饰、强化，使其具有了生命力。如写雨，是"暮雨初收"；写川，是"长川静"；写帆，是"征帆"；写风，是"苇风萧索"；写艇，是"飞短艇"；写烟雾，是"烟漠漠"；写波，是"波似染"；写山，是"山如削"等等。这或许是做好诗、写美词的一条有益的经验。也说明，唯有中国格律诗词这种独特的语言方式，通过对句式的整合与音符、字数的限制，才能做到如此凝练而至美的表达。

宋代著名文学家欧阳修的《采桑子》一词对颍州西湖（今安徽省太和县东南）美景的描写，历来被称作是首好词，其曰："轻舟短棹西湖好，绿水逶迤。芳草长堤。隐隐笙歌处处随。　无风水面琉璃滑，不觉船移，微动涟漪，惊起沙禽掠岸飞。（206）"

该词以小船行进为线索，船移景变，形成连续的风景线。节奏上明显地能感觉到有种韵律产生的抑扬顿挫、静中有动、平滑突起的美感。上阕写堤岸风景，由视觉的绿水、芳草，到听觉上隐约的处处歌声。下阕对湖面的描写十分精彩，由静态到动感，水面因无风而平静，水静不觉船移，船小慢行微起涟漪，扰动水鸟惊起，掠岸折飞。最后的这一笔写得尤为传神，其"掠"字用得精妙而着意。

苏轼的《饮湖上初晴后雨》是他任杭州通判期间写的一首赞美杭州西湖的诗。诗曰：**"水光潋滟晴方好，山色空濛雨亦奇。欲把西湖比西子，淡妆浓抹总相宜。**（207）"此诗与欧阳修的那篇风格不同，没有具体地指点西湖的美景，而仅从山水天气变化的对比中，比喻西湖像美人西施那样，其自身的丽质与娇柔，无论怎么打扮都是美的。这样的艺术化比拟，更加提升了杭州西湖的知名度。诗中对阳光映水点点闪光的高难度现象用"水光潋滟"一词来描述，十分贴切而形象，显现其笔功的卓群。

李白的《夜宿山寺》，是对坐落于山西浑源县五岳之一的恒山翠屏峰上的北魏建筑——"悬空寺"的精彩描述。其寺修建在如斧劈刀削般的峭壁上，群楼悬空，巧夺天工，似是挂立在壁上，又下临深谷，有凌空飞架之势，令人惊叹。李白对此的描写，极为幽默而独到，诗曰：**"危楼高百尺，手可摘星辰。不敢高声语，恐惊天上人。**（208）"这种妙似手动心触、奇妙诙谐的艺术夸张，确能收到使人确信此寺非常之高的效果。

如果你仔细去看，许多好诗就是因其中的一句特别出彩，便能对一处景致或一种情感作出精彩的表达而出名。因其朗朗上口，便于记忆，易于流传，成为千古名句。如唐朝进士、诗人崔

颢的名诗《黄鹤楼》有句"**晴川历历汉阳树，芳草萋萋鹦鹉洲**(209)"，是写在黄鹤楼上远眺春光普照江汉平原的丽景，宽阔浑厚的长江从中而过，是处散布着姿容婆娑的树木，江中有一片长满青草、盛开鲜花的沙洲。真是一派江山雄阔、草绿花鲜的旖旎风光。诗中用叠字腹珠对笔法，以美化景物，渲染草木繁盛，是该诗句艺术上的一个突出特点。杜甫的《越王楼歌》有句："**楼下长江百丈清，山头落日半轮明。**(210)"越王楼位于四川省绵阳市，建成后因时任绵州刺史的唐太宗第八子越王李贞而得名。此诗句对仗工巧，清楚地描绘出越王楼沿江而立，处于与对岸龟山相抱的环境。楼下的涪江，水面宽绰而清澈，尤在太阳下山，只剩下半轮时的黄昏景色，更能显出越王楼的雄奇和壮美。李白的《望庐山五老峰》有句："**庐山东南五老峰，青天削出金芙蓉。**(211)"这句诗的出色之点是比喻手法的神奇。句中用"削出"两字极妙，形容五老峰的风姿若鬼斧神工，山峰相连呈花瓣状伸展，在有朝阳或夕阳的晴天，金碧辉煌清晰可见，像巨大的金色芙蓉那样的美姿。清末诗人刘光第《瞿塘》诗中的一句"**双崖云洗肌如铁，一石江穿骨在喉**(212)"，山色如铁，两岸陡峭的山峰云雾缭绕，一块巨石卡在急流的江中。诗中对长江瞿塘峡景势的描写可谓是字如铁石，对仗绝佳，景物动人。尤其是后句的"一石江穿"，力若万钧，令人震撼。元代著名书法家赵孟頫有副为济南趵突泉题的名联："**云雾润蒸华不注，波涛声震大明湖。**"其联，词练俊美，动感强烈，描写当时的趵突泉喷涌而出，水汽蒸腾，不住地扑面，阳光与雾霭形成华彩，溢出的泉水流向大明湖发出浑厚的涛声。场景蔚为壮观，颇为后人赞赏。明代王守仁也有首《咏趵突泉》，其句**"惊湍怒涌喷石窦，流沫下泻翻云湖**（213）"，字字皆有个性，动态活跃，对此泉自喷涌到流向的描写形景毕肖，势壮可人。陆游同友人何元立游荷塘赏荷花作佳句："**三更画船穿藕花，花为四壁船为家。**（214）"其"穿""壁"两字为诗眼，所描绘出的环境生动美妙，着实精彩。宋代诗人戴复古一次寄宿山中，对其居住环境有句精彩的描写："**一庭花影三更月，万壑松声半夜风。**《同郑子野访王隐居》（215）"其前句以静说静，三更皓月下的庭院很是宁静，唯有鲜花影映，妩媚动人。其后句动中说静，晚来风起，周围的群山松谷发出不绝的涛声，更显环境的寂静。前后句风物盈满，一语三折，语断意连，联想浮起，又形成工巧的对仗，可谓名句。如果说用极少的文字能写好一处丽景，唐代诗人姚合的"**月明松影路，春满杏花山**《游杏溪兰若》（216）"是绝佳的一句。短短十个字便写出了一处蕴涵丰富的靓丽春景，其中"明""满"两字用得极好，"满"字尤甚。可与沈佺期的那句"**月明三峡曙，潮满九江春**（同136）"媲美。

### 🌸 稻花香满旧田间

赞颂大自然和田园风情的优美诗歌，是人们追求社会和平，向往美好生活这一共同理想的体现。辛弃疾的词《西江月·夜行黄沙道中》描绘了淳朴的乡村风情，使人们感到一首好诗对人们会产生出多么美好的心灵感受。词曰："**明月别枝惊鹊，清风半夜鸣蝉。稻花香里说丰年，听取蛙声一片。七八个星天外，两三点雨山前。旧时茅店社林边，路转溪桥忽见。**（同97）"该词描述的风情并不特殊，很是普遍，作者也没有用华丽的辞藻着意渲染，其朴实的文笔，间用"七八个""二三点"这一很少使用的约数对笔法，擒住月亮、星星、清风、雨点、喜鹊、蝉鸣、稻花、蛙声等这些景物，用近乎直白的言语款款道来，却画出了一幅优美的田园风情画。灵性天然无雕痕，这正是诗词应达到的一种境界。他的另一首词《清平乐·村居》里有段描写也很有趣："**大儿锄豆溪东，中儿正织鸡笼；最喜小儿无赖，溪头卧剥莲蓬。**（217）"远离闹市的乡村，显得那样的安详，淳朴的农民在勤劳耕耘，其乐融融，尤其是最后两句，农家孩子那种活泼清纯的天性，被描写得淋漓尽致。秋天是收获的季节，南宋诗人范成大用轻快流畅的笔调描述打谷场上的场面，写得颇为生动："**新筑场泥镜面平，家家打稻趁霜晴。笑歌声里轻雷动，一夜连枷响到明。**《四时田园杂兴（其八）》（218）"那充满丰收喜悦的欢笑声里，混合着打麦场嘭嘭的连枷声，全是从纯朴的农家散发出的浓郁的乡土气息。读之如身临其境，至深的情感油然而生。温馨的乡村，从春天到秋天都是美的，但美而不同。

春天，乡村万象更新，一切都显得新鲜可亲。宋代朱熹的《观书有感二首》中有句"**半亩方塘一鉴开，天光云影共徘徊**（219）"，作者比喻初春的池塘碧水像打开的镜面那样清亮，蓝天白云映入水中，水静云动，形成天地合一的清新亮景。春天雨后的乡村是很美的，辛弃疾的《鹧鸪天》词有句"**春入平原荠菜花，新耕雨后落群鸦。**（同50）"此句之美，在于作者对所采景物的绝好搭配，春日的花开是多么的新丽，"新耕、雨润、落鸦"又是多么的鲜活，形成了一幅绝美的景致。如果没有深入到乡村生活，怎能写出如此精彩的诗句？

夏天，花落结子，叶茂林荫，乡村换了一种风貌。南宋诗人徐玑在《新凉》诗中道："**水满田畴稻叶齐，日光穿树晓烟**

低。（220）"前句描写夏日的田野勃勃生机，后句描绘炎热里的乡村林野，光穿树丛，明暗交错，紫烟生出，有种阴爽静谧的清丽之感。

到了秋天，乡村还是美的，稻花飘香，灌浆穗垂是一大特色。陆游的《秋日郊居》有句"**万里秋风菰菜老，一川明月稻花香**（221）"是用大视角描写秋天初来乡村的景象，尤是后句描绘的稻花夜景，清爽亮丽，令人陶醉。句中的"菰菜"是可食水生植物，嫩茎称"茭白"，果实称"菰米"。北宋诗人曾纡的《宁国道中》则着墨于眼前的一处田野风情："**半川云影前山雨，十里香风晚稻花。**（222）"时下，山上下着雨，山下白云浮动，影布半川，一望无际的晚稻开花被秋风拂动，散发出阵阵特有的清香。清代著名小说家曹雪芹笔下的田园，言语虽简，但乡土味却特浓："**一畦春韭绿，十里稻花香。**《红楼梦·第十八回》（223）"北宋名臣徐绩向来以关心百姓疾苦而闻名，为官一方，凡是有害百姓的事，他都据理力争，得罪了不少权贵，几遭诬陷，不被重用。他的《归田》诗里有句"**最喜儿孙解农事，稻花香满旧田间**（224）"，体现了诗人淳朴实在的品格，表达了对乡村的秋天的憧憬。他之所以最希望儿孙们成为勤劳能干的普通农民，是缘于他与劳动民众有种难以割舍的情怀，这种品格着实令人敬佩。

牛有蛮力，肯出力，出农活，其品性也是勤劳朴实农民品格的象征。描写牛畜的诗篇，也是田园风情诗中具有亮彩的一笔。宋代宁宗嘉定年间状元、进士第一人的吴潜，有句"**半掩柴门人不见，老牛将犊傍篱眠**《竹》（225）"，推开农家不见人，而见篱笆旁老牛挨着小牛犊安详卧眠。这是静态描绘乡村农舍的一幕，散

发出浓郁的农家气息。宋代孔平仲的《禾熟》诗里有句"**老牛粗了耕耘债，啮草坡头卧夕阳**(226)"，句中"粗了"就是还了的意思，夕阳下，老牛卸了犁耙，卧在坡头悠闲地反刍着胃里的青草。这是动态描绘了一处颇为精彩的田园风情。

### ❀ 单于猎火照狼山

中国古代战争不断，描写战争场景的诗词很多，但描写最为出色的诗人是屈原、杜甫和辛弃疾。

战国屈原的楚辞《国殇》是迄今为止描写战争的诗歌中最好的一首。他用极为生动而准确精练的语言，对楚国当时与秦国的一场战争从开始到结束完整地记述下来，其战争气氛的恐怖，战斗的惨烈和战士英勇不屈的精神，令人震撼、悲痛和敬慕。歌曰："**操吴戈兮披犀甲，车错毂兮短兵接。旌蔽日兮敌若云，矢交坠兮士争先。**……(227)"这是对战争开始时双方布阵、战士英勇向前的那一时刻场景的精彩描述。随后进入双方交战的惨烈场面："**凌余阵兮躐余行，左骖殪兮右刃伤，霾两轮兮絷四马，援玉枹兮击鸣鼓。天时怼兮威灵怒，严杀尽兮弃原野。**……"双方一交战阵容已错乱，利刃折杀右马刺伤了左马，车轮深陷，紧缰挣马，兵器碰鸣，恐声斯杀，驱进的战鼓仍在不停地擂动，无数的将士身首分离，尸弃原野。其描述如临其境，后人无不惊叹其过人之笔。屈原生活在战国时代，他的诗，是用当时在楚国兴起的一种新的诗体——楚辞写成。楚辞是我国诗歌史上较早的一种语言艺术形式。它的一个显著特点是在句中或句尾使用语气助词"兮"字，以起到连接意转，调节音节和节奏的作用，使整首诗读起来朗朗上口，节奏感很强，特别适合用来表达战争或国难类题材的诗，更显铿锵有力，情泻激越。屈原的这首诗，充分的表达了楚辞的这一特点。

屈原的上首诗是描述战争的惨烈场面，杜甫的《兵车行》也是一首千古绝唱的征战诗，描写的是战争风云突起，战士奔赴战场，乡亲父老妻子相送时生死痛别的场景："**车辚辚，马萧萧，行人弓箭各在腰。爷娘妻子走相送，尘埃不见咸阳桥。牵衣顿足拦道哭，哭声直上干云霄。**……(228)"整首诗里虽没有直写战争场景，但通过直白而真实的叙述其离别时悲痛欲绝的动人场面，也会想象到之后战争的惨烈和将给人们带来的深重灾难。该诗文风朴实，却饱蘸情感，具有打动人心的强烈感染力，很值得学习。

辛弃疾的《破阵子》一词，是作者一次酒后，念念不忘报国的思绪油然而生，掌灯抚摸着宝剑，醉不知觉地梦入兵营。作者采用浪漫主义手法，对梦中显现的前线兵营生活及战斗即将开始时兵马速动的那一刻情景，作了绝妙的述说："**醉里挑灯看剑，梦回吹角连营。八百里分麾下炙，五十弦翻塞外声，沙场秋点兵。马作的卢飞快，弓如霹雳弦惊。**……(229)"他梦中听见军营里悠扬的号角声，战士们在战旗下的篝火旁吃着烤肉，乐器演奏着雄壮悲凉的曲声。突然，进发的号角声响起，部队迅速集合，到处发出急促的点兵声。战马像名马"的卢"那样飞快地驰出，弓箭发出霹雳般令人心惊的声响。描写之精彩，仿佛身临其境。诗中使用"飞快""弦惊"这些词有效地强化了画面的动感。

描写战争题材的诗，因所处环境的特殊，场面的激烈和氛围的凝重，易调动诗人的情感，有的诗中一句便清楚地描绘出战时某一情景的轮廓，给人以丰富的想象而回味无穷。宋代张孝祥的《浣溪沙》有句："**霜日明霄水蘸空，鸣鞘声里绣旗红。**(230)"

此句描绘战士在霜日晴空似秋水的环境里，厉兵秣马誓死抗敌的操练气氛。尤是后半句，甩动响亮的鞭梢，挥舞着醒目的军旗，形象生动，使人鼓舞、振奋、给力。边塞诗人岑参描写大军出击敌军时的场景也颇为壮哉："**四边伐鼓雪海涌，三军大呼阴山动。**（同109）"四方的战鼓擂动发出的声势，宛如云雪崩发腾涌之状，三军的喊声轰鸣像是震动了阴山。其前句用雪的腾涌之状形容鼓声擂动的声势，实在精彩绝妙。著名诗人王维的《老将行》有句"**贺兰山下阵如云，羽檄交驰日夕闻**（231）"，描述了当时的贺兰山下，对垒的两军排出宏大的阵势，告急的军书日夜频频传来。据此语可以想象即将开战的惨烈。唐朝时，山西代县的雁门是边塞要地，诗人李贺在《雁门太守行》诗里这样描绘当时的气氛："**黑云压城城欲摧，甲光向日金鳞开。**（232）"黑云低得像要把边城压垮似的，天空隙缝射出的阳光投射到守城将士身着的铁鳞铠甲上，金光熠熠。该诗句用词形象生动，一合一开，兼有诗艺的对仗技法，既显现出边防将士抗敌的威武雄姿，又反映出当时国家濒临战争的危重气氛。唐代著名边塞诗人高适对边关烽火突起的描写也很精彩："**校尉羽书飞瀚海，单于猎火照狼山。**《燕歌行》（233）"边防告急，一封一封情报飞速传来。敌人在夜晚发起了进攻，烧杀的战火照明了边塞的狼山。

大诗人陆游登上成都北门城头，赋诗《秋晚登城北门》："**一点烽传散关信，两行雁带杜陵秋。**（234）"此诗句采用数字顺对的笔法，语言形象，对仗工整，隐有典故，情感的表达深重而含蓄。作者远眺深秋萧条的景象，遥见烽火台点燃了烽火，仰视雁阵鸣鸣似有不祥的预兆，不觉思绪万千，深怀长安失守，故都汴梁遭沦陷而不能收复，心情极为悲痛。"散关"是南宋西北边境上的重要关塞，秦置杜县（在今陕西西安市东南），汉宣帝陵墓在此，故称"杜陵"。诗中用杜陵借指长安，又暗喻故都汴梁。"杜陵秋"三字，寓含长安失守和汴梁沦陷。唐代文学家贾至的《燕歌行》语调铿锵，情切朗口，对战争惨烈的描写令人惊怵："**六军将士皆死尽，战马空鞍归故营。**（235）"前线的将士都战死了，而战马驮着空鞍跑回了营地，这多么使人震撼。唐代进士、诗人张籍对以往战争留下残迹的描写也令人悲痛："**可怜万国关山道，年年战骨多秋草。**《关山月》（236）"形容通向边关战场的道路上，留下的白骨比秋草还多。这些诗句对战争场景精彩的描述，以及所饱含的爱国情怀和对战争的憎恨，使我们后人读来，无不有深深的敬仰之情和刻骨铭心的感慨。

## ❀ 万里疆塞边城关

边塞城郭是祖国大好河山的一角，诗人对它的特殊地位与自然环境常有绝佳的描写。岑参的边塞诗最为出名，对边疆的描写常有惊人之句。比如前面他的两首诗里的名句"**纷纷暮雪下辕门，风掣红旗冻不翻**（同104）""**剑河风急雪片阔，沙口石冻马蹄脱**（同109）"等。他的《赵将军歌》诗有一句："**九月天山风似刀，城南猎马缩寒毛。**（237）"天山一带农历九月的天气已经很寒冷了，寒风如锋刀般袭来，战马也被冻得直哆嗦。这一首有"缩寒毛"，前一首有"马蹄脱"，极力渲染出北方边塞冬季环境的冷酷。位于河南省灵宝市的函谷关，战国时代属秦国要塞，是我国历史上建置最早的雄关要塞之一。齐国的重臣孟尝君至秦国被秦昭王加害软禁，孟尝君设美人计逃脱秦宫至函谷关。孟尝君的门客半夜学鸡叫，诱导守门人打开了城门，逃离了秦地。孟尝君玩鸡鸣狗盗之术这一千古轶事即成佳话，函谷关由此大名远扬。明代诗人高启的这句**"函关月落听鸡度，华岳云开立马看**《送沈左司从汪参政分省陕西汪由御史中丞出》(238)"是作者欢送朋友到异地任职的宴别诗中的一句。此句充分表达了当时的人们，寄希望于朱元璋初建的明王朝，恢复汉唐文化的那种急切心情与向往情结。作者想象朋友到了函谷关不由的会追忆起历史名人轶事。到了华山，会被其山河的壮丽所倾慕，而驻足欣赏。一首诗中有典故或事情，不仅添色，而且能增加它的价值份量。下面这首诗也是这样。大历元年（公元766年），奉唐代宗之命，岑参随杜鸿渐宰相入蜀平乱，期间他写了《奉和相公发益昌》一诗，描写夏日里在边塞行军的境况。其中**"朝登剑阁云随马，夜渡巴江雨洗兵**(239)"一句写得尤佳，诗中描写的环境和景物，呈现出边塞的那种空旷、露野的韵味，反映出英勇的将士打天下守边疆，以国为家，过着朝"云随马"，暮"雨洗兵"的军旅生活。句法对仗，字里行间，洋溢着乐观豪迈的情志。"剑阁"，此指四川省剑阁县大、小剑山一带的险路，古人在悬崖凿石架木而成阁道，称为剑阁。"巴江"，指嘉陵江在阆中县以北的一段。

"大漠孤烟直，长河落日圆"，祖国边疆地广人稀，远离闹市，大自然的原始生态保持得最为完整，有着天然的纯朴、清静神秘的色彩，为诗人展示手笔提供了自由的空间。张籍的**"边城暮雨雁飞低，芦笋初生渐欲齐**(同12)"是描写边城春天特色的一处妙笔。黄昏时下着小雨，城外，大雁觅食回来，低飞在嫩芽速生新叶欲齐的苇湖上，耐人寻味。边关是通向内地的关口，地势险要易守难攻，古时常有重兵把守。清代诗人吕履恒在诗中有句描写秦皇岛山海关地处的环境：**"山余落日千峰紫，海泻遥空一气青。**《山海关》（240）"作者站在关口，面东是茫茫的蓝色大海，背后是被夕阳散照，呈现明暗显紫的千山万壑。江山如此多娇，而其有"一夫当关万夫莫开"之险，真是不见此景难令其辞。有人在山海关的城楼上题有一副对联：**"两京锁钥无双地，万里长城第一关。**（241）"清军入关前，沈阳称作"盛京"。两京，这里指的是北京与沈阳。在两京之间，山海关是唯一通向内地的要道，又濒临大海，在祖国的最东端，号称天下第一关，当然也是万里长城第一关。这副对联用隔数对的技法，写出了山海关的威严气势，凸显出当时祖国边陲大关口的特点。

写诗尤要有感而发，即便不在战争年代，边陲要塞的特殊环境，也会给人一种森然凝重、情志萌发的感觉。2012年我曾去过一次山西雁门关，被那里的山势地貌和依山而建的古代军事防御设施所震撼。随即留下一诗以表达我的感慨："雄关飞架雁山壑，奔马腾空突阻隔。铁锤难碎金汤镇，江山锁定奈若何！"尚从格律，几次试改，总不如此畅快意沛，皆弃之。

### ❀ 千章秀木亭苑阁

我国历史悠久，遗存多处楼台庙宇，它们能留存下来，是因它们的历史价值和所处地理环境具有特色。它们刻记着历代岁月的荣辱兴衰，记录了人间的悲欢离合，是民族的记忆和历史的见证及文化遗产的经典。暂且不说各地四处散布的塔庙寺院，单说楼阁，著名的有湖北的黄鹤楼，湖南的岳阳楼，江西的滕王阁、浔阳楼，山西的鹳雀楼，云南的大观楼，广东的镇海楼，贵州的甲秀楼，安徽的太白楼，四川的望江楼，山东的蓬莱阁等。寺庙、楼阁、亭台因事而建，因建而名，又多建于风水宝地，成为名胜异景，引来文人骚客著文吟唱，故而名气更大，成为中华历史文化珍贵遗产的一部分。

四川成都的武侯祠是一处重要名胜，是纪念三国蜀汉丞相诸葛亮的祠堂。伟大诗人杜甫千里寻故地，写下千古绝唱《蜀相》一诗怀念名相诸葛亮。该诗的前四句**"丞相祠堂何处寻？锦官城外柏森森。映阶碧草自春色，隔叶黄鹂空好音。**（242）"作者以白描的手法，通过对庭院里的森森柏树、萋萋春草、鸣鸣黄鹂等景物简而有致的描述，尤其是后两句的描写，青草蔓延丛生，鸟儿在花叶下尽情地自鸣，意味院落冷清，无人问津。渲染武侯祠寂静古朴清雅的环境，为后四句抒发作者的沉痛心情，深情缅怀诸葛亮作了极好的铺垫。

登鹳雀楼远眺，令人心旷神怡，盛唐诗人王之涣的《登鹳雀楼》写得气势磅礴而有新意，诗曰："**白日依山尽，黄河入海流。欲穷千里目，更上一层楼。**（243）"作者借高度提升能看得更远这一客观感受，从哲学的角度提示人们，思想的升华也会发现新的境界，以激发人们乐观积极向上的精神。这种新的含义，赋予了此诗强大的生命力。

写有黄鹤楼的诗篇中最好的还是李白的《黄鹤楼送孟浩然之广陵》。李白写此诗前曾登过一次黄鹤楼，这里有段故事。唐人进士崔颢登黄鹤楼，提笔写下千古名篇《黄鹤楼》："**昔人已乘黄鹤去，此地空余黄鹤楼。黄鹤一去不复返，白云千载空悠悠。晴川历历汉阳树，芳草萋萋鹦鹉洲。日暮乡关何处是，烟波江上使人愁。**（同209）"黄鹤楼耸立于大江之畔，俯首尽看河流交纵富饶的江汉平原，浪迹了大千世界的亘古岁月，又有美丽的传说。经崔颢的如此评说，李白登此楼看后，搁笔称赞，无诗奉和。后来李白送孟浩然再次登上黄鹤楼，没有空手而归，写下了**"故人西辞黄鹤楼，烟花三月下扬州。孤帆远影碧空尽，唯见长江天际流**（同174）**"**这篇横贯古今无人能比的杰作，语言流畅简括而优美，意境阔大深远而真实，寓意情感的真切自然而无痕，是为三绝。

李白在登岳阳楼时也挥毫写出了名篇《与夏十二登岳阳楼》，有句**"楼观岳阳尽，川迥洞庭开**（同160）**"**，意境写得开阔通达，对仗工整，据此诗意境，仿佛能看到当时的岳阳楼耸立在岳阳城边的洞庭湖畔。清代诗人杨庆琛的**"胸中清气吞云梦，天下奇观到岳阳**《雨后登岳阳楼》（244）**"**，也写得凌空超然气度非凡。岳阳楼上的气势、环境给人们就是这样的感觉。杜牧到江西一处登一楼阁，写出的这句**"垂楼万幕青云合，破浪千帆陈马来**《怀钟陵旧游四首》（245）**"**，可以与上面李白、杨庆琛登岳阳楼时写的那两句诗媲美，其楼高刺破青天，眼前千帆竞发，载重兵乘风破浪汹汹而来，应景用词所显出的气势尤为雄奇而劲健。唐诗人苏颋登太子宫应和赋诗，有句佳作：**"宫中下见南山尽，城上平临北斗悬。**《奉和春日幸望春宫应制》（246）**"**作者以对仗句精彩地描述了此宫所处的地理环境。宫中下见南山尽，意此宫就在南山上的尽头，山之尽头东望去是春来的平原，因宫在城中，其城之高似与北斗星平齐，意味太子宫处于居高临下的高位。由此能体会到诗人通过对太子宫环境描绘，即奉和了太子欲驾的春光势盛，又暗意太子处境高危，而高不胜寒，一语双关。

杜甫对大明宫这一当时最为富丽的皇家宫殿的描述甚是惟妙

惟肖，诗曰"**旌旗日暖龙蛇动，宫殿风微燕雀高**《奉和贾至舍人早朝大明宫》(247)"，此句虽没有直写大明宫的姿状，却能从插满宫殿如龙蛇般飘动的旌旗，和萦绕在宫殿上空游弋的燕雀，感触到宫殿的高大和雄伟，凸显出唐朝皇权的至高和威严。此描述形象生动，对仗尤为工整，用词精雅颇妙。有的诗人对楼堂亭台的描写仅着于优美的自然环境和细节的刻画，也能衬托其楼亭的美雅，体现了一种优雅清丽的田园诗风，如唐代诗人张祜的这句"**日光斜照集灵台，红树花迎晓露开**《集灵台》(248)"，和元稹的这句"**山泉散漫绕阶流，万树桃花映小楼**。《离思五首（其二）》(249)"

有关塔的描写，这里特别推荐清代诗人徐小松为一处名胜（今湖南邵阳双清公园）写的一副对联："**云带钟声穿树去，月移塔影过江来**。(*917)"古时钟声多发自庙宇，"云带钟声"，说明此处有山，还比较高，故有庙宇置于山上。月亮走，塔影必定也走，"塔影过江"，说明塔很高，故塔在江岸附近。结合起来看，此副对联，声动影幻，字实意满，美妙地写出了此处的概貌：有山有庙宇且山林茂密，山下有江河，江边有塔寺。两联合辙押韵对仗，用词优美灵动流畅，乃一副画出了精彩绝伦山水画的妙联。金代诗人赵沨自号黄山，看到黄公庙与白塔山两处迥然不同的美景，作《黄山道中》一诗："**千章秀木黄公庙，一点飞雪白塔山。好景落谁诗句里，蹇驴驮我画图间**。(同1)"前一句写景，后一句写意，诙谐滑稽，示意人们见到好景才能作出好诗，而真正的好诗，如同骑着毛驴去看景，才能慢慢细细地欣赏到其中的美韵。诗中"一点飞雪"用词尤佳，富有灵气。赵沨因喜骑驴观景作诗，诗界里戏称为赵蹇驴。

除了对庙堂楼塔的描写，还有对寺的描写。初唐著名诗人宋之问的《灵隐寺》一诗，对名刹"灵隐寺"作了出色的描绘："**楼观沧海日，门对浙江潮。桂子月中落，天香云外飘。**（250）"灵隐寺面对钱塘江，可看见江海的潮起潮落和升起的红日，月光下桂花徐徐下落，庙里香火不断，香雾缭绕飘向天外。读后，似如面临佛门，有种景视宏阔安详玄妙的感觉。寺所处的环境若人着衣冠，能体现寺的特点和魅力。宋代诗人孙谔的这句"**四山藏一寺，方丈压诸峰**《资深院》（251）"，采用先抑后扬的方式，前句说群山中藏有一寺，意味该寺渺小而神秘，后句"方丈压诸峰"，是说这寺处置很高，着显其形象高大。这里不说寺压诸峰，而用方丈压诸峰，因寺是由方丈来主持，此语贴切而新奇，一语名诗。另一诗人真山民也有句"**鸟声山路静，花影寺门深**《兴福寺》（252）"，未见其寺已感其幽。诗人为躲避闹市的喧杂，一路走来寻寺，唯有鸟声相伴，鲜花引路寺前，不见僧人，尽显该寺的幽静。同是宋代诗人的贺铸，他的这句诗对一寺的环境描写极显悲凉："**鸦带斜阳投古刹，草将野色入荒城。**《病后登快哉亭》（253）"夕阳下，昏鸦旋飞鸣栖古寺，此景够凄凉的，而一路芜杂的野草直入城池，凸现社会大环境是多么的败落和悲哀。此诗也表达了诗人此时身心交瘁，年增华发，对人生与社会的一种悲情。著名诗人杜牧的诗《江南春绝句》也写到寺，但不是以一个具体的地方物景为对象，而是采撷整个江南特有的景色，故题为《江南春》。诗曰："**千里莺啼绿映红，水村山郭酒旗风。南朝四百八十寺，多少楼台烟雨中。**（254）"全诗没有细致刻画景物，而从大处着眼，抓住花鸟、酒旗、寺庙这些江南最常见的景物，挥洒几笔，一幅跨越时空、浓缩江南的明媚春天和烟雨雾朦的丽景画面即出。其笔法的概度之高，境况之大，寓涵之丰富，令人叹服。

**❀ 鹰呼腰箭猎归晚** 在古代，争存亡必尚武，出猎活动被看成是战场的预练，也是获取肉食、施展武技、展现男子威猛刚勇的手段与方式，为人所喜爱。出猎常有惊险一幕或有猎奇之景，是诗人喜欢的题材。

苏轼的《江城子·密州出猎》一词是作者对自己一次狩猎活动的出色描写："**老夫聊发少年狂，左牵黄，右擎苍，锦帽貂裘，千骑卷平冈。欲报倾城随太守，亲射虎，看孙郎。 酒酣胸胆尚开张，鬓微霜，又何妨！持节云中，何日遣冯唐？会挽雕弓如满月，西北望，射天狼。**（255）"诗中的他，左手牵着黄犬，右手擎着苍鹰，头戴锦帽，身着貂裘出猎。一大队随从跟着他一上一下飞驰在通向猎场的平岗上。他老而不减当年，自比少年志得满满，要像三国时的孙权那样威勇，亲自射杀猛虎。猎场下来酒酣时，志胆更壮，年纪虽大一些，但无妨报国杀敌的决心，仍能把强弓拉出满月，射向掠乱扰民的西北"天狼"。词中"狂""卷""张""射"字用的特好，其"狂"字，展现出一种俊健豪气，"卷"字把现场生动的气势与氛围全带出，"张"字显出雄心勃发，"射"字劲力无穷。作者时约四十岁，出任密州（今山东诸城）太守。我们不论当时作者因谪居官贬的复杂心理和社会背景，仅从字面所彩绘出的生动流畅的画面，和洋溢出豪迈奔放的壮志与情怀，以及遣词造句举重若轻、清隽洗练，开启新一派词风的独特才华，使人敬佩。

描写出猎，元代进士、诗人萨都剌的《上京即事》是首脍炙人口的绝佳好诗，诗曰："**紫塞风高弓力强，王孙走马猎沙场。呼鹰腰箭归来晚，马上倒悬双白狼。**（256）"秋风猎猎，贵族王孙们骑马出猎，归来已晚。那姿状，猎人腰里别着箭，猎鹰在肩头"警、警"的鸣叫，马背上驮着两只倒悬的白狼。诗人仅四笔，便生动而流畅地绘出边塞野外环境下的一次狩猎活动。元代时还没有猎枪，厮杀全凭刀箭棍棒，你能从此诗感悟到，古时猎人射杀野兽时的勇猛和高强武艺。诗中的"紫塞"指西北边塞，因边塞的长城远远望去呈暗紫色，故称"紫塞"。

王维的《观猎》诗，也是描写使用弓箭骑着马带着猎鹰出猎："**风劲角弓鸣，将军猎渭城。草枯鹰眼疾，雪尽马蹄轻。**（257）"这首诗写得异常精练而活泛，从"风劲""草枯""雪尽"可得知这是在冬天残雪未尽时的一次狩猎。虽没写猎杀的场面，但从"角弓鸣""鹰眼疾""马蹄轻"，你能听到雪尽马蹄奔跑发出蹬蹬的声音，草枯更易看到猎物的影动，引起猎鹰金眼的敏动，从嗖嗖的弓箭声，能感觉到猎杀场面的激烈。

### ❀ 涟漪影动摇潇湘

诗人善写特景，光影、倒景、幻觉、梦境这些特别的现象虽是虚无的，但却是现实的反映。

先说光影，凡光线照射物体形成的影子，称为光影。唐代诗人韩翃，他的《张山人草堂会王方士》对其有美妙的描写："**一片水光飞入户，千竿竹影乱登墙。**（258）"水光反射将室外的竹影一同映入户内，水面轻动，户内的光影随着晃动，形成竹影登墙的妙景。"水光飞入""竹影乱登"用词极佳，颇为灵动。张先的《天仙子》词有句"**沙上并禽池上暝，云破月来**

花弄影（同128）"，其对光影的幻动描述也尤为出色。月光射入飘动的云彩，时隐时现的云影落在花朵上时明时暗，使花儿的影子也在动。此现象被诗人用"破""来""弄"三字，串起"云""月""花"三物的联动，甚为绝妙。

倒影是光照景物映入水中形成的影子。诗人杜甫在《寄韩谏议注》中写道：**"芙蓉旌旗烟雾落，影动倒景摇潇湘。（259）"** 其景写得很传神，晃动着的倒影仿佛是摇动着的潇湘，影动景变，摇曳姿出靓景，一语妙出神奇。元稹的诗《岳阳楼》也有句类似的妙语**"岳阳楼上日衔窗，影倒深潭赤玉幢。（260）"** 晨光照在岳阳楼上，而红玉般的楼整个身影被倒映在平静的深水面上。"衔"字示意晨光的温润，取"深潭"，其水色碧绿，与浅水泛白的景色截然不同，"赤玉幢"一词用得漂亮，光影浮动，红碧鲜明，词美景靓，令人心动。

写诗词有写实景与造景之说。诗人以其丰富的想象力，钩织出如梦如醉或如泣如诉的一种想象的虚景或幻觉，便是造景。如战国屈原的《离骚》有一句写天上的景物：**"驾八龙之蜿蜒**

■ 明　沈周《东庄图册 北港》

分，载云旗之委蛇。(261)"这是作者想象天上有八龙拉车，腾云驾雾蜿蜒行驶在天空，车上的彩旗飘动如蛇弓行。此描写奇妙无比，景物神话般地漂浮在读者眼前。

梦幻也是一种虚景，陆游善写梦境与幻觉。他在《十一月四日风雨大作》中所描写的幻觉尤为出名："**夜阑卧听风吹雨，铁马冰河入梦来。**(262)"拂晓前卧室外的风雨声，似是诗人戎马生活中曾经历的情景，英勇的将士，身着铠甲骑着战马淌过寒冷的冰河的幻觉，顿时浮现在眼前。"铁马冰河"一语气势甚烈，威壮山河。陆游的另一篇诗作《秋夜闻雨》也是关于梦到类似的情景："**惊回万里关河梦，滴碎孤臣犬马心。**(263)"陆游一生有着强烈的爱国精神，抗金卫国痴心不改，戎马军装梦入一线，此诗句便是他闻雨声而卧梦边关的感受，有将士效忠国家英勇献身的悲壮，惊天地泣鬼神，其感人的事迹，如血泪流淌，又似这凄凉的秋雨，滴碎人心。其用"滴碎""犬马"来表达自己如此深厚的爱国情感，也震撼着读者的心灵。

## 第五回
## 鸟飞鱼翔兽禽走

动植物是体现自然界生命力的两大现象。大凡动物都是可自主自由移动的活体，包括人类，以及飞禽走兽昆虫等。诗人酷爱大自然，那天上飞的地上跑的水里游的自然都是描写的对象。其精彩的描述，都是来自诗人们对各类动物行为特点细致入微的观察。

### ❀ 弄风骄马跑空立

有关马的描写，南梁诗人张正见的《紫骝马》中有句"**似鹿犹依草，如龙欲向空**（264）"写得简括而形似。此句虽没有直说马的面貌，但通过绝妙的比喻，说马像鹿那样吃草，像龙那样昂头向空。十分贴切地描绘出马的形象。中唐诗人戎昱的《塞下曲》有名句说马："**高蹄战马三千匹，落日平原秋草中。**（*918）"这种马，高蹄，意指它的骄健，又是战马，是指它的威猛。三千匹，示马之多。夕阳下，这么多马没入秋草，可以想见其

■ 宋 崔白《双喜图》

草原的辽阔和丰美。此句在写法上很特别，先写马，采用不断扩张的方式，由马的局部到整体到规模。后转为写景，采用不断收敛的方式，由落日普照到平原到秋草。最后用一个"中"字收拢，才知马没入秋草里，起到了关联两句的作用。辛弃疾的词《破阵子》有句"**马作的卢飞快，弓如霹雳弦惊**（同229）"，形容马速的飞快如同"的卢"一样。"的卢"相传是三国时期刘备的坐骑，此马因疾快如飞救过刘备的性命而有名。形容奔马，东晋诗人曹毗的这句"**奔电无以追其踪，逸羽不能企其足**《马射赋》（265）"也写得好，此马似精灵来世，比奔电和飞鸟还快，能不是匹好马吗？描写马的动姿最出色的是苏轼，如前所述："**弄风骄马跑空立，趁兔苍鹰掠地飞。**（同187）" "**有如兔走鹰隼落，骏马下注千丈坡。**（同186）"这种对骏马、脱兔、鹰隼迅驰疾飞特征的敏锐观察，和精准神奇的描写，令人叹绝，让我们再一次感受到中华文化的奇美和博大。

### ❀ 浩空鸟飞千点白

鸟能飞离大地搏击长空，靠的是有力的翅膀。五代诗人张松龄的词《渔父》有句"**看白鸟，下长川，点破潇湘万里烟**（266）"，此句对飞鸟翔空写得别样精彩。鸟儿飞翔在下有长川的浩瀚晴空，扇动着的白羽，远远看去像点点飘动的白云，不过这"白云"的飘动酷似把剪刀，剪破了湛蓝的天宇。"点破"一词用得极佳，灵动传神。以五言绝句见长的唐代著名诗人王维的这句"**月出惊山鸟，时鸣春涧中**《鸟鸣涧》（267）"，写得精练而有特色。作者通过鸟的惊吓和飞鸣，描写出夜幕下深山气氛的幽静。句中有明月，那应是在晴朗的夜晚。鸟惊而飞会因多种缘故却不会因月出。但读者能感悟到鸟惊的那一刻姿状，和鸟儿边飞边叫飞向了山谷的情景。春天的山谷溪流淙淙，春意万千，冠以"春涧"为甚妙。在夜晚，偌大的山谷只有鸟鸣，其声之响，可以想象此时环境的幽静。此句仅用十个字涵容了如此多的活泛的实物和春景，实乃高手绝笔。白居易的《彭蠡湖晚归》，对黄昏日落时，群鸟晚归湖畔之景也描写得相当美："**鸟飞千白点，日没半红轮。**（同25）"一大群白鸟飞翔在彭蠡湖的上空，似千百个移动的白点，而西边的落日，半身已潜入地平线，散发出红霞的光彩。这般描绘彭蠡湖落日时的丽照，很是生动。其中上句的"点"字也用得好，小而灵动。下句的"没"字动感很强，潜而有影。两句中的"千白"对"半红"，巧用了数字对和色彩对的笔法，很有特点。

❀ **鸳鸯荡起双双翅** 　鸳鸯是伴侣也是情侣的象征，描写它们是诗人的善笔。金代诗人元好问有句"**海枯石烂两鸳鸯，只合双飞便双死。**《两栖曲》（268）"说鸳鸯有着忠贞不二的情结，只能在一起，否则会死去。北宋魏夫人的词有一处描写鸳鸯起飞的精彩镜头："**溪山掩映斜阳里，楼台影动鸳鸯起。**《菩萨蛮》（269）" 春天夕阳下的溪山，水边楼台静谧的倒影突然被风划破，惊动了正在戏水的鸳鸯飒然而起。特别是后句，对景象由静态向动态过渡以及风起、水摇、影动、鸟飞的接连变化，描述得非常精彩。刘禹锡的《浪淘沙九首》也有一句"**无端陌上狂风急，惊起鸳鸯出浪花**（270）"，此与魏夫人的那句有异工同曲之妙，不过，本句里的景象，突来的风猛而急，鸳鸯被惊动飞起时带出了浪花，画面更为生动。白居易描写的鸳鸯与前述的不同，不是被惊扰飞去，而在戏水自乐："**鸳鸯荡漾双双翅，杨**

柳交加万万条。《正月三日闲行》(271)"前句写水中鸳鸯举起双翅扑扇的兴奋姿状,后句写春风杨柳,枝条摇曳交加的轻扬动感。两句对仗亦佳,"鸳鸯荡漾"对"杨柳交加",其中,"双双翅"对"万万条",既是连珠对仗,也是数字对仗和叠韵对仗,比较少见。流畅的诗风,优美的用词,体现出的意境清新而活脱。此句是该诗的颈联,若溯回出颔联"**绿浪东西南北水,红栏三百九十桥**",是处绿水红桥,水中鸳鸯荡翅,岸上杨柳舞条,便显出春来苏州的绝美风采。杜牧的《入茶山下题水口草市绝句》,用拟人的手法描写的鸳鸯带有人特有的情感:"**惊起鸳鸯岂无恨,一双飞去却回头。**(272)"一对感情恩爱生活恬静的鸳鸯,厌恶别人扰动它们的生活,诗人巧妙地写出鸳鸯忿懑地飞去而又留恋地回望故地的一瞬。

### ❀ 杜鹃啼破江南月

杜鹃又称布谷鸟,也称鹧鸪、子规、杜宇等。杜鹃以叫声哀惋、悲切、持久闻名。可能是因情所致,大都在春末夏初繁花纷落时节,昼夜啼鸣不停。杜鹃的这一特性为文人所用,写出了不少名篇。治平二年(1065)的状元舒亶,曾竭力诬陷弹劾苏轼,是制造出震惊朝野的"乌台诗案"的始作俑者,他在《菩萨蛮》中有句描写杜鹃鸣叫的名句:"**杜鹃啼破江南月,香风扑面吹红雪。**(273)"暮春时节,杜鹃一夜的鸣叫让月亮归西,唤来阵风使花儿如雪般纷落。"啼破"两字尤显出杜鹃执情呐喊的特性。"扑""吹"两字也用得美妙,与前句的"啼破"气氛十分相适。宋代诗人王令的《送春》有句:"**子规夜半犹啼血,不信东风唤不回。**(274)"夜已深深,杜鹃还在鸣叫,其声悲切撕心裂肺,犹如啼血。杜鹃如此鸣叫其实是在寻情唤偶,诗人借此说是在唤回东风，有种矢志不渝的精神。唐人顾况对此的解释更风趣些，诗曰："**杜宇冤亡积有时，年年啼血动人悲。**《子规》(275)"说杜鹃如此鸣叫，恐是受了很大的冤屈，且积怨有了年代，要不，它怎么能这样年年声嘶力竭地鸣啼，令人动悲呢？

杜鹃也是报时鸟。一次苏轼饮酒后，下马解鞍，睡在绿杨桥边花草清香的草地上，听到杜鹃的鸣叫，醒来正是凌晨拂晓。故有苏轼《西江月》里的这句"**解鞍欹枕绿杨桥，杜宇一声春晓**(同40)"。张先在《千秋岁》词里说的"**数声鶗鴂，又报芳菲歇**(同37)"，其所听到的杜鹃鸣叫是在花繁凋落的时候，此时也正是陆游讲的夏天将来的时节："**纷纷红紫已成尘，布谷声中夏令新。**(同38)"而王维在《送梓州李使君》中所说的"**万壑树参天，千山响杜鹃**(同75)"，也是指春去夏来这个时节。

杜鹃鸟的叫声凄惨，声犹溅血，人们把杜鹃花红时巧遇此时杜鹃"啼血"联系起来，说是杜鹃啼出的血染红了的花称为杜鹃花。正如宋代诗人杨巽斋在《杜鹃花》中所写："**鲜红滴滴映霞明，尽是冤禽血染成。**(276)"

❀ **黄鹂啾啾鸣翠柳** 黄鹂又称黄莺，其声清脆优美，滑转低昂有致，音色圆润嘹亮，富有韵律，悦耳动听。诗人常把它的歌声与春色相配作诗。如杜甫诗云"**两个黄鹂鸣翠柳，一行白鹭上青天**(同181)"，"**映阶碧草自春色，隔叶黄鹂空好音。**(同242)"

黄鹂是报春鸟，元代中期著名诗人杨载称其鸟鸣是："**柳梢听得黄鹂语，此是春来第一声。**《到京师》(同8)"黄莺喜春爱花如痴，宋代诗人何基的《春日闲居》有句"**春草阶前随意绿，**

晓莺花里尽情啼(277)"，黄鹂善鸣，万物寂静，它还在独鸣。唐代诗人韦应物的《滁州西涧》里有"**独怜幽草涧边生，上有黄鹂深树鸣**(278)"，杜甫也有句说春来时，万物皆活尤是黄鹂的鸣叫："**即遣花开深造次，便教莺语太叮咛**。(279)"说花儿开得太美太妖艳，惹得鸟儿嘈杂喧闹不停。其语出新奇，作者采用明贬实扬的手法，赞美了春光。黄鹂不仅喜春善鸣，且习于春来群居。秦观的词《好事近·梦中作》中有其描述："**春路雨添花，花动一山春色。行到小溪深处，有黄鹂千百。**(同49)"这是很生动的一幕，春雨花开，山色随之而变，山下清流的深处，成群的黄鹂在草丛中、树上寻偶、觅食。白居易的《钱塘湖春行》诗中对初春时节黄鹂群居姿状的描写也很生动："**几处早莺争暖树，谁家新燕啄春泥？**(280)"

## ❀ 衔泥燕子迎风絮

燕子翅长身小尾宽，其特异的身材，飞动起来飘逸轻巧，如流线一般，闪闪落巢，形如舞姿，有莺歌燕舞身轻如燕一说。杜甫对燕子的描写很传神。诗曰："**熟知茅斋绝低小，江上燕子故来频。衔泥点污琴书内，更接飞虫打着人。**《绝句漫兴九首》(同279)"燕子喜衔泥做巢，作者的茅斋就在江边，燕子频繁地衔江泥往返于此造窝，弄脏了书房。更有趣的是，燕子时能碰着人，就是在燕子飞翔捕捉昆虫时，急停折飞的那一瞬"更接飞虫打着人"。此句写得精妙，"更接"是急停折飞之状，"打着人"三字带有浓郁的方言口味，使整首诗看似那么平素自然，实则凸显出作者驾驭语言的高超功力与朴实的诗风。

诗人对飞禽的描写，都善于使用最能表现个性的措辞。比如杜甫诗里的"**自来自去梁上燕，相亲相近水中鸥**《江村》(281)"，用

第五回 鸟飞鱼翔兽禽走

085

"自来自去""相亲相近"这一复字对笔法，便形象地绘出两种鸟的行为习性。苏轼的《蝶恋花》词 "**花褪残红青杏小。燕子飞时，绿水人家绕**（同31）"，用一个"绕"字写活了燕子。南朝诗人何逊《赠诸旧友》中的"**岸花临水发，江燕绕樯飞**（282）"，该句极为精练地表达出春景的生气，也是用了"绕"字凸显春燕的轻健与活泼。白居易的 "**几处早莺争暖树，谁家新燕啄春泥**（同280）"，一个"啄"字，隐含着燕子衔泥做巢这一连续过程的鲜活行姿。李贺在一首诗里写到了小燕子，"**春水初生乳燕飞，黄蜂小尾扑花归**《南园十三首（其八）》（283）"，乳燕初飞，想必它姿容可拘，扑扑扇翅，甚为可爱。宋代张震的《鹧鸪天》写的是饱经风霜的大燕子，春满落絮时迎风衔泥，颇有风姿：**"衔泥燕子迎风絮，得食鱼儿趁浪花。**（284）"明代诗人申时行的《应制题扇》诗中对燕子飞动的描写也极为传神，诗曰：**"轻翻玉剪穿花过，试舞霓裳带月归。**（285）"轻捷飞动的燕羽如巧剪张合，身着花衣带月归返时的神态，尤显春天朗夜的舒美。此外，唐人郑谷的这句"**低飞绿岸和梅雨，乱入红楼拣杏梁**。《燕》（286）"和明人袁袠的这句"**趁风穿柳絮，冒雨掠花泥**。《燕》（287）"妙用低飞、乱入、拣、趁、穿、掠等动词，对燕子灵动的飞姿，及趁风穿柳、冒雨捕食、衔泥造巢的生活，作了精彩的描述。

对燕子的描写最出色的是宋代著名词人史达祖，他的《双双燕·咏燕》一词，历来被公认为是描写燕子的绝笔。词曰："过春社了，度帘幕中间，去年尘冷。差池欲住，试入旧巢相并。还相雕梁藻井，又软语商量不定。飘然快拂花梢，翠尾分开红影。芳径，芹泥雨润。爱贴地争飞，竞夸轻俊。红楼归晚，看足柳昏花暝。应自栖香正稳，便忘了天涯芳信。愁损翠黛双蛾，日日画栏独凭。（288）"凡看过此篇的人，无不赞佩作者对燕子做巢、飞翔及捕食行为细致入微的观察和精准灵动的描写。你会感到，燕子不仅生活得那样的自由、奔放、洒脱和愉快，而且如同人类一般，有着自己的情感和语言。该词对燕子行为的描写十分精彩传神。燕子春天归来欲进旧巢时的神态："差池欲住，试入旧巢相并。"燕子飞进华屋，点点闪闪欢鸣不停："还相雕梁藻井，又软语商量不定。"说它们往复飞绕在雕梁和天花板间，时有落在梁上唧唧喔喔，像是在商量什么似的。燕子飞向田野，"飘然快拂花梢，翠尾分开红影"，向上快速滑过树梢的飞翔流线，和飞舞时分开的墨绿燕尾及喙下红羽姿状，尽显身影的矫健。燕子时而又滑下地面，"爱贴地争飞，竞夸轻俊"的那种争飞的行姿尤为轻灵快捷。

### ❀ 趁兔苍鹰掠地飞

苍鹰有绝佳的雄姿，敏锐的眼，锋利的喙，尖利的爪，有力的翅。它是飞禽中的猛禽，猛禽中的王者，被诗人赞美。苏轼的**"趁兔苍鹰掠地飞""有如兔走鹰隼落"**，都是描写雄鹰猎姿的经典诗句。唐代诗人章孝标的诗《鹰》对苍鹰追猎时的飞姿和利刃般的爪、喙，也有精彩的描述，诗曰：**"穿云自怪身如电，煞兔谁知吻胜刀。"**（289）"而对苍鹰形象完整并有鲜明个性的描写，最好的莫过于柳宗元的《笼鹰词》。这里仅选用其中的一段，你可体会到雄鹰的气势与英姿：**"凄风淅沥飞严霜，苍鹰上击翻曙光。云披雾裂虹霓断，霹雳掣电捎平冈。砉然劲翮剪荆棘，下攫狐兔腾苍茫。爪毛吻血百鸟逝，独立四顾时激昂。"**（290）"诗中讲，入冬后，在寒风凛凛气候渐冷的晨曦，那苍鹰侧飞的那一刻，曙光照在咖啡色的羽背上反射出闪光。春夏季节，云罩、雾裂、风雨、电闪，矫健的苍鹰"嗖"地一下平滑飞越山冈的飞状，迅猛轻快，尽显风姿。秋天是苍鹰捕食的季节，它扇动着有力的翅膀，"唰"的一声飞下莽原，追捕四散奔逃的狐兔。猎食后的苍鹰，爪子上粘着毛，嘴上噙着血，它昂首挺立，金眼四顾，时有吟声激越的姿态。其描写形神毕肖，淋漓尽致地表现出了苍鹰的神态、健姿和猛悍嗜血的品性。

苍鹰是野禽，这里特别提到唐代画家唐伯虎，为画鸡这种家禽作的一首题画诗。诗曰：**"头上红冠不用裁，满身雪白走将来。平生不敢轻言语，一叫千门万户开。"**《画鸡》(291)"直白、流畅、生动是此诗的突出特点，也是唐伯虎诗作的惯用风格。斯鸡天生红冠，着一身洁白的羽服，赳赳而行。平时还比较矜持有度，但到了黎明时分，总会昂首一叫，千家万户的门自动打开。诗虽简短，但生动地写出了公鸡的形象、特征和个性。

### ❀ 片片轻鸥下急湍

沙鸥与白鹭是两种水鸟，喜食鱼虾，常见于多湿环境的水泊中。而鸥鹭体态各异，沙鸥体小，羽扇灵动，飞姿敏捷，白鹭体大，喙颈腿颇长，姿态优雅，飞状娴慢，两者对比鲜明，人们对它们的描写常有妙句。晚唐著名诗人温庭筠《利州南渡》有一名句**"数丛沙草群鸥散，万顷江田一鹭飞"**(292)，用远近高低不同的视角，对鸥散鹭飞那一刻的景状作了精彩的描述。

对沙鸥飞姿的描写，诗人依不同的环境，着笔点不同，特色不一。张孝祥的《西江月》**"寒光亭下水连天，飞起沙鸥一**

片（293）"，是着笔于沙鸥飞起的那一刻。杜甫的《小寒食舟中作》，"**娟娟戏蝶过闲幔，片片轻鸥下急湍**（294）"，虽是起笔于花蝶舒慢的飞姿，实则反衬沙鸥逆向急湍倾下捕鱼那一刻的敏捷，尤是后句"片片轻鸥下急湍"写得活灵神出，是为绝笔。明代诗人高启的这句"**惊鸥飞过片片轻，有似梅花落江水**《忆昨行寄吴中诸故人》（295）"，是着笔于鸥的上下飞动如梅花落水，此般形容飞姿的轻飘趱动颇得其神，拓展出的意境奇美。而欧阳修的"**无风水面琉璃滑，不觉船移，微动涟漪，惊起沙禽掠岸飞**（同206）"，由起笔湖面的平静，水波的微动，到落笔沙鸥飞起后折向沿岸疾飞的那一幕，也着实精彩。

对白鹭的描写，诗人也是依不同的环境显出它的特点。李白的这句："**白鹭行时散飞去，又如雪点青山云。**《经溪东亭寄郑少府谔》（296）"是暮春时看到溪边的一群白鹭，先是娴慢地行走，接着先后不齐地散乱飞起，远去临近的青山。作者对此景连续变化的形象追述，写活了这群白鹭，特别是后句比喻飞动的白鹭，似白雪和飘云点缀在青山上，可谓绝妙。诗中的那个"点"字因鸟而用，用得贴切而活泛，"雪"字与"云"字置于"青山"的两边，炼句使其意密集，凸见诗仙的凝炼功夫。王维的"**漠漠水田飞白鹭，阴阴夏木啭黄鹂**（297）"，描写夏日白鹭在茂密树林外的一大片水田上缓而悠闲的飞翔姿态。唐代诗人张志和的"**西塞山前白鹭飞，桃花流水鳜鱼肥**（298）"描写白鹭沿着山谷下的一条溪流，侧羽劲飞的寻食姿态。而山谷盛开着桃花，溪流中窜弋着肥美的鳜鱼，所绘美景清嘉可人。杜甫《漫成一首》有句"**沙头宿鹭联拳静，船尾跳鱼拨刺鸣**（299）"，其语色厚实而精美，状貌颇肖，静中有动，句法对仗工整，形象地描绘出寂静的河岸夜景，白鹭缩着头、蜷腿立眠，不时能听到鱼儿在河里腾跃，有的则跳上岸边的小船发出"扑哧"的声响。唐代诗人和凝的《渔夫》词里也有句对白鹭静姿的描写："**白芷汀寒立鹭鸶，蘋风轻剪浪花时。**（300）"其上句写静，后句写动。尤其是后句用"轻剪"两字，洗练而传神地描绘出水面浮萍被微风荡漾与掀起的浪花相碰时的复杂景态，一幅由静到动颇有生气的自然环境映入了眼帘。

大雁是长距离飞行的候鸟，春时南来，秋晚北翔。唐诗人李峤在一个明亮的月下清夜，一群大雁结阵而行，雁过月亮时映出了飞影，这诗意神话般的美景，令他惊喜不已，于是写出了"**望月惊弦影，排云结阵行**《雁》（*919）"这一著名诗句。大雁鸣叫似哀鸣，有称哀鸿。雁以长行而结阵的这一特点，使人们常把它作为信使，以寄托对离别人们的情思，故有"鸿雁传书"之说。有关大雁的哀鸣，清代诗人洪昇的这句"**大河直下千万里，哀雁差池二三声**《过蒲口和清字》（301）"描述得十分形象。其上句说，大雁飞行在大河之上的高空，鸟瞰大地，河流远泻，气势磅礴。下句，用"差池"两字形象化地描述了大雁飞行时鸣叫的特点，"差池"这里可解意为"错落"或"交错"，其叫声有哀情，似悲音，断而又续。整个诗句准确地再现了大雁高空飞行的实状。雁行姿优雅，性情温和，胆怯警觉，是为阳刚慕其阴柔，故对异性有绝色容貌常用"沉鱼落雁"喻之。诗人陆游曾有诗句"**伤心桥下春波绿，疑是惊鸿照影来。**《沈园二首》（302）"其用"惊鸿"来描述与前妻唐婉相遇时，对方的姿容与神态，是为佳话。

### ❀ 晓鸦盘旋暮鸦鸣

乌鸦喜食腐物，嘎嘎的单调发声

和它黑得发亮的羽身，若幽灵怪丑，多被认作是令人厌恶的生灵。而其鲁噪率真的个性，在诗人的妙笔下，也颇显生动有趣。辛弃疾的《鹧鸪天》词有句："**乱鸦毕竟无才思，时把琼瑶蹴下来。**（303）"粗鲁的狂鸦，站在落满雪花的梅枝上，积雪纷纷落下，其画面格外生动别致。

乌鸦有早起晚归群居的习性，善栖树枝，迎朝阳慕晚霞，飞乱腾落，其情景也鲜活。古诗词里有不少描写乌鸦的名句，按早晚出行，分为晓鸦和暮鸦。

明代唐伯虎的《晓起图》是描绘晓鸦的配图诗，有一句"**晓鸦无数盘旋处，绿树枝头一线红。**（同111）"诗人这里描绘出一幅绝美的画景：黎明前，东方地平线被大片的树林遮盖，红色晨曦露出树梢，像是一条红线。在它的上空，群鸦展羽盘旋，随着越来越多的乌鸦加入，形成巨大的涡旋，景色尤为壮观。宋代进士裘万顷的《早作》一诗中描绘的晨鸦画面也极有特色："**斗柄横斜河欲没，数山青处乱鸦鸣。**（304）"拂晓前夕，冥空中横斜着北斗星，银河渐被晨曦浸没，已朦朦见亮的山峰间的空缺处，能听到乌鸦的躁鸣。尤以"数山青处"几字，衬托出黎明时分，暗中启亮的那种感觉。北宋文学家张耒的《破幌》，是描写拂晓时，栖在高树上睡觉的乌鸦被附近古刹钟声惊醒的一幕："**高眠寻断梦，邻树已乌惊。**（305）" 南宋进士利登的《早起见雪》诗有句"**折竹声高晓梦惊，寒鸦一阵噪冬青**（306）"，描写夜中的一场大雪在拂晓前折断了竹林的大片青竹，惊起了栖竹的寒鸦一阵狂躁的情景。句中虽无雪，但作者巧妙通过"折竹声"和寒鸦争执冬青树的噪声的渲染烘托，反映出这场雪下得很大。南宋著名诗人戴复古的《淮村兵后》有句"**小桃无主自开花，烟草茫茫带晓鸦**（307）"，也是描写黎明拂晓时的乌鸦。不过此诗意在描写战争劫难后的荒村景象，晨鸦独自处于茫茫旷野的姿态，更显出村落气氛的荒凉。

诗人对夕阳时暮鸦的描写依然出色。北宋画家张舜民的《村居》描写初春时节一处乡村风情："**夕阳牛背无人卧，带得寒鸦两两归。**（308）"夕阳下，牛儿归来，寒鸦栖在牛背上，此句的描写饶有情趣，浓郁的乡土味中显现人与大自然的和谐。宋代诗人真山民的《晚步》有句："**归鸦不带残阳去，留得林梢一抹红。**（309）"该诗句明写暮鸦归来时，残阳已去，剩下余辉映红了树梢这一美景。实写岁月不待，已入黄昏，犹如此时归来的暮鸦，哀鸣入夜后的凄凉。其寓情深婉，写景绝美，历来为后人称赞。乌鸦不像喜鹊那样勤快善做窝巢，常是群飞寻食，择树而栖。宋代诗人刘子翚有句"**寒鸦散乱知多少，飞向江头一树栖**《天迥》（310）"很好地描述了乌鸦的这一习性。无数只乌鸦晚食归来，争着飞向江头一树，栖满了树枝。东汉豪杰曹操也有借鸦抒情的一段："**月明星稀，乌鹊南飞，绕树三匝，何枝可依？**《短歌行》（311）"此笔极显出曹操文风的犀利而洗练，"何枝可依？"这一问句借物抒情，反映了作者忧国善谋、慕贤豁达的情怀。皆能看出曹操乃非一般才思能比的文韬武略的大人物。

❀ **澄湖蟹香鱼正肥** 对鱼的描写，宋代张震的词《鹧鸪天》有一句对仗写得极为传神："**衔泥燕子迎风絮，得食鱼儿趁浪花。**（同284）"其后句，对鱼儿逆水捕食快速游动饿出浪花之状，写得尤为生动。"趁"字有乘机之意，微妙写出鱼儿趔头摆尾窜进的姿态。唐代诗人戴叔伦的《兰溪棹歌》"**兰溪三日桃花雨,半夜鲤鱼来上滩**(312)",这一句也写得好,先写浙江的兰溪在春雨濛濛桃花开时的优美景色,后写在这样的时节,夜半时常有鲤鱼跃出水面跳上河滩的鲜活情景。真是美妙绝伦,耐人寻味。

螃蟹的鲜美及古怪的体态与行姿,引起了诗人们对它的兴趣,常有令人捧腹的美妙诗句。明代晚期诗人、著名书画家徐渭的《题螃蟹诗》有句"**稻熟江村蟹正肥,双螯如戟挺青泥**(313)",尤其后句对螃蟹舞螯掘泥的描写,形神皆备,比喻绝妙,其"戟"字凸现蟹螯的硕大而尖锐,"挺"字尽显行为的主动而有力。他的《蟹六首(其一)》对时人食蟹的描写及对螃蟹的评价也十分精彩:"**红绿碟文窑,姜橙捣末膏。双螯高雪挺,百品失风骚。**(314)"其先写食蟹用的餐具与调味料,再写蟹肉的白嫩、鲜美,什么食味与之相比,都黯然失色,食之无味。诗中呈现的色彩搭配也是十分鲜艳,如餐具是红绿色,调料是黄色,蟹肉雪白。这里巧用对仗中的色彩对,而"双螯""百品"则是用了数字对的笔法。晚唐文学家、诗人皮日休的《咏蟹》诗用诙谐的语言,将螃蟹的个性表露无遗:"**莫道无心畏雷电,海龙王处也横行。**(315)"在形似的描写上,北宋著名诗人梅尧臣也有其绝笔:"**满腹红膏疑是髓,贮盘青壳大于杯。**《二月十日呈吴正仲遗活蟹》(316)"而黄庭坚的《蟹联》则兼于神似,形容螃蟹"**一腹金相玉质,两螯明月秋江。**(317)"上联,形容它的内生质地似金如玉。下联,说它长着令人生畏的大双螯,眼似明月,照亮了秋江。其喻,形神毕肖,滑稽绝妙,精彩至极。陆游咏螃蟹更是独出心裁，他在《病愈》诗里没直接描写螃蟹的形奇和味美，而是着笔于自己食蟹时所表现出的狂喜难耐的情态："**蟹黄暂擘馋涎坠，酒绿初倾老眼明。**(318)"煮熟的螃蟹还未打开，他已是垂涎欲滴，持酒把蟹，昏花的老眼噌的一下明亮了，神怡形异，令人捧腹。宋代大文豪苏东坡在《丁公默送蝤蛑》中写道："**堪笑吴兴馋太守，一诗换得两尖团。**(319)"作者喜蟹至极，朋友送蟹兴以诗谢，调侃自己因馋，以诗换蟹，潇洒自如，信手拈来。唐代进士、诗人唐彦谦的《蟹》诗，描写的螃蟹色味形俱全，美妙绝伦："**充满煮熟堆琳琅，橙膏酱渫调堪尝。一斗擘开红玉满，双螯哆出琼酥香。**(320)"其用词"堆琳琅""红玉满""琼酥香"形容蟹的美绝，"擘开"是动作急切，"哆出"是吐出的意思，这里也可当作吃姿理解，其吃姿能咋出声响，尤显人的馋劲儿，尽显蟹的味美。宋代沈偕的诗也写得好："**黄粳稻熟坠西风，肥入江南十月雄，横跪蹒跚钳齿白，圆脐吸胁斗膏红。**《遗贾耘老蟹》(321)"十月的江南，稻熟甸沉，螃蟹肥硕，尤是后两句，将螃蟹的行姿、质地和形貌，描写得惟妙惟肖。宋代诗人方岳的《次韵田园居》对螃蟹的描写也值得一提："**草卧夕阳牛犊健，菊留秋色蟹螯肥。**(322)"此句景物颇多，且对仗工整，精练有致，而生动鲜活。

❀ **春风吹蚕细如蚁** 唐代诗人唐彦谦的《采桑女》有句："**春风吹蚕细如蚁，桑芽才努青鸦嘴**(323)"，描写采桑女的采桑活动是在春蚕细如蚁、桑叶小如鸟嘴时就开始了，其中的比喻妙而出神，尤其是后句的"努"字写得传神，点活了全诗。但此句主要写的是桑叶不是春蚕。论写蚕，清代诗人张问陶有句绝妙的诗句，"新蚕蠕蠕一寸长，千头簇簇穿翳桑《采桑曲》(*930)"，对春蚕的形姿、动态及群蚕食桑活动的描写，形象逼真，活灵活现。其中的叠字"蠕蠕""簇簇"准确地描绘出蚕的活泛形态。"穿翳"两字对蚕进食的动姿也描述的生动如真。而写春蚕最美的诗当属李商隐的《无题》中"**春蚕到死丝方尽，蜡炬成灰泪始干**(324)"这句。作者概以"春蚕"吐丝到死方尽，和被点燃的"蜡烛"成灰如泪流干的品性，实属慧眼妙手，并以此来妙喻至死不渝的爱情，极为恰切，且对仗尤佳，富有表现力，堪称千古绝唱。

### ❀ 蜻蜓戏蝶时时舞

蝴蝶色彩万般，扇动华丽的大翅膀，如万花飘动。而蜻蜓形象独特，长着一对多彩明亮的大眼睛，长长的身子插着薄而透明的四羽。飞行起来轻活灵变，倏尔停留空中。所以，有着优美飞姿的蝴蝶与蜻蜓，常作为诗人描写的宠物。杜甫是善于描写此物的高手，并善于使用叠字对这一笔法。他的《曲江二首（其二）》中的对仗名句"**穿花蛱蝶深深见，点水蜻蜓款款飞**(325)"，其用叠字言表两物的喜好和飞动的特征，极为形象灵动。

杜甫喜好描写蝴蝶。他在《江畔独步寻花七绝句（其六）》中对蝴蝶戏花弯转折舞的姿态，和黄莺畅快自在的鸣叫，写得十分流畅而细致，诗曰："**黄四娘家花满蹊，千朵万朵压枝低。留连戏蝶时时舞，自在娇莺恰恰啼。**(326)"尤是后两句的用词妙趣横生，其艺术手法值得玩味。他的《小寒食舟中作》中有句"**娟娟戏蝶过闲幔，片片轻鸥下急湍。**(同294)"对仗颇佳，其前句对悠闲自得的秀丽花蝶入屋察看帐帷的姿态，也写得很有趣味。

杜甫对蜻蜓的描写也极有特色，除前《曲江》诗句外，在《卜居》诗中也有"**无数蜻蜓齐上下，一双鸂鶒对沉浮**(327)"一句。蜻蜓飞行一上一下的轻灵，与水中一对水鸟不时沉浮的游姿相称。大概是写格律诗要求对仗的缘故，杜甫对蜻蜓和蝴蝶的描写有一个特点，总有一个陪衬物相对称，如描写蝴蝶时，有蜻蜓或娇莺、轻鸥等。这样写的诗句所表达出的内容极为谐和而灵动。另外，刘禹锡、道潜、杨万里描写蜻蜓时，还注意与环境结合，使描写的对象在场景内活灵活现，色彩倍增，这也是写此类诗的一个特点。如刘禹锡的《春词》里说："**行到中庭数花朵，蜻蜓飞上玉搔头。**(328)" 蜻蜓由外来飞到庭院里，再到花丛飞到美人的玉簪上，这一过程很是生动美妙。北宋著名的诗僧道潜的《经临平作》有句："**风蒲猎猎弄轻柔，欲立蜻蜓不自由。**(329)"轻风把蜻蜓吹得欲立不稳，显出了蜻蜓这一昆虫体大羽宽而轻的特点。杨万里的《小池》诗也是写蜻蜓的名篇："**小荷才露尖尖角，早有蜻蜓立上头。**(同18)"阳光穿射柳阴，荷塘春色温润，一只蜻蜓落在荷花未开的尖尖角上，真是一幅绝美的特写镜头。

### 鸣蝉红萤绿螳螂

蝉、萤、螳螂这几种昆虫的行为特征很引人注目，蝉吱吱的鸣叫，螳螂捕食时诡异的神态，萤火虫的荧光像明灭流断的火。初唐名臣虞世南的诗《蝉》中有句对蝉的特性描写最为著名："**垂绥饮清露，流响出疏桐。**(330)"蝉，餐风饮露，长出一对长长的大胡须，那清脆激越而有拖音的鸣叫从高树中传出，用"流响"一词表述颇为传神。辛弃疾《西江月》里的"**明月别枝惊鹊，清风半夜鸣蝉**(同97)"，其后半句意含是，已是凉秋时节，这时的蝉，多是分散在田野里独鸣，寂静的秋夜，被此起彼伏的蝉鸣打破，据此能够想象出秋野万籁夜景的美妙。唐代诗人陆龟蒙的《闻蝉》有句"**莫倚高枝纵繁响，也应回首顾螳螂。**（331）"前句用"纵繁响"三字形象地描绘出，蝉居高树形成的轰鸣声色；而后句巧写螳螂捕蝉之状，讥笑蝉的天真而不知处境的危险，借景讥讽处世环境的复杂。追随徐敬业起兵反武则天，并起草著名檄文《讨武曌檄》的初唐四杰之一骆宾王，他《在狱咏蝉》中有句"**露重飞难进，风多响易沉。**（332）"表意上看是写晚秋时节蝉到地面产卵，因露水湿重羽翅，蝉再也飞不回树上，独自发出哀鸣；实意以此时处境的孤蝉作比拟，表露作者身陷囹圄壮志难酬的悲痛心情。"响易沉"三字描述极妙，此时，秋风劲压蝉鸣，有悲壮无奈之意。李商隐的诗写得诙谐，曰蝉："**本以高难饱，徒劳恨费声。**《蝉》（333）"调笑蝉幽栖高树，挨定的是风餐露宿，由不得哀鸣怨叫是想得到别人的怜悯，但这都是徒劳的。此诗也含有忿世不满之意。南宋诗人乐雷发的诗有句："**一路稻花谁是主？红蜻蜓伴绿螳螂。**《秋日行村路》（334）"作者走在稻花飘香的乡间小路上，看到沁香的稻花深处有红蜻蜓、白蛉子、绿螳螂，色彩斑斓，此一句妙用问答的方式，写出了田野里的勃勃生机。

■ 北宋 黄居寀《山鹧棘雀图》

第五回 鸟飞鱼翔兽禽走

描写萤火虫还是柳永的《女冠子》词来得趣妙："**疏篁一径，流萤几点，飞来又去**。(335)""篁"即竹林。只十来个字，便把竹林小路上萤火虫飞动散发的似连即断的流光写得活灵活现。北朝文坛宗师庾信的诗有句"**露泣连珠下，萤飘碎火流**。《拟咏怀诗（之十八）》(336)"，前句写晚秋时的地面环境，露水很重，后句写地上飞舞的萤火虫。用"碎火流"三字，形容飞萤的流光即断即连的特点，十分贴切。刘禹锡的《代靖安佳人怨二首》有句"**墙东便是伤心地，夜夜流萤飞去来**(337)"，前句中用"伤心地"表示坟茔，很好地表达出一种悲伤的情感，尤其是后句，对夜幕下流萤披着荧光往返于人间阴地的生动描述，更加重了悲哀的气氛，易引起人们对逝者的思念。明代杰出的剧作家汤显祖的诗也有句"**波光水鸟惊犹宿，露冷流萤湿不飞**《江宿》(338)"，写晚秋气候的变化，野外的露水太重，流萤已飞不起来，寓意万物因时节，其行为也随之发生着变化这一哲理。此外，杜牧《七夕》诗"**银烛秋光冷画屏，轻罗小扇扑流萤**(339)"，以及北宋著名词人贺铸的《雁后归》"月生河影带疏星。**青松巢白鸟，深竹逗流萤**(340)"，对萤火虫的描写，都别有景致。

## 第六回
## 琼枝劲草斗芳菲

观览大千植物,均是不能自主和自由移动的活体,它们依地而生,因地力、天力的灌入,生长出千姿百态五彩缤纷的异草花木,是诗人的最爱。

🌸 **春风杨柳万千条** 世上凡是有生命的事物,都似乎有灵性。当你身处春色浓郁的大自然,那些形状不一、色彩华美的草木,都像性状不同的生灵眷顾着你。柳是诗人寄情最多的,大概是柳树生命力极强,迎春较早,叶落缓迟,尤遇春风,色如碧,叶似眉,枝条婆娑,活力无限,如少女婀娜含情,秀发飘然,易激发人们的联想与情思。

唐代进士贺知章的七绝《咏柳》,是咏柳诗的名篇。诗曰:"**碧玉妆成一树高,万条垂下绿丝绦。不知细叶谁裁出,二月春风似剪刀。**(341)"此诗首句写春柳整体的形象与颜色如梳妆而成的少女,次句写它娇柔的枝条犹如少女的身条和

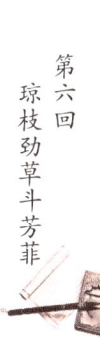

■ **明** 边文进《春禽花木图》

柔发，第三句写柳叶的形状大小一般，片片如靓女媚眼，并试问万万千千相似的它，怎么突然会生出？第四句是巧答，是春风这把神奇的剪刀裁出。此诗，喻新思奇，不仅用简括优美的格律语言，而且用比兴的艺术手法，由大到小完整地描绘出柳的面目，从深的意义上阐发了大自然的规律。

白居易是描写春柳最多的一位诗人，他有多首优美的《杨柳枝》词，采用拟人、比喻等多种手法，来描写春柳的朴质、柔美和多情。如这首：**"依依袅袅复青青，勾引春风无限情。白雪花繁空扑地，绿丝条弱不胜莺。"**(342)"柳上枝条一幅相偎相依的姿态，随风摇曳释然多情。柳絮如繁雪落地，柔弱的柳条如丝，软得经不起一只小鸟。此诗的首句用三组叠字来描述柳的风姿，后用"勾引"这一情感化极强的拟人手法来直白柳的浪漫，是该诗的一大特点。在另一首中描写柳叶上的露水像含泪欲哭的泪眼，袅袅的枝条若舞女的细腰：**"叶含浓露如啼眼，枝袅轻风似舞腰。"**(343)"还有一首中描写春风满柳，万千枝条舞动，尽显柳的婀娜多姿，柔软的枝条跟丝线一般，催生出金色的嫩叶：**"一树春风千万枝，嫩于金色软于丝。"**(344)"他的《天津桥》对春风催化柳芽生出，春雨滋润绿草速生作了精彩描绘：**"柳丝袅袅风缲出，草缕茸茸雨剪齐。"**(345)"诗中"袅袅""缲出""茸茸""剪齐"用词极有生气。

刘禹锡形容春风吹动的垂柳如美女的衣裙摆动：**"弱柳从风疑举袂，丛兰裛露似沾巾。"**《忆江南》(346)"他的《杨柳枝词》则从情感上描述杨柳：**"长安陌上无穷树，唯有垂杨管别离。"**(347)"寻遍所有的佳树，唯有春柳芊芊的姿容，像是表达人们离别时的心情。宋代晏殊的《踏莎行》与刘禹锡的说法正相反："**垂杨只解惹春风，何曾系得行人住。**（348）"多情的春柳只顾招惹春风，哪有留住麾下行人的心意。

柳树也是开花的，柳花是花又不像花，引不起人们的注意，说不出柳花是什么样子。柳的花苞如黄色的麦穗或谷穗，花谢时放出柳絮被称为杨花，是暮春时节令人生厌的一景。因为它太多，满天飞舞，障人眼目，粘身侵喉，落白一层。如唐代韩偓的《乱后春日途经野塘》："**船冲水鸟飞还住，袖拂杨花去却来。**（同180）"晏殊的《踏莎行》"**春风不解禁杨花，濛濛乱扑行人面。**（349）"尤其是韩偓的"水鸟飞还住""杨花去却来"，是活灵呈现此时春景的妙笔。秦观的《浣溪沙》对柳絮的描写却另有新意："**自在飞花轻似梦，无边丝雨细如愁。**（350）"其前句的"自在"一词出手高妙，形容柳絮扬扬洒洒，潇洒自如，与后面的"花轻似梦""雨细如愁"的比喻气谐相和，絮轻如梦，萦绕轻盈，雨如丝，细多如愁，以物喻情，甚为绝妙。

诗人们大都关注春天柳絮漫天飞舞的现象，殊不知，春柳释絮漫游，意在散种生根。唯独苏轼观察到这一现象，并注意到它是一个漫长辛酸的历程，遂用婉约优美的语言，以美妙的拟人手法，寄情此物，影射人生，创作出《水龙吟·次韵章质夫杨花词》这首千古名篇，使一般人看来是多么普通而不招眼的柳絮，成了有血有肉有思的情物。词曰："**似花还似非花，也无人惜从教坠。抛家路旁，思量却是，无情有思。萦损柔肠，困酣娇眼，欲开还闭。梦随风万里，寻郎去处，又还被、莺呼起。　不恨此花飞尽，恨西园、落红难缀。晓来雨过，遗踪何在？一池萍碎。**

春色三分,二分尘土,一分流水。细看来、不是杨花,点点是离人泪。(351)"苏轼善写柳絮,在他的另一首词《蝶恋花》里也有名句"枝上柳绵吹又少,天涯何处无芳草(同31)",常被人们用来吟诵暮春的繁盛至极。

### 🌸 报春梅花迎飞雪

梅花是报春的使者,是花类中一年开放最早的花,又称迎春花、雪梅、寒梅,依色彩又称白梅、玉梅、红梅、墨梅等等。梅花开得早,可在寒冬飞雪时,人们品赏它又演绎出许多方面的优秀品质。一是不惧严寒。毛泽东赞赏它,"梅花欢喜漫天雪"。二是不争春争名。梅花晚冬放,开后花凋零落,便到了新一年的初春。李商隐的《忆梅》诗云:"**寒梅最堪恨,常作去年花。**(352)"说寒梅早秀而不逢春,虽没有享受到春天的温暖也罢,最可恨的是被人误作是上年的花。三是固守自香。即便花落为尘,依然散发着梅香。陆游的《卜算子·咏梅》对梅花的这些特质作了高度的赞扬:"**无意苦争春,一任群芳妒。零落成泥碾作尘,只有香如故。**(353)"王安石的《梅花》以简了数语赞赏梅花有凌寒不屈的个性和清白芳香的特质,也正是诗人一向坚守的高尚人格的化身。诗云:"**墙角数枝梅,凌寒独自开。遥知不是雪,为有暗香来。**(354)"梅花与竹子、菊花、兰花合称为"四君子",四君子中又以"梅"为首。大概是人们因梅花"不逐众花开"的现象具有遗世独立的风骨与节操,欣赏它的这一风姿气节。

元代王冕的诗《白梅》概述了梅花以上几个方面品质,是梅苑诗中的名篇。诗曰:"**冰雪林中著此身,不同桃李混芳尘。忽然一夜清香发,散作乾坤万里春。**(355)"但对梅花品质作出全面而有高度评价的是现代伟人毛泽东的《卜算子·咏梅》一词：" **风雨送春归，飞雪迎春到。已是悬崖百丈冰，犹有花枝俏。俏也不争春，只把春来报。待到山花烂漫时，她在丛中笑。** (356)"此词以拟人的笔法，对梅花耐寒的坚强品质、积极乐观的精神和不争名争利的无私品格大加赞赏，其语风流畅，不着雕痕，意变境开，品味高雅，不论其思想性还是艺术性，在咏梅诗里堪称杰作。

其他诗人的诗或词多是在某个或某些方面对梅花作了精彩的描写。如赞美梅花的香味，宋代卢梅坡的诗《雪梅》写得最好："**梅须逊雪三分白，雪却输梅一段香。** (357)"此句虽没有说梅花有多香，但语思之巧、对仗之工，寓物各有短长的哲理，给人留下了深刻的印象。北宋诗人林逋作《山园小梅》中也提到梅花的香："**疏影横斜水清浅，暗香浮动月黄昏。** (358)"此句描绘的是塘边的梅影和梅开散香时朦胧月下的环境，可谓引人入胜，被称为咏梅诗中的千古名句。月光下，清澈见底的水面映出梅的倒影，而岸上的梅花争放，向着月亮散发出阵阵梅香。所写景物清晰丰满，有岸边的梅，水中的影，天上的月，还有看不见却闻得到的芳香，画面生动，浑然天成。其"暗香浮动"用词尤佳，虽是草木萧条时节，却显出梅花的盎然生机。

朱熹的诗也写到梅花的香："**故山风雪深寒夜，只有梅花独自香。**《夜雨》(359)"万物依旧安眠，而独有梅花绽放，仔细品味此句，主要说的不是梅的香味，重在赞赏梅花傲雪迎寒、独具生命力的品质，巧妙地表达出"梅花香自苦寒来"这样一种意境。晏殊的词有一名句，称赞梅花甘当报春使者的无私品质："腊后花期知渐近，寒梅已作东风信。《蝶恋花》(同4)"隋代侯夫人的《春日看梅诗二首》中也有同样的句子："**玉梅谢后阳和至，散与群芳自在春。**(360)"意思是，日暖春来，梅花却谢了，将春让与百花。宋末诗人谢逸的《菩萨蛮》词里"**满院落梅香，柳梢初弄黄**(361)"，指春来梅花已开满落地散香，而春柳才吐露黄色的嫩芽，也是赞扬梅花宁受寒苦，不与"人"争春的品质。

有关梅花的姿容，苏轼的《红梅》诗有其描写："**故作小红桃杏色，尚余孤瘦雪霜姿。**(362)"其冬末还寒时，孤瘦的梅枝上散落着的红梅，似春来时桃杏的红韵装扮，却掩不住残冬留下的霜雪风姿。唐代诗人张谓的《早梅》将所见寒梅之色比作冰雪："**一树寒梅白玉条，迥临村路傍溪桥。不知近水花先发，疑是经冬雪未消。**(363)"以设疑自答的新颖方式，惟妙惟肖地描绘了冬开的早梅皎白如雪的姿容。宋代著名女词人李清照的《玉楼春·红梅》描绘的红梅："**红酥肯放琼苞碎，探看南枝开遍未？不知酝藉几多香，但见包藏无限意。**(364)"词中用"红酥"形容蓓蕾，一个"碎"字妙述花蕾开放，媚态万千，颇有生机。尤是使用"肯放"一词笔着微妙，像似人手握放，生动传神。作者在后两句，对梅花由外表的描述进入深部的挖掘，使用"酝藉""包藏"两词描述梅蕾的蕴含，让人体会其中无限的美感。这样由外到里，由未开到开，以其绝妙的艺术表现力，深刻地描绘出梅花的神韵。王冕的题画诗《墨梅》也写得好。诗里怀疑画中墨梅之色是家边砚池洗墨所染上的墨迹："**我家洗砚池头树，朵朵花开淡墨痕。**(365)"此句描写借物喻物，创意新巧，尚属别具一格。

❀ **梅花已谢杏花新**　杏花迎春较早，但比起梅花要迟些，唐代罗隐的《杏花》对梅花纷落、杏花初开的时节有精彩的描写："**暖气潜催次第春，梅花已谢杏花新。**（366）" "潜催" "次第"两词用得精妙，表示春风吹暖催春，入微持续，形成了连续的春波，梅花谢了，杏花开了。宋代著名词人晏几道的《临江仙》也有这样描写："**风吹梅蕊闹，雨细杏花香。**（367）"

杏花恐怕是植物界里最有情味的一种花。它紫枝蜡蒂，玉瓣粉蕊，质嫩雅洁，淡浓相宜，有意中情人之姿，可谓春之使者、花中美女。南宋的叶绍翁用一句"**春色满园关不住，一枝红杏出墙来**（同16）"震动了诗坛，是为千古名句。看到一枝红杏出墙，臆想墙内已是满园春色。前句一个"关"字，显示春力的不可阻挡，后句一个"出"字是因前句的"关不住"，两句紧扣，点彩了春来。据此句觅境，可窥见作者渲染出了春来的气息与画面，令人陶醉。陆游的《马上作》中有句"**杨柳不遮春色断，一枝红杏出墙头**（368）"虽也写得很好，但稍逊前述叶绍翁的那一句，表现力没有达到撼动人心的感受。北宋的宋祁将杏花写入初春的美景："**绿杨烟外晓寒轻，红杏枝头春意闹。**（同10）"首句中"晓寒轻"词意微妙，意味此时气候乍暖还寒。而后句句尾的"闹"字，着为精彩，点活了春天，似乎使人耳闻目见到嗡嗡叫的蜜蜂采蜜，感觉极佳。王安石的《杏花》观察入微，想象奇美："**独有杏花如唤客，倚墙斜日数枝红。**（369）"杏花倚墙映照的姿容，犹如招情含羞的美女，在喜庆之时迎接客人的到来。唐宋时的人们犹爱杏花，杜牧的《杏园》诗云："**莫怪杏园憔悴去，满城多少插花人。**（370）"杏花的憔悴，是因为人们的喜爱反而造成对它的摧残，反衬杏花之美。陆游凭一夜春雨联想到清晨，应有女子挎蓝卖杏花的明媚情景："**小楼一夜听春雨，深巷明朝卖杏花。**(同46)"杏花之美，遇春雨更彰鲜嫩，陆游这里虽没明写，但意境全有。同是春雨后卖花，李清照的一首《减字木兰花》对花儿的描写格外的赏心悦目。词曰："**卖花担上，买的一枝春欲放。泪染轻匀，犹带彤霞晓露痕。**(371)""春欲放"三字十分传神，"春"指花，用在此很有新意，代表万物滋生的新鲜活力。"欲放"指花儿含苞待放的姿状。后句"犹带彤霞晓露痕"，写得精练而意满。担上的花，色如红霞带有清晨时的雨露，更显出花儿的新鲜。古人春雨后清晨买花，是对美的追求，也是中华民族爱美的好风尚。

以上著名诗人描写杏花的名句有一个特点，他们并没有明写杏花是什么样的姿色，而是让读者按作者提供的语境去想象杏花的美。唯有宋代的柳永与众不同，他在《木兰花·杏花》中，用极为精彩的语言着实细描了杏花的美姿："**剪裁用尽春工意，浅蘸朝霞千万蕊。天然淡泞好精神，洗尽严妆方见媚。风亭月榭闲相倚，紫玉枝梢红蜡蒂。假饶花落未消愁，煮酒杯盘催结子。**(372)"词意是，春天是造花的大师，它用尽了心思和工艺，造就了美丽的杏花。你看它的姿容，如同淡淡涂抹了朝霞，释放出千万朵花蕊。它多么飒爽而有气质，经过春雨的滋润，更能显出它的妩媚。它在风停朗月的榭亭旁悠闲地相互依伴着，那紫玉般的枝梢和红蜡般的花蒂尽显高雅。如果杏花落了还不能消解你的愁，那就来煮酒等待杏花结子吧！尤以"浅蘸朝霞千万蕊""紫玉枝梢红蜡蒂""天然淡泞好精神"三句对杏花的容姿描写美妙绝伦。柳永写风景情恋类的词天下无双，此词可见一斑。他的《木兰花慢》也有写杏花的绝笔:"**拆桐花烂漫,正艳杏烧林**。(同52)"形容艳丽的杏花盛开时如大火烧林,此比喻想象如此神奇,历来被赞为神来之笔。

❀ **桃花嫣然笑梨花** 古往今来,桃花总被人们用来比作情爱或比喻漂亮女子。清代名剧《桃花扇》就是以桃花为线索,用桃花汁点染扇面,述说了主人公香君的婚姻不从别人从爱君,以头撞地血溅桃花扇的故事。

桃花之所以能被无数文人墨客来赞颂,多是桃花的姿色有种难以抗拒的青春诱惑力。桃花呈粉色,色由浅入深,至花蕊色成桃红,如美女面色十分诱人。一树盛开的桃花,像仙女嫣然含笑,俏丽妩媚,招人喜爱。唐代诗人崔护一次郊外踏春,与美貌的村姑相见,各自情投意合而隐含不露,第二年崔护重游此地欲表心意但不见村姑,故写诗《题都城南庄》以释怀:"**去年今日此门中,人面桃花相映红。人面不知何处去,桃花依旧笑春风**。(373)"去年此处的桃花今日又开,而去年此时所见的心爱的人不知何处去了,甚是无奈遗憾。唐代风流才子唐伯虎作《桃花庵诗》,围着桃花,复来萦绕,意表虽浅,但颇顺口:"**桃花坞里桃花庵,桃花庵下桃花仙。桃花仙人种桃树,摘来仙桃换酒钱。……**(374)"尤第四句以桃换钱,意显作者对人生处世逍遥自在的态度。桃花也象征着生活的美满,人们甚至把能处在桃花丛中的悠闲生活,作为追求幸福的夙愿,如晋代陶渊明写的《桃花源记》等。

历史上赞美桃花的名句有许多,宋代诗人汪藻佳句:"**桃花嫣然出篱笑,似开未开最有情**。《春日》(375)"此句"笑"字展

第六回 琼枝劲草斗芳菲

107

现了桃花的可掬姿容，"嫣然"更显面容的亲和妩媚，而在似开未开时，桃花的美所蕴含的情致最是撩人。王安石的《渔家傲》词描写蜜蜂戏逐桃花："**隔岸桃花红未半，枝头已有蜂儿乱。**（376）"句中一个"乱"字，凸显桃花之地春意盎然的景象。王维《辋川别业》诗中的"**雨中草色绿堪染，水上桃花红欲燃。**（同47）"描写春天的雨水使草色绿如染，而此时水岸边那醒目娇艳的桃花，红得像要燃烧的火一般。其"绿堪染""红欲燃"用词极为鲜活而清新。春天，花儿争奇斗艳，姿态万千，杜甫的名篇《江畔独步寻花七绝句》中有句"**桃花一簇开无主，可爱深红爱浅红。**（377）"花儿认春不认主，开的与欲开的簇拥着，红的与浅红的掺和着，此句把桃花盛开时的凌乱姿状，描写得形神毕肖。"百叶"是桃花的一种，色泽红艳，韩愈这样描述："**百叶双桃晚更红，窥窗映竹见玲珑。**《题百叶桃花》（378）"夕阳晚照在红艳的桃花与玲珑翠竹上，红绿相映，十分鲜丽，令人陶醉。晋代王献之的《桃叶歌三首》也有句"**桃叶映红花，无风自婀娜**（379）"，将桃花盛开有绿叶相衬，比似一对情人相映相喜，虽是丽日无风，也微微颤动，妩媚有情，婀娜多姿，画面妙绝。明末清初诗人吴伟业的《鸳湖曲》有句"**柳叶乱飘千尺雨，桃花斜带一溪烟。**（380）"其对雨袭桃花林景色的描写也十分精彩。大诗人白居易一次登山拜寺，见到寺里的桃花才开，而山下的花儿已开尽，心情喜悦，挥笔写下《大林寺桃花》诗，中有"**人间四月芳菲尽，山寺桃花始盛开**（381）"这一名句。语景大千世界气象万千，意含人间也是此起彼落，黑暗之处有光明，表达了作者豁达乐观的心态。

樱桃在古时因其少见而珍贵，写樱桃花开的人也不多。金代戏曲作家董解元的《西厢记诸宫调》里有句**"过雨樱桃血满枝，弄色奇花红间紫"**，彰显了雨后樱桃花的姿容，红里透紫，仿佛鲜血溅满了琼枝。"血满枝"三字用得尤其美妙传神。南朝梁诗人沈约的诗也有一句写樱花：**"野棠开未落，山樱发欲燃。**《早发定山》（382）"大意是，野海棠花开未落，樱桃花时值盛开，花姿像要燃烧的火，鲜艳夺目。其"发欲燃"用词颇为传神。不过，红色的杜鹃花的艳丽不亚于樱桃花。前曾述杨巽斋在《杜鹃花》诗中的这句**"鲜红滴滴映霞明，尽是冤禽血染成。**（同276）"其前句"鲜红滴滴"对明霞映花鲜欲滴的形容，和后句"冤禽血染"对花色的比喻，十分形象，给人的印象颇深，一下子便记住了杜鹃花。

樱桃花艳红如血，梨花之白堪如雪。描写梨花的色彩，最著名的是岑参的《白雪歌送武判官归京》中的传世名句：**"忽如一夜春风来，千树万树梨花开。**（同104）"其描写严冬大雪后的壮景，喻白雪之白，像千树万树梨花开，反则说明梨花之白。他的另一首诗《送杨子》，则从正面形容梨花如雪：**"梨花千树雪，杨叶万条烟。**（383）"李白的诗里也有句描写梨花如雪，但又与白雪不同，散发着特有的清香：**"柳色黄金嫩，梨花白雪香。**《宫中行乐词八首（其二）》（384）"李白的这句诗与前面岑参的诗句，都是对仗工稳、律严精绝的好律句。宋代诗僧法具在《绝句春日》里描写月光下的梨花之色又有不同：**"燕子未归梅落尽，小窗明月属梨花。**（385）"此时小窗外的梨花，似如明月一般，白且柔亮，怡神夺目。元代诗人宋无的《次友人春别》也有类似对梨花的绝佳描述：**"杨柳昏黄晓西月，梨花明白夜东风。**（386）"这个对句可称作是格律句的典范，无论是表达的意境，还是用词上的合辙押韵及对仗，都是很完美的。微雨后的梨花鲜嫩无比，白居易在《长恨歌》中用"梨花一枝春带雨"来描写丽人情恋时的姿容。

　　以上是从色彩方面对梨花的描写，黄庭坚的《次韵梨花》虽也描绘了梨花的洁白："**总向风尘尘莫染，轻轻笼月倚墙东。**(387)"但从另一侧面看，着实赞美了梨花不妖艳轻狂，又不愿被风尘所染的纯洁品质，提升了诗的境界。苏轼的《东栏梨花》则更胜一步，在赞咏梨花时寓咏了人生。诗曰："**梨花淡白柳深青，柳絮飞时花满城。惆怅东栏一株雪，人生看得几清明！**(388)"诗的前两句以柳青衬梨白，描绘在同一时刻两者姿状的区别，凸显出梨花的特点和神态。其后两句，诗人看到如此鲜洁的梨花则惆怅起来，苦短人生能有几次看到这样的美景？巧妙地把咏梨花与咏人生结合了起来，赋予了此诗新的内涵。

　　❀ **唯有牡丹真国色**　　牡丹花体型硕大，色彩绚烂，尽显雍容华贵，被人们当作国色。诗人们竞相用最美的诗歌赞美牡丹，称之为葩之冠，花中王。宋代进士曹冠的《凤栖梧·牡丹》词曰："**魏紫姚黄凝晓露。国艳天然，造物偏钟赋。独占风光三月暮。声名都压花无数。**(389)"该词用牡丹花中"魏紫""姚黄"两个名贵品种来赞颂牡丹。它的花面凝着晨露，一幅天然的绝色，惹人钟爱。它开放得较迟，独占了三月末之后的春光，而它的名声却盖压众芳。曹冠虽对牡丹极力赞美，但说得还没那么甚。唐人皮日休对牡丹的评赞说的比较绝，诗曰："**落尽残红始吐芳，佳名唤作百花王。竞夸天下无双艳，独占人间第一香。**《牡丹》(390)"说它虽然开得很迟，却是"百花王""天下无双""人间第一香"，真乃国色天香。近代著名学者、国学大师王国维的诗《题御笔牡丹》则从空间的广度和时间的跨度，含蓄而肯定地评价牡丹终是春世界里的花中王："**阅尽大千春世界，牡丹终古是花王。**(391)""阅尽""大千""终古"用词绝好。

有的诗人写牡丹之美，侧重于牡丹对人们的感受和影响来渲染。唐代进士徐夤的《牡丹花》中写："**万万花中第一流，浅霞轻染嫩银瓯。能狂绮陌千金子，也惑朱门万户侯。**(392)""银瓯"指品相好的花盆。"万万花中第一流"此语不凡，牡丹花是最美的，人们争相用精制的花盆栽培，诱来达官贵人，他们甚至拿出千金来购买。此对牡丹喜爱的描写，具体而实在。洛阳的牡丹最有名，欧阳修的《洛阳牡丹图》有句"**洛阳地脉花最宜，牡丹尤为天下奇。**(393)"所以，北宋名士邵雍在《洛阳春吟》中说，牡丹吊高了洛阳人的品味，却将"桃李花开未当花"，唯有牡丹盛开时，洛阳满城都因为牡丹而乐不自支："**须是牡丹花盛发，满城方始乐无涯。**(394)"尽管是满城人欢喜，但还没有到疯狂的地步。白居易的《牡丹芳》则描述洛阳人对牡丹的喜爱到了极致："**花开花落二十日，一城之人皆若狂。**(395)"与邵雍的上句比较，"一城之人"显然比"满城是人"要多，从喜爱的程度，"皆若狂"比"乐无涯"爱得更深。从诗的艺术欣赏角度看，白居易的此句包括整首诗，语简意赅，情表响亮，充分地表达出牡丹之最。

对牡丹的评赞，刘禹锡的《赏牡丹》被人们公认为是写得最好的赞美牡丹的诗，诗曰："**庭前芍药妖无格，池上芙蓉净少情。唯有牡丹真国色，花开时节动京城。**(396)"诗人先用对比的手法，将很美的"芍药""芙蓉"与牡丹比较，指出"芍药"妖

第六回 琼枝劲草斗芳菲

111

艳过分，而"芙蓉"清雅却少情，用"真国色"三字清晰地凸显出牡丹的雍容华贵之美。然后写花开时节的影响，用"动京城"三字，简而有力地概括出人们的感受，再一次点活了全诗，进一步提升了牡丹的品位，写出了它的非同寻常。此诗的后两句，字词尤为精当，铿锵有力，乃是牡丹诗语的千古绝唱。

还有的诗人与众不同，不是直面歌颂牡丹之美，而是反其道点出它的不足，从另类角度去欣赏也很有趣味。如宋代进士王曙的《牡丹》诗：**"堪笑牡丹如斗大，不成一事又空枝。**(397)"说牡丹徒有其表，花后无果，空枝无形，不值一提。

### ❀ 映日荷花别样红

荷花又称芙蓉、红蕖、芙蕖、菡萏等，是荷或莲开的花，荷花结子为莲子，莲的根为莲藕。荷花的清雅、高洁，出污泥而不染，常作为良士、佳女的形象物，僧人、佛法的信物，也常是诗人称诗作词的拟物。

杜甫的诗《狂夫》中有描写荷花的著名对仗句："**风含翠筱娟娟净，雨浥红蕖冉冉香**。(398)""筱"即竹子，那清风吹拂着秀美挺立的青竹，而小雨湿润了徐徐散发清香的芙蓉。这种工整的对仗，通过相互对照，特别用叠字加力，从细节上强化了对景致的刻画，绘出了十分漂亮的画面。苏轼的《鹧鸪天》也有类似的对仗名句：**"翻空白鸟时时见，照水红蕖细细香。**(399)"天空中时能见到飞鸟自在地翻空，斜阳映入碧水面，净美的荷花持续散发着清香，其前后两句均用叠字，活鲜两见，生动传神。杨万里对荷花的描写又增加了荷叶：**"接天莲叶无穷碧，映日荷花别样红。**《晓出净慈寺送林子方》(400)"此句没有像前面的诗句一样采用叠字加力，但在艺术上也使用了工整对仗，描绘出了一幅一望无际的荷叶里的荷花，在阳光的映照下无比艳美的画面。无穷的碧叶与别样的花红相照应，收到了"万绿丛中一点红"的盈目效果。唐代诗人温庭筠的《溪上行》有句**"风翻荷叶一向白，雨湿蓼花千穗红**（401）"，用荷叶翻背露白，与蓼花着雨更红分作对仗句，也显示出同样的艺术魅力。

荷花花期较长，有的待到中秋时还在开。唐代宋雍有句诗**"荷花开尽秋光晚，零落残红绿沼中**（同89）"，即是描写此意。温庭筠的诗《懊恼曲》则进了一步："**三秋庭绿尽迎霜，惟有荷花守红死。**（402）"不仅写荷花在寒霜来临时仍有生命力，而且顽强地迎霜而死，保持晚节，称颂荷花之美与它的柔韧品格。杜牧写荷花巧用拟人的手法："**多少绿荷相倚恨，一时回首背西风。**（403）"风移荷动，万叶一向，正是东风已去西风来，有种芳时不再、美人迟暮的遗恨情感在里面，情景交融，形象生动。此与温庭筠的"风翻荷叶一向白"的纯描，有着同曲异情之妙。

### ❀ 海棠不惜胭脂色

海棠花艳而不俗，色如胭脂，质细有光，花姿潇洒，有"花中仙""花贵妃"之称。自古以来是雅俗共赏的名花，也是诗人喜写的花品。

陆游曾诗云："**虽艳无俗姿，太皇真富贵。**（404）"说海棠花艳而不俗，却真能显出它的富丽高贵。他在《驿舍见故屏风画海棠有感》中言："**猩红鹦绿极天巧，迭萼重跗眩朝日。**（405）"其精妙神怪的用词，浓重渲染海棠的花姿，色甚红叶甚绿，花萼繁迭呈工巧姿状，与朝阳相映争辉。然而，海棠花美，不仅在于形姿，还在于花期不同时段的色彩变化。柳永的《木兰花·海棠》词中讲了这一变化："**东风催露千娇面，欲绽红深开处浅。**

第六回 琼枝劲草斗芳菲

（406）"文中"露""深""浅"三字用得精当到位，海棠被东风吹开了面容，未开时，花蕾呈深红色，而在开时色减，越开色越浅，呈粉色。唐代郑谷的《海棠》诗中说：**"秾丽最宜新著雨，娇娆全在欲开时。**（407）"为什么欲开未开时海棠花最美呢？那时周身红彤的小蕾已现粉白色的小口，红团团白点点，呈胭脂色，尽显色雅娇柔，美不胜收，而遇到春雨更显清新艳丽。南宋杰出诗人陈与义的《春寒》诗里以拟人法，描写雨中的海棠花妩媚动人，且不怜惜自己的胭脂美色，有种美而不娇的品格和秉直特立的个性："**海棠不惜胭脂色，独立蒙蒙细雨中。**（408）"

诗人爱海棠花，有时如痴如醉，苏轼在《海棠》诗里云："**东风袅袅泛崇光，香雾空朦月转廊。只恐夜深花睡去，故烧高烛照红妆。**（409）"作者喜爱海棠花，时时眷顾，深夜还点着蜡烛去欣赏，甚怕花容衰去，错过花期。可见海棠花之美对喜爱它的人影响之大。海棠花如何美，作者并没有直白，而是通过月色春韵环境的描述和作者爱花行为来表现。这种描写方式是此诗艺术表现力的一大特点。唐人李商隐在《花下醉》中也有句：**"客散酒醒夜深后，更持红烛赏残花。**（*920）"或许是苏轼读过此诗，赏花甚爱有同感而后发。陆游对海棠花的喜爱更甚于东坡和义山。他在这首诗里讲："**为爱名花抵死狂，只恐日风损红芳。露章夜奏通明殿，乞借春阴护海棠。**《花时遍游诸家园》（*926）"用拟人化的方式，借"雾霾"和"黑夜"之口，乞求上苍借以"春阴"，以免烈日和劲风损伤了海棠的美丽面容。著名诗人的这种奇特而丰富的想象力，在诗词创作中的妙用能收到令人惊叹的效果，很值得我们学习和发扬。

花儿应时而放，气候的突变，也会摧残已开放的花儿。海棠花似乎懂得这一变故，开得稍晚一些，大都能躲过早春天气突变的影响。由此曾有诗人悟出其中的人生哲理。金代著名诗人元好问有一首诗《同儿辈赋未开海棠》写得颇有意味，诗云："**枝间新绿一重重，小蕾深藏数点红。爱惜芳心莫轻吐，且教桃李闹春风。**（410）"此诗表面看来是说海棠开得较晚，在它还是小蕾红点时，桃李已满园盛开，其深义是讲给儿辈要谙熟尘世的道理，不要像桃李那样轻浮，遇春即开，殊不知，早春时节，寒流常袭，早开的桃李花多有不幸夭折。要像海棠那样，芳心不轻吐，等到天气真的暖和的时候，再来开蕊，方能笑到最后。2011年春天，我在宁夏适逢这样的天气。4月12日，正当万木复苏、花儿竞放的时节，突然降温到零下6度，4月26日又下了一场不小的雪，还不到10天就到了夏天。这样的气候，乍暖又寒，蕴藏着杀机，使桃李杏花等一些耐不住春天诱惑的植物，遭受了摧残。还是海棠一类植物老到稳健，小蕾深藏，后得先手。对此，我颇有感触，也曾作了一首《蝶恋花——命运旦夕》舒尽心会："今冬漫长春不暖，四月临终，冰雪风袭卷。桃杏喜春城府浅，稍温即绽霜绝艳。老到花棠含笑脸，待吐余寒，方显风流灿。四季日辰时有返，天真花草先蒙难。"

### 🌸 残菊犹有傲霜枝

菊花品种繁多而五颜六色，花瓣长而多曲，质地柔润，花期很长，且开在万木趋于凋零的中秋之后，极显繁盛鲜丽，尤是黄色菊花因色彩鲜亮，为人称赞居多。元代杨显之的《临江驿潇湘秋雨杂剧》中有诗："**黄花金兽眼，红叶火龙鳞**"。此句对菊花与红叶的色彩描写最为称奇：用"金兽眼"形容黄菊花，晶透黄亮，用"火龙鳞"形容红叶，如鳞开火动，一幅鲜活神来的画面跃然纸上，为神来之笔。李清照的《醉花阴》词用黄花的清瘦形容自己："**莫道不消魂，帘卷西风，人比黄花瘦。**(411)"作者将万分的忧愁收于此句，瘦甚黄花，情切形肖，有种诗已尽而愁无穷之感，大大增强了该诗的艺术表现力。仅就描写菊花的精气神，唐末农民起义首领黄巢的诗《菊花》最出名，诗曰："**待到秋来九月八，我花开后百花杀。冲天香阵透长安，满城尽带黄金甲。**(412)"此诗用菊花盛开冲天的香气，比喻自己推翻唐王朝统治的决心和农民军势如破竹的气势；又用金黄色菊花满地，形容身着铠甲的起义军将士将占领长安欢庆胜利的场景，其形象鲜明，诗语有骨，气吞山河，令人振奋，是寓情志以物表的极有特色的诗。

与梅花不同，菊花一般开得较晚，称作秋菊。唐代诗人赵嘏的《长安秋望》描述菊花"**紫艳半开篱菊静，红衣落尽渚莲愁**(413)"。意思是篱笆中的紫菊还在英姿拥蕾半开时，而荷塘里的红莲已神气残尽，凋零败落。此句以"紫艳"对"红衣"，以"半开"对"落尽"，以"篱菊"对"渚莲"，以"静"赋菊，以"愁"状莲，字词工巧，移情于物，形象有神，凸显诗人功夫。唐代诗人元稹的《菊花》诗也是此意："**不是花中偏爱菊，此花开尽更无花。**(414)"白居易认为，菊花是所在时节唯一耐寒的花，他在《咏菊》中云："**耐寒唯有东篱菊，金粟初开晓更清。**(415)"菊花在清冷的初寒中独放，更能显出它的姿容俊俏。"初开晓更清"意味菊花迎秋开放。对菊花的这一品性，明末清初诗人黄体元的《菊花》诗里的这句"**生成傲骨秋方劲，嫁得西**

风晚更奇(*921)"，也作了精彩的描述和赞赏。

菊花因开得晚，时常会遇到早来的秋寒，不待花满落地就枯死枝头。菊花这种傲霜的特质常被诗人们歌颂。如唐代女诗人朱淑真的《黄花》诗"宁可抱香枝上老，不随黄叶舞秋风(416)"和宋代诗人郑思肖的《寒菊》诗"宁可枝头抱香死，何曾吹落北风中(417)"，以及唐代诗人吴履垒的《菊花》诗"粲粲黄金裙，亭亭白玉肤。极知时好异，似与岁寒俱。堕地良不忍，抱技宁自枯(418)"，都是借秋菊之节，抒发作者所认同的刚正不阿、不随波逐流的骨气和正气，有着同曲同工同意之妙。清代诗人许廷荣在《白菊》诗似更进一步，称赞菊花寒死不屈，保持晚节："素心常耐冷，晚节本无瑕。(419)"苏轼也极力称赞菊花的这种品性："荷尽已无擎雨盖，菊残犹有傲霜枝。《赠刘景文》(420)"宋代诗人戴复古对鲜活的菊花遇寒死去深表怜惜，寓意人要像菊花那样，有爱憎分明的追求和朴实的品格："菊花到死犹堪惜，秋叶虽红不耐观。《都中怀竹隐徐渊子直院》(421)"不过，对菊花只会迎霜抱枝而死，不会飘零落地，王安石有不同的说法，他在《残菊》一诗里称："黄昏风雨打园林，残菊飘零满地金。(422)"实际的情况证明王安石的说法也是对的，遇严霜菊花抱香而死，而时有不遇，菊花迟早会败落，散地满金。

菊花不仅具有耐寒守节的高贵品质，而且内质朴实，散发着浓郁沁心的清香，耐人寻味，常被人喻作品性纯洁端正的女性形象。唐代诗人陆龟蒙在《重忆白菊》里有句绝佳的对仗，称菊花虽无绝美的容貌，却有特别的芳香："月朵暮开无绝艳，风茎时动有奇香。(423)"宋代词人唐婉对菊花的评价更高，说它不惧

第六回 琼枝劲草斗芳菲

傲霜不争芳，散发夜香，且具有贞守自己的芳蕊不受轻薄蜂蝶滋扰的纯洁品行："**身寄东篱心傲霜，不与群紫竞春芳。粉蝶轻薄休沾蕊，一枕黄花夜夜香。**《菊花》(424)"这里对菊花气节的认识，不拘泥于骨气、正气，而特别阐释了它的贞洁，把菊花喻成一位意志顽强，不追逐名利，品行高尚的美丽女性。其"粉蝶轻薄休沾蕊"一句，语气铿然，寓意贴切，写出的形象尤为高洁，也体现出这位女诗人的贞品与文采。菊花的这些优秀品性，可归结为朴实。唐朝诗人李师广的《菊韵》对菊花的这一特质作了进一步的阐述和评赞："**秋霜造就菊城花，不尽风流写晚霞；信手拈来无意句，天生韵味入千家。**(425)"菊花虽没有天生的丽质，但其清纯的风采，却是万物萧条时所剩的最后的风流，而质朴温馨的韵味，深得人们的喜爱。

### ❀ 芍药争美桂花香

宋代著名诗人秦观在《春日》里有句描写芍药与蔷薇的诗："**有情芍药含春泪，无力蔷薇卧晓枝。**(426)"此句美妙地写出了芍药花容的含情，和蔷薇体软无力的姿态特点。

先说芍药，唐朝诗人元稹有首写芍药的著名诗篇《红芍药》，诗曰："**繁丝蹙金蕊，高焰当炉火。翦刻彤云片，开张赤霞裹。烟轻琉璃叶，风亚珊瑚朵。受露色低迷，向人娇婀娜。……晴霞畏欲散，晚日愁将堕。……**(427)"该诗这段写得绝美，说芍药的金黄色花蕊，就像用繁复的金丝扎成，整个花朵形似炉里燃烧的火焰。花瓣单看像是由红云剪裁而成，张开后的花朵又像赤霞卷舒着一般。在似有淡淡轻烟的晴日，它的叶面如琉璃般透明而发亮，被风吹动时整株又似海中的珊瑚在摇曳。早晨挂满露水时，它的容色很含蓄，对着人时，其姿态又是那样的娇娆优雅。它像晴空的朝霞让人担心它会飘散，又像傍晚的落日使人担心它会坠落不见。此诗，语言优美而形象，品味高雅而大气，极尽妙喻和夸张的手法，从多层面、多角度，描述出芍药张扬而内敛的品格与风采。

芍药有与牡丹一比高低的姿色，所以诗人写芍药时常有牡丹作陪。南宋著名词人姜夔的《契丹歌》曰："**春来草色一万里，芍药牡丹相间红。**（428）"唐末至五代前蜀词人庾传素的《木兰花》词写得更为直白入理："**是何芍药争风采，自共牡丹长作对。**（429）"芍药占却了牡丹不少的风采，为何还常与牡丹比拼呢？是因为芍药长得太美，有酷似牡丹的姿容，具有媚而刚的个性。唐代罗隐《牡丹花》写得比较含蓄："**芍药与君为近侍，芙蓉何处避芳尘。**（430）"意思是，芍药常作陪在牡丹身旁而尽显风光，具有阴而柔的品性，使芙蓉没法与它争风流。白居易的诗来得潇洒："**醉对数丛红芍药，渴尝一碗绿昌明。**《春尽日》（431）"说他一次喝醉了酒很想喝水，在几丛红色的芍药花旁，渴尝着清香的"昌明"绿茶是多么的惬意。

有关蔷薇的描写，唐人李绅的《城上蔷薇》在大貌形与色的把握上比较准确，诗曰："**蔷薇繁艳满城阴，烂熳开红次第深。**（432）""繁艳满"三字着眼于花形的繁复和姿状的张力，描绘的形神毕肖。"次第深"三字着眼于花朵绽放前后色彩深浅的变化，描写得恰如其分。宋代赵与滂对蔷薇藤蔓无束的性状概括得很妙，说其野性，竟跑到别人的屋上放彩："**蔷薇性野难拘束，却过邻家屋上红。**《花院》（433）"唐代诗人齐己的《蔷薇》

则从细节上描绘蔷薇，说它很像玫瑰，其杂芜的枝叶里带有细而直立的芒刺：**"根本似玫瑰，繁美刺外开。**（434）"南北朝诗人江洪的《咏蔷薇诗》也写得神似毕肖：**"当户种蔷薇，枝叶太葳蕤。不摇香已乱，无风花自飞。**（435）"其用"太葳蕤""香已乱""花自飞"，词藻飞动，形象地描绘出蔷薇生长旺盛，枝叶繁茂，香气自溢，花轻自飞的特点。

桂花，以红色为丹桂，黄色为金桂，白色为银桂。桂花花朵碎小，密结满树，花开纷落时如飞虫扑面。唐代诗人卢照邻《长安古意》诗云：**"独有南山桂花发，飞来飞去袭人裾。**（436）"其"飞来飞去"形象生动，"袭"字用得尤为精当。李清照对桂花给予了最高评价：**"何须浅碧深红色，自是花中第一流。**《鹧鸪天·桂花》（437）"从该词的全文看，这里说的桂花是黄色的桂花，说它虽没有红和绿的艳色，却具有一流的花品。桂花的姿色一般却有名气是因什么呢？她在另一首词里讲：**"揉破黄金万点轻，剪成碧玉叶层层。**《摊破浣溪沙》（438）"从单一花朵看，花朵甚小呈米粒状，并不起眼，平素一般，但质地如金玉色，聚集在一起，似黄金揉破后，显如万点耀眼的金花，此与似剪出的重重迭迭碧玉般的翠叶相配，效果就非同一般了。难怪李清照说它是"花中第一流"。

宋代诗人吕声之在《桂花》诗中说，桂花能独占整个秋天压群芳，是因它独有的香气：**"独占三秋压众芳，何夸橘绿与橙黄。自从分下月中秋，果若飘来天际香。**（439）"北宋诗人谢逸说，桂花的这种香味来自于同风霜的搏斗：**"轻薄西风未办霜，夜揉黄雪作秋光。摧残六出犹余四，正是天花更着香。**《咏岩桂》（440）"西风与寒霜合力夜袭金色的桂花，使桂花越显出它的光亮。经过风霜的摧残，六成的桂花已落，剩余的四成桂花，释放出更沁人的芳香。初唐著名诗人宋之问有名句赞桂花的香味有冲天之力，"**桂子月中落，天香云外飘**（同250）"，月光下的灵隐寺桂花纷落，散发着沁心的芳香，飘向天外。宋代词人虞俦也有其赞美桂花香的诗句："**芙蓉泣露坡头见，桂子飘香月下闻。**《有怀汉老弟》（441）"

桂花因其芳香四溢而闻名，明代诗人沈周说，桂花散发的这种与众不同的香味，缘自它的种子出自天月："**清香不与群芳许，仙种原从月里来。**《桂花》（442）"其得古人传说，月亮上有桂树，吴刚因违规被天帝惩罚每天在月中伐桂树。故有毛泽东的《蝶恋花》词"**问讯吴刚何所有，吴刚捧出桂花酒**（443）"，也有白居易的《忆江南》词："**山寺月中寻桂子，郡亭枕上看潮头。**"

## ❀ 挺拔松柏翠筱竹

青竹，遭霜雪而不谢，历四时而常青，质地坚韧，姿态挺拔，襟怀若谷，诗人常以竹子之品代指贤者的品格而歌之。

清代官吏、诗书画三绝的郑板桥，他的《竹石》诗，名曰赞其竹，而意励其人："**咬定青山不放松，立根原在破岩中。千磨万击还坚劲，任尔东西南北风。**（444）"做人要像青竹那样，根扎实地，不怕风吹雨打，努力向上，而坚韧不拔。宋代诗人徐庭筠的《咏竹》也讲得好："**未出土时先有节，便凌云去也无心。**（445）"竹子还是未出土的竹笋时，已形成了节，即便是长高处于凌云端的末梢，也是成节空心，极力赞赏了青竹有气节的品格和博大的胸怀。苏轼在《于潜僧绿筠轩》诗中讲："**可使食无肉，不可居无竹；无肉令人瘦，无竹令人俗。**（446）"

第六回　琼枝劲草斗芳菲

121

这里，表意是苏轼喜爱竹子比食物还重要，其实意是他看重竹子的品质如同做人的气节，看到竹子能给他带来巨大的精神力量和心理安慰，此乃高论。初唐诗人、曾任过宰相的张九龄也为此赞竹："**高节人相重，虚心世所知**。《和黄门卢侍御咏竹》(447)"清代的郑板桥写竹如同他画竹一样，凸显竹子的个性，他自画作诗《墨竹图》有句"**惟有竹枝浑不怕，挺然相斗一千场**(448)"，其中的"浑"字为"全"意，"挺然"两字用得特好，意写竹子有胆而坚韧的特性，实为寓竹性于人品。晚唐诗人、"岭南五才子"之一的邵谒，作诗《金谷园怀古》写竹："**竹死不变节，花落有余香**。(449)"大意是说，花儿即使凋落仍然保持芳香，而竹子即使死亡也不改形变节。从侧面进一步描写出竹子的个性，歌之人亦应有此品。

从纯粹描写自然风景的角度上看，杜甫的《狂夫》对青竹姿容的描写极佳："**风含翠筱娟娟净，雨裛红蕖冉冉香**。(同398)"微风拂翠竹，细雨润荷花，描绘出的青竹，形象挺拔、高洁、优雅，其出句与对句，对仗工妙，语景鲜活艳丽，不失为诗竹的绝唱。欧阳修描写竹涛里的声音最有情味，他的《木兰花》词有句："**夜深风竹敲秋韵，万叶千声皆是恨**。(450)"从风吹竹林的响声里，能寻到有恨的情思，这里情景交融，作者以叶声牵情，深曲凄丽，淋漓尽致地表达了深沉凄婉的离别之情，或思友人，对其前程未卜而担忧的沉郁心情。

唐代孟浩然的诗《夏日南亭怀辛大》有句"**荷风送香气，竹露滴清响**(451)"，对竹叶上的露水滴进山林的水中发出清脆的声音描绘出了另一番情景，仅用五个字便从细节上描写出令人心悦的清新、安谧的竹下环境，乃见笔功卓越。黄庭坚的《咏竹》描写竹子雨后春笋拔地而起的生势："**竹笋才生黄犊角，蕨芽初长小儿拳。**（452）"其比喻极为形象生动，对竹笋吐露拔节和蕨菜嫩芽抽长这一勃勃生机的成长意境，作了精彩的描写。其用"黄犊角""小儿拳"作喻，活力无限而萌动传神。

松柏生植于高山峻岭，历严冬披酷暑，青色长存，高大挺拔，枝干鳞铁，姿容俊威。对松柏形象的描述，唐诗人李山甫的《松》可谓是作了绝美的表达，其前四句："**地耸苍龙势抱云，天教青共众材分。孤标百尺雪中见，长啸一声风里闻。**（\*928）"第一句尤具劲健气概，说松生长于高山峻岭，枝干苍赤鳞鳞，形如苍龙，挺拔高大，势若冲云。第二句说它有福分享受大自然恩赐的一切，经风雨，傲霜雪，沐浴阳光，与江河同流，日月同辉，才造就了它的与众不同。所以在第三四句说在弥漫的大雪中，能看到它百尺伟岸的身躯，在深邃的山谷林中，能听到它叱咤风云的阵阵吼涛。

松柏因品质挺拔，材可大用，常是诗人描写英才品格和健儿志向的象征。唐代的李咸用在《自愧》诗里有句名言："**壮士难移节，贞松不改柯。**（453）"这是用松树的品质来描述志士的气节。韩愈的《山石》诗里描写的松树是"**山红涧碧纷烂漫，时见松枥皆十围。**（454）"此语景，置于春意盎然溪流淙淙的深山秀谷，阳光出林霏开，光影晦明变幻，阔深景远，尽显出高大粗壮的松柏的伟岸、俊拔。明代的李东阳则从松的枝干所展现出的形姿方面，出色地写出了松柏刚劲挺拔的气势。诗曰："**苍然古柏势横空，数尺盘拏成百折。**《左阙雪后行古柏下有作》（455）"长青是松柏的另一特征。"**落尽最高树，始知松柏青。**（456）"这是唐代廖凝在《落叶》里的一句诗，说上下四周的树，叶儿都落光了，唯独松柏依然苍翠。刘禹锡将松柏不惧严寒、保持长青、坚挺高洁的品格，用来激励朋友同仁积极向上，有诗云："**后来富贵已零落，岁寒松柏犹依然。……世间何事最殷勤，白头将相逢故人。功成名遂会归老，请向东山为近邻。**《将赴汝州，途中陵下，留辞李相公》（457）"穷尽世上的荣华富贵，有哪一个得以留存，而历尽风霜残雪的松柏依然屹立于山丘。李白在《赠书侍御黄裳》诗里也是这样激励同仁，并奉劝一些行为不端的人"**愿君学长松，慎勿作桃李**（458）"。因为桃李不具有松柏不惧严寒、坚韧不拔、可作栋梁的品质。杜甫赞颂松柏甚至诋毁竹子，将它与竹子去作比较："**新松恨不高千尺，恶竹应须斩万竿。**《将赴成都草堂途中有作》（459）"说松树自小骨子里就有那种坚强挺拔、永远向上的气节与品格，那些占尽地理生存优势而无大用的竹子，与可做栋梁的松树比较起来，都应砍去。此诗句影射社会中存在的英才得不到重用，而庸才占居高堂的现象，以发泄心中的不满。

松树、竹子与梅花自古以来被统称为"岁寒三友"，松、竹经霜雪依旧叶绿常青，梅花耐风寒则散尽清香，都代表"高标逸韵"的情志，因而能赢得中国历代文人雅士对它的吟颂。

### ❀ 稻麦豆黍清香茶

民以食为天，而专歌稻麦豆黍的诗词也不鲜见。白居易写稻谷颇得新意，有诗句："**碧毯线头抽早稻，青罗裙带展新蒲。**《春题湖上》（同129）"那一望无际的良畴像锦制的绿毯，茁壮的禾苗新穗似一条条曲卷的线头抽出。水中新生的蒲草，随着波浪飘动，恰如女子的青色裙带随风飘扬。其形喻出奇，对仗亦工，景含生机勃发之妙。晚唐诗人韦庄有首诗取名《稻田》，作者通过对地面植物和天上飞鸟动景的描写，展现了春暮时节江南农村的生动景象。诗中曰："**绿波春浪满前陂，极目连云䆉稏肥。更被鹭鹚千百点，破烟来入画屏飞。**(460)"前两句写眼前山坡上满是青草绿树，而张目一望是无际的稻禾绿浪滚滚，在阳光沐浴下茁壮成长。诗中"䆉稏"即为水稻。后两句笔锋急转，写空中白色的鹭鹚集翔捕食，像千百点白雪洒落。这种以地面春光浓郁的绿色与空中活泛的白色相映，形成了一幅栩栩如生优美的田野画面扑面而来。 杜甫的《秋兴》组诗有一句赞美古长安一带的物丰景美："**香稻啄余鹦鹉粒，碧梧栖老凤凰枝。**(461)"说这里的庄稼都是鹦鹉喜欢吃的香稻，连梧桐碧枝上也常有凤凰栖息。诗人精美的用字，以倒装语句来表述的奇思妙想，无不令人赞其笔艺绝佳。宋代诗人曾纡也说到稻谷："**半川云影前山雨，十里香风晚稻花。**(同222)"前面的山上下着雨，而天上投下的云影，覆盖了山下的半个青川。清风吹拂川里的稻花送来阵阵香气，展现出一幅山川云雨布，十里稻花香的乡村壮美画景。

荞麦耐寒耐旱，是适于山区种植的粮食作物。白居易的诗《村夜》有云："**独出前门望野田，月明荞麦花如雪。**(462)"荞麦花呈浅紫泛白色，月光下尤显一片荧亮如雪的景象，十分诱人。此诗语出神妙，写活了这一景色。他的另一首诗《观刈麦》有描写小麦变黄的时景："**田家少闲月，五月人倍忙。夜来南风起，小麦覆陇黄。妇姑荷箪食，童稚携壶浆。相随饷田去，丁壮在南冈。**(同65)"诗中虽对小麦的描写仅此一句，但点出了此时的

第六回 琼枝劲草斗芳菲

背景，洋溢出夏忙季节农家辛劳而祥和的浓郁气息，读来质朴可人，耐人寻味。

茶是我国的传统饮品，有人以卢仝的《七碗茶》诗概其为妙言："一壶吻喉通仙灵，惟觉清风习习生。"不论是仁人志士还是游手好闲之人，多不拒品茶习性。茶以叶的嫩芽为上品，称之为茗，所以，吃茶常被诗词名流称为品茗。

陆游喜爱饮茶，他在《雪后煎茶》里这样品茶："**雪液清甘涨井泉，自携茶灶就烹煎。一毫无复关心事，不枉人间往百年。**(463)"他认为用清澈甘甜的泉水自煎饮茶，最是舒心惬意，丝毫不复牵挂，是不枉活人生的一件事，可见陆游对饮茶的酷爱。南宋诗人杜耒认为品茶要有一种环境，尤在夜寒梅开时。他在《寒夜》诗里云："**寒夜客来茶当酒，竹炉汤沸火初红。寻常一样窗前月，才有梅花便不同。**(464)"寒夜来客，烧一壶滚烫的热茶，以茶代酒，恰逢梅花开，月下窗前饮茶的感觉非同寻常。欧阳修也善品茶，曾为名茶作诗《双井茶》："**白毛囊以红碧纱，十斤茶养一两芽。长安富贵五侯家，一啜龙须三日夸。**(465)"诗里夸此名茶之绝，先述此茶形色之美，似白毛裹附着红绿色的细纱；后赞此茶品质之优，十斤茶才能选出一两小芽，长安城里只有达官贵人才能享用到；最后说此茶味道之美，喝一口让你夸三天。如此实在和绝口的夸赞，徒见诗人的文风和卓越的笔功。范仲淹也不示弱，对武夷山的名茶铁观音曾有这样的评价："**溪边奇茗冠天下，武夷仙人从古栽。**《和章岷从事斗茶歌》(466)""奇茗"，言及斗茶即为赛茶，又叫"茗战"，源于唐朝，兴于宋代。诗中从茶的争奇、茶器精美、水质的品鉴到技艺的比对，呈现的场面十分热闹而激烈。获胜者喜不自支，姿如癫狂。失败者垂头丧气，犹如败将而感耻辱。描写诙谐而机妙，令人捧腹。刘禹锡的《尝茶》诗描写泡出的一碗茶似如一处妙景，颇为新活："**今宵更有湘江月，照上霏霏满碗花。**（467）"在明朗月夜下，于江边饮茶，月光映入清香的碗茶中，叶舞光动，如玉碗盛来琥珀光，晶莹蜿动。"霏霏"一词用得十分传神。苏轼有诗把名茶比作美人来欣赏："**戏作小诗君勿笑，从来佳茗似佳人。**《次韵曹辅寄壑源试焙新芽》（468）"白居易熟知茶酒的功力，在《赠东邻王十三》诗中曰："**驱愁知酒力，破睡见茶功。**（469）"驱愁请你喝酒，瞌睡难耐请你饮茶提神。而最为新奇绝妙的还是唐朝著名诗人元稹的宝塔诗《一字至七字诗茶》：

**茶**

**香叶、嫩芽。**

**慕诗客、爱僧家。**

**碾雕白玉、罗织红纱。**

**铫煎黄蕊色、碗转曲尘花。**

**夜后邀陪明月、晨前命对朝霞。**

**洗尽古今人不倦、将至醉后岂堪夸。**（470）

此诗的精彩处不仅是写出茶自生长到加工煎制、泡饮、品尝和效用，而在诗律上，整首押韵，每层的对句合辙。尤其是按字数多少，对称排列，形成塔形，可由上到下正读，也可以塔底向上倒读，创意新妙，为人赞赏。

**❀ 物各有性诗言志**　自然界的万般形色，和应着世态的炎凉与人生的复杂情感，所以人们常以物寄思，借景托情，寓含着作者的志向和追求这样的境界，创造出了美妙绝伦的诗篇。

故将物各有性诗言志作为本篇的结束语。

杜甫在《自京赴奉先县咏怀五百字》一诗中对物各有性有段精彩的描述："**葵藿倾太阳，物性固莫夺。顾惟蝼蚁辈，但自求其穴。**(471)"且不论诗中所议论的社会含义，就字面论及，向日葵始终跟着太阳转，是物的本性，是难以改变的。而那些蝼蚁之辈只知道经营自己的安乐窝，也是本性使然。所以万物有性，若匹夫有志，性可顺不可夺。黄庭坚在《题净因壁》诗里有句："**蕉心不展待时雨，葵叶为谁倾太阳。**(472)"物各有需求，就有个性。蕉心不展是因干旱自护待雨，而葵花向着太阳，是它自身需要摄取阳光才能成长，它对太阳自然有情，依附于太阳，由此决定了它的个性对于太阳是屈从。苏轼有句诗："**荷尽已无擎雨盖，菊残犹有傲霜枝。**《赠刘景文》(同420)"此说，荷与菊同遇风霜有不同的表现，反映了万物各自有不同的品性。在诗人眼里，即便是对于无生命的无机物，也能采用拟人化手法，赋予其生命力，将它们描写得绘声绘色。如元代萨都剌的诗《潮州纸伞业》，对雨伞的特征作了惟妙惟肖的描述："**但操大柄掌在手，覆尽东南西北行。**(473)"诗的内涵，可尽人挖掘，物性可比对人情，由此，也可借此伞柄，形象地诠释权柄的威势作用，是为妙哉！

诗人们正是借用物的特性和环境的渲染，抒发自己的情感，故称诗以言志。曹操说他在情感最为激越的时候会"**幸甚至哉！歌以咏志。**"其中的歌当指诗歌。杜牧根据蜡烛的特性和燃烧的过程，与人的思君怀故而悲痛流泪很是相似这一点，在《赠别二首》诗里写出了"**蜡烛有心还惜别，替人垂泪到天明**(474)"这一名句。宋代的晏几道也有类似的名句："**红烛自怜无好计，夜**

寒空替人垂泪。《蝶恋花》（475）"宋代诗人王观，将明亮的眼睛比作水，用毛茸茸起伏的眉比作山："**水是眼波横，山是眉峰聚。**《卜算子》（476）"如此妙想，拟人皆使山水活，别有情趣，也表达了人与自然融为一体的情感。李白在《送友人》里有句"**浮云游子意，落日故人情**（同124）"，用飘云比作人漂泊天涯的忧愁，而用渐渐离去的落日，比作送别友人时的情感，写得情真意新。又比如，诗人用山水花草妙喻人的情思，唐代诗人韩溉的诗《水》有句"**潇湘月浸千年色，梦泽烟含万古愁**（477）"，意为月浸潇湘之景，象征历尽千年的人间沧桑，而云梦泽湖面上的烟波，含尽了人间万古的忧愁。刘禹锡的《竹枝词九首》里有"**花红易衰似郎意，水流无限似侬愁。**（478）"形容花儿易衰，像郎君的情易变，滔滔无垠的江河水，像人们无限的忧愁。再比如宋代词人蒋捷的《虞美人·听雨》："**悲欢离合总无情，一任阶前，点滴到天明。**（479）"用屋檐下不尽的滴雨，形容人生所遇多无奈，阐释出作者无限的感慨。爱国诗人陆游的绝句《秋闻夜雨》是一篇表现志士爱国、壮志未酬的佳作，诗中借雨托梦："**惊回万里关河梦，滴碎孤臣犬马心。**（同263）"那时南宋王朝忍辱偷安，陆游力主抗金收复中原的政治主张数次遭贬，此时大势已去，国破家亡，作者秋夜梦回疆场被淅淅的雨声惊醒，梦断秋雨仿佛是报国之心被滴碎，抒发出一腔壮志未酬的悲愤与哀怨。其中"滴碎"两字用得十分贴切。宋代诗人张咏的《雨夜》也是夜里闻雨产生孤凄强烈之情，抒发了他对远离的家乡的思念："**无端一夜空阶雨，滴破思乡万里心**（480）。"其中"滴破"两字借景妙和情思，若利剑刺心，用得自然妥贴。刘禹锡的《竹枝词》中有一句"**东**

第六回 琼枝劲草斗芳菲

边日出西边雨，道是无晴却有晴(481)"，作者利用当时一边下雨一边晴的特别天气环境，用"无晴""有晴"巧妙地表达了岸上的女子原以为郎君已"无情"，忽然听到郎君在江上的歌声，感觉还对自己"有情"而喜悦的这一心理过程。唐人赵嘏的《长安秋望》也是首将景与情结合完好的诗。其中的"**残星几点雁横塞，长笛一声人倚楼**(同413)"蕴情极为丰富。晨曦，留有几点残余星光的天空飞来一行南返的秋雁。俄顷，悠然传来笛声，寻声望去，远处的楼头依稀可见有人背倚栏杆吹笛。笛声是那样悠扬和哀婉，似是在哀叹人生。此诗细析看来，"残星几点"是见，"长笛一声"是闻；"雁横塞"是动，"人倚楼"是静。此句描写，见、闻、动、静第次安排，颇见匠心独运。故物有性，人有情，情随景变，景中寓情，情应志向，诗咏言志。

　　写到此，也就结束了大自然卷。本卷没有对所选诗句蕴含着的背景和情思做过多的挖掘，是因为所选诗句颇多，会使篇幅过长，而显拖沓。多数的情况是仅就名篇中着实精彩的某一句或某一段，多从表意来欣赏它们的绝佳描述，使读者像驾驶一叶扁舟，自由地游弋在浩瀚的诗海，欣赏到无数处流光异彩，仅此也会得到巨大的艺术享受。下面的一卷，是让小船带着您，游向诗词大家所绘制的新的海域——人间大海。

■ 明　朱瞻基《瓜鼠图》

附录一

# 上卷正文选句与原诗词对照序列

注：附录中的各诗词的序号，与正文中所选诗词尾句后括号内编号一致，以便查找。本附录黑体字表示正文中出现的诗词选句。

(1)《黄山道中》金 赵沨
小谷城荒路屈蟠，石根寒碧涨秋湾。
**千章秀木黄公庙，一点飞云白塔山。**
**好景落谁诗句里，蹇驴驮我画图间。**
膏肓泉石真吾事，莫厌乘闲数往还。

(2)《宫中行乐词八首（其七）》唐 李白
**寒雪梅中尽，春风柳上归。**
宫莺娇欲醉，檐燕语还飞。
迟日明歌席，新花艳舞衣。
晚来移彩仗，行乐泥光辉。

(3)《蝶恋花》宋 晏殊
南雁依稀回侧阵，
雪霁墙阴，偏觉兰芽嫩。
中夜梦余消酒困，炉香卷穗灯生晕。
急景流年都一瞬，
往事前欢，未免萦方寸。
**腊后花期知渐近，寒梅已作东风信。**

(4)《早春山居寄城中知己》唐 姚合
阳和潜发荡寒阴，便使川原景象深。
入户风泉声沥沥，当轩云岫影沉沉。
**残云带雨轻飘雪，嫩柳含烟小绽金。**
虽有眼前诗酒兴，邀游争得称闲心。

(5)《应诏赋得除夜》唐 史青
今夜今宵尽，明年明日催。
**寒随一夜去，春逐五更来。**
气色空中改，云颜暗里回。
风光人不觉，已著后园梅。

(6)《元日呈李逢吉舍人》唐 杨巨源
华夷文物贺新年，霜仗遥排凤阙前。
**一片彩霞迎曙日，万条红烛动春天。**
称觞山色和元气，端冕炉香叠瑞烟。
共说正初当圣泽，试过西掖问群贤。

(7)《早春》宋 张耒
辉辉暖日弄游丝，风软晴云缓缓飞。
**残雪暗随冰笋滴，新春偷向柳梢归。**
可怜鬓发蹉跎老，每惜梅花取次稀。
何事都城轻薄子，买欢酤酒试春衣。

(8)《到京师》元 杨载
城雪初消荠菜生，角门深巷少人行。
**柳梢听得黄鹂语，此是春来第一声。**

(9)《题惠崇春江晚景》宋 苏轼
**竹外桃花三两枝，春江水暖鸭先知。**
**蒌蒿满地芦芽短，正是河豚欲上时。**

(10)《玉楼春》宋 宋祁
东城渐觉风光好，縠皱波纹迎客棹。
**绿杨烟外晓寒轻，红杏枝头春意闹。**
浮生长恨欢娱少，肯爱千金轻一笑。
为君持酒劝斜阳，且向花间留晚照。

(11)《春雪》唐 韩愈
新年都未有芳华，二月初惊见草芽。
**白雪却嫌春色晚，故穿庭树作飞花。**

(12)《凉州词》唐 张籍
边城暮雨雁飞低，芦笋初生渐欲齐。
无数铃声遥过碛，应驮白练到安西。

131

**(13)《游春词》唐 令狐楚**
高楼晓见一花开,便觉春光四面来。
暖日晴云知次第,东风不用更相催。

**(14)《忆江南》唐 白居易**
江南好,风景旧曾谙。
日出江花红胜火,春来江水绿如蓝,
能不忆江南。

**(15)《泊船瓜洲》宋 王安石**
京口瓜洲一水间,钟山只隔数重山。
春风又绿江南岸,明月何时照我还?

**(16)《游园不值》宋 叶绍翁**
应怜屐齿印苍苔,小扣柴扉久不开。
春色满园关不住,一枝红杏出墙来。

**(17)《春日》宋 朱熹**
(同,略)

**(18)《小池》宋 杨万里**
泉眼无声惜细流,树阴照水爱晴柔。
小荷才露尖尖角,早有蜻蜓立上头。

**(19)《夜月》唐 刘方平**
更深月色半人家,北斗阑干南斗斜。
今夜偏知春气暖,虫声新透绿窗纱。

**(20)《春思》唐 贾至**
草色青青柳色黄,桃花历乱李花香。
东风不为吹愁去,春日偏能惹恨长。

**(21)《雨晴》唐 王驾**
雨前初见花间蕊,雨后全无叶底花。
蜂蝶纷纷过墙去,却疑春色在邻家。

**(22)《春日》唐 鲍溶**
径草渐生长短绿,庭花欲绽浅深红。

**(23)《送别》宋 苏轼**
鸭头春水浓如染,水面桃花弄春脸。
衰翁送客水边行,沙衬马蹄乌帽点。
昂头问客几时归,客道秋风落叶飞。
系马绿杨开口笑,傍山依约见斜晖。

**(24)《春至》唐 白居易**
若为南国春还至,争向东楼日又长。

白片落梅浮涧水,黄梢新柳出城墙。
闲拈蕉叶题诗咏,闷取藤枝引酒尝。
乐事渐无身渐老,从今始拟负风光。

**(25)《彭蠡湖晚归》唐 白居易**
彭蠡湖天晚,桃花水气春。
鸟飞千白点,日没半红轮。
何必为迁客,无劳是病身。
但来临此望,少有不愁人。

**(26)《西厢记》金 董解元**
月色溶溶夜,花阴寂寂春。
如何临皓魄,不见月中人?

**(27)《满江红》宋 辛弃疾**
敲碎离愁,纱窗外、风摇翠竹。
人去后、吹箫声断,倚楼人独。
满眼不堪三月暮,举头已觉千山绿。
但试把、一纸寄来书,从头读。
相思字,空盈幅,相思意,何时足?
滴罗襟点点,泪珠盈掬。
芳草不迷行客路,垂杨只碍离人目。
最苦是、立尽月黄昏,阑干曲。

**(28)《咏石榴花》(断句)宋 王安石**
浓绿万枝一点红,动人春色不须多。

**(29)《如梦令》宋 李清照**
昨夜雨疏风骤,浓睡不消残酒。
试问卷帘人,却道"海棠依旧"。
"知否?知否?应是绿肥红瘦。"

**(30)《怅诗》唐 杜牧**
自是寻春去较迟,不须惆怅怨芳时。
狂风落尽深红色,绿叶成阴子满枝。

**(31)《蝶恋花》宋 苏轼**
花褪残红青杏小。
燕子飞时,绿水人家绕。
枝上柳绵吹又少,天涯何处无芳草。
墙里秋千墙外道。
墙外行人,墙里佳人笑。
笑渐不闻声渐悄,多情却被无情恼。

(32)《晚春》唐 韩愈
草树知春不久归,百般红紫斗芳菲。
杨花榆荚无才思,惟解漫天作雪飞。

(33)《再赋简养正》宋 范成大
南北梅枝滕雪寒,玉梨皴雨泪阑干。
一年春色摧残尽,更觅姚黄魏紫看。

(34)《诉衷情近》宋 柳永
景阑昼永,渐入清和气序。
榆钱飘满闲阶,莲叶嫩生翠沼。
遥望水边幽径,山崦孤村,
是处园林好。闲情悄。绮陌游人渐少。
少年风韵,自觉随春老。
追前好。帝城信阻,天涯目断,
暮云芳草。伫立空残照。

(35)《春日抒怀》唐 刘禹锡
曾向空门学坐禅,如今万事尽忘全。
眼前名利同春梦,醉里风情敌少年。
野草芳菲红锦地,游丝缭乱碧罗天。
心知洛下闲才子,不作诗魔即酒颠。

(36)《小溪至新田》宋 杨万里
懊恼春光欲断肠,来时长缓去时忙。
落红满路无人惜,踏作花泥透脚香。

(37)《千秋岁》宋 张先
数声鶗鴂,又报芳菲歇。
惜春更把残红折,雨轻风色暴,
梅子青时节。永丰柳,无人尽日花飞雪。
莫把幺弦拨,怨极弦能说。
天不老,情难绝。
心似双丝网,中有千千结。
夜过也,东窗未白凝残月。

(38)《初夏绝句》宋 陆游
纷纷红紫已成尘,布谷声中夏令新。
夹路桑麻行不尽,始知身是太平人。

(39)《春晓》唐 孟浩然
（同,略）

(40)《西江月》宋 苏轼
照野弥弥浅浪,横空暧暧微霄。
障泥未解玉骢骄。我欲醉眠芳草。
可惜一溪明月,莫教踏破琼瑶。
解鞍欹枕绿杨桥。杜宇一声春晓。

(41)《春宵》宋 苏轼
春宵一刻值千金,花有清香月有阴。
歌管楼亭声细细,秋千院落夜沉沉。

(42)《春风》唐 白居易
（同,略）

(43)《次元明韵寄子由》宋 黄庭坚
半世交亲随逝水,几人图画入凌烟。
春风春雨花经眼,江北江南水拍天。
欲解铜章行问道,定知石友许忘年。
脊令各有思归恨,日月相催雪满颠。

(44)《春夜喜雨》唐 杜甫
好雨知时节,当春乃发生。
随风潜入夜,润物细无声。
野径云俱黑,江船火独明。
晓看红湿处,花重锦官城。

(45)《赠卫八处士》唐 杜甫
人生不相见,动如参与商。
今夕复何夕,共此灯烛光。
少壮能几时,鬓发各已苍。
访旧半为鬼,惊呼热中肠。
焉知二十载,重上君子堂。
昔别君未婚,儿女忽成行。
怡然敬父执,问我来何方。
问答乃未已,驱儿罗酒浆。
夜雨剪春韭,新炊间黄粱。
主称会面难,一举累十觞。
十觞亦不醉,感子故意长。
明日隔山岳,世事两茫茫。

(46)《临安春雨初霁》宋 陆游
世味年来薄似纱,谁令骑马客京华?
小楼一夜听春雨,深巷明朝卖杏花。
矮纸斜行闲作草,晴窗细乳戏分茶。

素衣莫起风尘叹，犹及清明可到家。

**(47)《辋川别业》唐 王维**

不到东山向一年，归来才及种春田。

**雨中草色绿堪染，水上桃花红欲燃。**

优娄比丘经论学，伛偻丈人乡里贤。

披衣倒屣且相见，相欢语笑衡门前。

**(48)《忆洞庭》清 汪琬**

雨过斑竹千丛绿，潮落芳兰两岸青。

**(49)《好事近·梦中作》宋 秦观**

春路雨添花，花动一山春色。

行到小溪深处，有黄鹂千百。

飞云当面化龙蛇，天矫转空碧。

醉卧古藤阴下，了不知南北。

**(50)《鹧鸪天·游鹅湖，醉书酒家壁》**
　　**宋 辛弃疾**

**春入平原荠菜花，新耕雨后落群鸦。**

多情白发春无奈，晚日青帘酒易赊。

闲意态，细生涯，牛栏西畔有桑麻。

青裙缟袂谁家女，去趁蚕生看外家。

**(51)《雨后池上》宋 刘攽**

一雨池塘水面平，淡磨明镜照檐楹。

**东风忽起垂杨舞，更作荷心万点声。**

**(52)《木兰花慢》宋 柳永**

拆桐花烂漫，乍疏雨、洗清明。

正艳杏烧林，缃桃绣野，芳景如屏。

倾城，尽寻胜去，骤雕鞍绀幰出郊坰。

风暖繁弦脆管，万家竞奏新声。

盈盈，斗草踏青。人艳冶、递逢迎。

向路傍往往，遗簪堕珥，珠翠纵横。

欢情，对佳丽地，信金罍罄玉山倾。

拚却明朝永日，画堂一枕春酲。

**(53)《无题四首（其二）》唐 李商隐**

飒飒东风细雨来，芙蓉塘外有轻雷。

金蟾啮锁烧香入，玉虎牵丝汲井回。

贾氏窥帘韩掾少，宓妃留枕魏王才。

春心莫共花争发，一寸相思一寸灰。

**(54)《广阳山道中》明 李攀龙**

出峡还何地，松杉郁不开。

**雷声前嶂落，雨色万峰来。**

地胜纡王事，年饥损吏才。

难将忧国意，涕泣向蒿莱。

**(55)《望海楼晚景（其二）》宋 苏轼**

横风吹雨入楼斜，壮观应须好句夸。

**雨过潮平江海碧，电光时掣紫金蛇。**

**(56)《夜雨》宋 陆游**

浓云如泼墨，急雨如飞镞。

**激电光入牖，奔雷势掀屋。**

漏湿恐败书，起视自秉烛。

移床顾未暇，盆盎苦不足。

不如卷茵席，少忍待其复。

飞萤方得意，熠熠相追逐。

姑恶独何怨，菇丛声若哭。

吾歌亦已悲，老死终碌碌。

**(57)《七月十八夜枕上作》宋 陆游**

**电掣光如昼，雷轰意未平。**

乱云俄卷尽，孤月却徐行。

露草虿相语，风枝鹊自惊。

一凉吾事足，美睡到窗明。

**(58)《霖雨》晋 曹毗**

洪霖弥旬日，翳翳四区昏。

**紫电光牖飞，迅雷终天奔。**

一凉吾事足，美睡到窗明。

**(59)《电》宋 俞琰**

造物神奇岂有涯，云端闪烁掣金蛇。

**一痕急逗狂雷信，万焰纷随暴雨挞。**

散去星辉叠复见，掀开月色瞥还遮。

幽窗降鉴频三四，照尽人心正与邪。

**(60)《幕景》宋 黄庚**

浮云开合晚风轻，白鸟飞遥落照明。

**一曲彩虹横界断，南山雷雨北山晴。**

**(61)《初夏即事》宋 王安石**

石梁茅屋有弯碕，流水溅溅度两陂。

晴日暖风生麦气，绿阴幽草胜花时。

(62)《状江南·孟夏》唐 贾弇

（同，略）

(63)《即景》宋 朱淑真

竹摇清影罩幽窗，两两时禽噪夕阳。
谢却海棠飞尽絮，困人天气日初长。

(64)《夏夜叹》唐 杜甫

永日不可暮，炎蒸毒我肠。
安得万里风，飘飘吹我裳。
昊天出华月，茂林延疏光。
**仲夏苦夜短，开轩纳微凉。**
虚明见纤毫，羽虫亦飞扬。
物情无巨细，自适固其常。
念彼荷戈士，穷年守边疆。
何由一洗濯，执热互相望。
竟夕击刁斗，喧声连万方。
青紫虽被体，不如早还乡。
北城悲笳发，鹳鹤号且翔。
况复烦促倦，激烈思时康。

(65)《观刈麦》唐 白居易

田家少闲月，五月人倍忙。
**夜来南风起，小麦覆陇黄。**
妇姑荷箪食，童稚携壶浆。
相随饷田去，丁壮在南冈。
足蒸暑土气，背灼炎天光。
力尽不知热，但惜夏日长。
复有贫妇人，抱子在其傍。
右手秉遗穗，左臂悬敝筐。
听其相顾言，闻者为悲伤。
家田输税尽，拾此充饥肠。
今我何功德，曾不事农桑。
吏禄三百石，岁晏有余粮。
念此私自愧，尽日不能忘。

(66)《山亭夏日》唐 高骈

（同，略）

(67)《四时田园杂兴（其二）》宋 范成大

梅子金黄杏子肥，麦花雪白菜花稀。
日长篱落无人过，惟有蜻蜓蛱蝶飞。

(68)《奉和夏日应令》北朝（北周）庾信

朱帘卷丽日，翠幕蔽重阳。
五月炎蒸气，三时刻漏长。
**麦随风里熟，梅逐雨中黄。**
开冰带井水，和粉杂生香。
衫含蕉叶气，扇动竹花凉。
早菱生软角，初莲开细房。
愿陪仙鹤举，洛浦听笙簧。

(69)《约客》宋 赵师秀

**黄梅时节家家雨，青草池塘处处蛙。**
有约不来过夜半，闲敲棋子落灯花。

(70)《送子相归广陵》明 李攀龙

广陵秋色雨中开，系马青枫江上台。
落日千帆低不度，惊涛一片雪山来。

(71)《登宝婺楼》清 查慎行

（同，略）

(72)《咸阳城西楼晚眺》唐 许浑

一上高城万里愁，蒹葭杨柳似汀洲。
**溪云初起日沉阁，山雨欲来风满楼。**
鸟下绿芜秦苑夕，蝉鸣黄叶汉宫秋。
行人莫问当年事，故国东来渭水流。

(73)《登柳州城楼寄漳汀封连四州刺史》
　　唐 柳宗元

城上高楼接大荒，海天愁思正茫茫。
惊风乱飐芙蓉水，密雨斜侵薜荔墙。
岭树重遮千里目，江流曲似九回肠。
共来百越纹身地，犹是音书滞一乡。

(74)《初见嵩山》宋 张耒

年来鞍马困尘埃，赖有青山豁我怀。
日暮北风吹雨去，数峰清瘦出云来。

(75)《送梓州李使君》唐 王维

万壑树参天，千山响杜鹃。
山中一夜雨，树杪百重泉。
汉女输橦布，巴人讼芋田。

文翁翻教授，不敢倚先贤。

**(76)《西楼》宋 曾巩**
海浪如云去却回，北风吹起数声雷。
朱楼四面钩疏箔，卧看千山急雨来。

**(77)《大风雨中作》宋 陆游**
风入拔山怒，雨如决河倾。
屋漏不可支，窗户俱有声。
鸟莺堕地死，鸡犬噤不鸣。
老病无避处，起坐徒叹惊。
三年稼如云，一旦败垂成。
夫岂或使之，忧乃及躬耕。
邻曲无人色，妇子泪纵横。
且抽架上书，洪范推五行。

**(78)《卯饮醉卧枕上有赋》宋 陆游**
天寒朝泥酒，熟醉卧蓬窗。
雨势平吞野，风声倒卷江。
渔蓑傲狐腋，菜把美羊腔。
常笑潮阳守，南征畏下泷。

**(79)《北塘春雨》宋 韩琦**
叶叶轻云帐薄罗，坐看膏泽洒庭柯。
风前芳杏红香减，烟外垂杨绿意多。
声落檐牙飞短瀑，点匀池面起圆波。
晴来西北凭栏望，拂黛遥峰濯万螺。

**(80)《雨》宋 陆游**
映空初作茧丝微，掠地俄成箭镞飞。
纸帐光迟饶晓梦，铜炉舌润覆春衣。
池鱼鲅鲅随沟出，梁燕翩翩接翅飞。
唯有落花吹不去，数枝红湿自相依。

**(81)《离亭燕》宋 张昇**
一带江山如画，风物向秋潇洒。
水浸碧天何处断？霁色冷光相射。
蓼屿荻花洲，掩映竹篱茅舍。
云际客帆高挂，烟外酒旗低亚。
多少六朝兴废事，尽入渔樵闲话。
怅望倚层楼，寒日无言西下。

**(82)《秋晚》宋 杜耒**
获稻已空霜未落，秋风虽老雁犹迟。
丹林黄叶斜阳外，绝胜春山暮雨时。

**(83)《酬刘柴桑》东晋 陶渊明**
穷居寡人用，时忘四运周。
闾庭多落叶，慨然知已秋。
新葵郁北牖，嘉穟养南畴。
今我不为乐，知有来岁不？
命室携童弱，良日登远游。

**(84)《晚泊江镇》唐 骆宾王**
四运移阴律，三翼泛阳侯。
荷香销晚夏，菊气入新秋。
夜乌喧粉堞，宿雁下芦洲。
海雾笼边徼，江风绕戍楼。
转蓬惊别渚，徙橘怆离忧。
魂飞灞陵岸，泪尽洞庭流。
振影希鸿陆，逃名谢蚁丘。
还嗟帝乡远，空望白云浮。

**(85)《八声甘州》宋 柳永**
对潇潇暮雨洒江天，一番洗清秋。
渐霜风凄紧，关河冷落，残照当楼。
是处红衰翠减，苒苒物华休。
惟有长江水，无语东流。
不忍登高临远，望故乡渺邈，归思难收。
叹年来踪迹，何事苦淹留！
想佳人、妆楼颙望，误几回、天际识归舟。
争知我、倚阑干处，正恁凝愁！

**(86)《秋词二首》唐 刘禹锡**
其一
自古逢秋悲寂寥，我言秋日胜春朝。
晴空一鹤排云上，便引诗情到碧霄。
其二
山明水净夜来霜，数树深红出浅黄。
试上高楼清入骨，岂如春色嗾人狂。

**(87)《山行》唐 杜牧**
（同，略）

**(88)《送报本寺分韵得通字》唐 牟融**

几度乘闲谒梵宫，此郎声价重江东。
贵侯知重曾忘势，闲客频来也悟空。
**满地新蔬和雨绿，半林残叶带霜红。**
□□□□□□□，□□□□□□□。

(89)《失题》唐 宋雍
斜雨飞丝织晚风，疏帘半卷野亭空。
荷花开尽秋光晚，零落残红绿沼中。

(90)《风》唐 李峤
（同，略）

(91)《新晴》宋 刘攽
青苔满地初晴后，绿树无人昼梦余。
唯有南风旧相识，偷开门户又翻书。

(92)《茅屋为秋风所破歌》唐 杜甫
八月秋高风怒号，卷我屋上三重茅。
茅飞渡江洒江郊，高者挂罥长林梢，
下者飘转沉塘坳。
南村群童欺我老无力，忍能对面为盗贼。
公然抱茅入竹去，唇焦口燥呼不得，
归来倚杖自叹息。
俄顷风定云墨色，秋天漠漠向昏黑。
布衾多年冷似铁，娇儿恶卧踏里裂。
床头屋漏无干处，雨脚如麻未断绝。
自经丧乱少睡眠，长夜沾湿何由彻。
**安得广厦千万间，大庇天下寒士俱欢颜，
风雨不动安如山。呜呼！**
何时眼前突兀见此屋，
吾庐独破受冻死亦足！

(93)《登高》唐 杜甫
风急天高猿啸哀，渚清沙白鸟飞回。
**无边落木萧萧下，不尽长江滚滚来。**
万里悲秋常作客，百年多病独登台。
艰难苦恨繁霜鬓，潦倒新停浊酒杯。

(94)《泛洞庭湖三首（其二）》唐 贾至
枫岸纷纷落叶多，洞庭秋水晚来波。
乘兴轻舟无近远，白云明月吊湘娥。

(95)《兖州留献李员外》唐 崔致远

芙蓉零落秋池雨，杨柳萧疏晓岸风。
神思只劳书卷上，年光任过酒杯中。

(96)《倾杯》宋 柳永
鹜落霜洲，雁横烟渚，分明画出秋色。
暮雨乍歇，小楫夜泊，宿苇村山驿。
何人月下临风处，起一声羌笛。
离愁万绪，闻岸草、切切蛩吟如织。
为忆芳容别后，水遥山远，何计凭鳞翼。
想绣阁深沉，争知憔悴损，天涯行客。
楚峡云归，高阳人散，寂寞狂踪迹。
望京国。空目断、远峰凝碧。

(97)《西江月·夜行黄沙道中》宋 辛弃疾
明月别枝惊鹊，清风半夜鸣蝉。
稻花香里说丰年，听取蛙声一片。
七八个星天外，两三点雨山前。
旧时茅店社林边，路转溪桥忽见。

(98)《村晚》宋 雷震
（同，略）

(99)《枫桥夜泊》唐 张继
（同，略）

(100)《七哀诗（其二）》东汉 王粲
荆蛮非我乡，何为久滞淫？
方舟溯大江，日暮愁我心。
山冈有余映，岩阿增重阴。
狐狸驰赴穴，飞鸟翔故林。
流波激清响，猴猿临岸吟。
**迅风拂裳袂，白露沾衣襟。**
独夜不能寐，摄衣起抚琴。
丝桐感人情，为我发悲音。
羁旅无终极，忧思壮难任。

(101)《江乡故人偶集客舍》唐 戴叔伦
天秋月又满，城阙夜千重。
还作江南会，翻疑梦里逢。
**风枝惊暗鹊，露草覆寒蛩。**
羁旅长堪醉，相留畏晓钟。

(102)《嘲淮风》宋 杨万里

絮帽貂裘莫出船，北窗最紧且深关。
颠风无赖知何故，做雪不成空自寒。
**不去扫清天北雾，只来卷起浪头山。**
便能吹倒僧伽塔，未直先生一笑看。

**(103)《雪》宋 张元**
五丁仗剑决云霓，直取天河下帝畿。
**战罢玉龙三百万，败鳞残甲满天飞。**

**(104)《白雪歌送武判官归京》唐 岑参**
北风卷地白草折，胡天八月即飞雪。
**忽如一夜春风来，千树万树梨花开。**
散入珠帘湿罗幕，狐裘不暖锦衾薄。
将军角弓不得控，都护铁衣冷难着。
瀚海阑干百丈冰，愁云惨淡万里凝。
中军置酒饮归客，胡琴琵琶与羌笛。
**纷纷暮雪下辕门，风掣红旗冻不翻。**
轮台东门送君去，去时雪满天山路。
山回路转不见君，雪上空留马行处。

**(105)《北风行》唐 李白**
烛龙栖寒门，光耀犹旦开。
日月照之何不及此？
惟有北风号怒天上来。
**燕山雪花大如席，片片吹落轩辕台。**
幽州思妇十二月，停歌罢笑双蛾摧。
倚门望行人，念君长城苦寒良可哀。
别时提剑救边去，遗此虎文金鞞靫。
中有一双白羽箭，蜘蛛结网生尘埃。
箭空在，人今战死不复回。
不忍见此物，焚之已成灰。
**黄河捧土尚可塞，北风雨雪恨难裁！**

**(106)《古从军行》唐 李颀**
**白日登山望烽火，黄昏饮马傍交河。**
行人刁斗风沙暗，公主琵琶幽怨多。
**野云万里无城郭，雨雪纷纷连大漠。**
胡雁哀鸣夜夜飞，胡儿眼泪双双落。
闻道玉门犹被遮，应将性命逐轻车。
年年战骨埋荒外，空见蒲桃入汉家。

**(107)《雪》元 黄庚**
片片随风整复斜，飘来老鬓觉添华。
**江山不夜雪千里，天地无私玉万家。**
远岸未春飞柳絮，前村破晓压梅花。
羔羊金帐应粗俗，自掬冰泉煮石茶。

**(108)《雪》唐 罗隐**
细玉罗纹下碧霄，杜门颜巷落偏饶。
巢居只恐高柯折，旅客愁闻去路遥。
撼冻野蔬和粉重，扫庭松叶带酥烧。
寒窗呵笔寻诗句，一片飞来纸上消。

**(109)《轮台歌奉送封大夫出师征》**
**唐 岑参**
轮台城头夜吹角，轮台城北旄头落。
羽书昨夜过渠黎，单于已在金山西。
戍楼西望烟尘黑，汉兵屯在轮台北。
上将拥旄西出征，平明吹笛大军行。
**四边伐鼓雪海涌，三军大呼阴山动。**
虏塞兵气连云屯，战场白骨缠草根。
剑河风急雪片阔，沙口石冻马蹄脱。
亚相勤王甘苦辛，誓将报主静边尘。
古来青史谁不见，今见功名胜古人。

**(110)《江雪》唐 柳宗元**
（同，略）

**(111)《晓起图》明 唐寅**
独立茅门懒拄筇，鬓丝凉拂豆花风。
**晓鸦无数盘旋处，绿树枝头一线红。**

**(112)《庐山谣寄卢侍御虚舟》唐 李白**
我本楚狂人，凤歌笑孔丘。
手持绿玉杖，朝别黄鹤楼。
五岳寻仙不辞远，一生好入名山游。
庐山秀出南斗傍，屏风九迭云锦张。
影落明湖青黛光，金阙前开二峰长。
银河倒挂三石梁，香炉瀑布遥相望。
回崖沓嶂凌苍苍。
**翠影红霞映朝日，鸟飞不到吴天长。**
**登高壮观天地间，大江茫茫去不还。**

黄云万里动风色，白波九道流雪山。
好为庐山谣，兴因庐山发。
闲窥石镜清我心，谢公行处苍苔没。
早服还丹无世情，琴心三迭道初成。
遥见仙人彩云里，手把芙蓉朝玉京。
先期汗漫九垓上，愿接卢敖游太清。

**(113)《日观峰》金 萧贡**
半夜东风撼邓林，三山银阙杳沉沉。
洪波万里江天涌，一点金乌出海心。

**(114)《早作》宋 黄大受**
（同，略）

**(115)《使至塞上》唐 王维**
单车欲问边，属国过居延。
征蓬出汉塞，归雁入胡天。
大漠孤烟直，长河落日圆。
萧关逢候骑，都护在燕然。

**(116)《羌村三首（选两首）》唐 杜甫**
一
峥嵘赤云西，日脚下平地。
柴门鸟雀噪，归客千里至。
妻孥怪我在，惊定还拭泪。
世乱遭飘荡，生还偶然遂。
邻人满墙头，感叹亦歔欷。
夜阑更秉烛，相对如梦寐。
二
群鸡正乱叫，客至鸡斗争。
驱鸡上树木，始闻扣柴荆。
父老四五人，问我久远行。
手中各有携，倾榼浊复清。
苦辞酒味薄，黍地无人耕。
兵革既未息，儿童尽东征。
请为父老歌，艰难愧深情。
歌罢仰天叹，四座泪纵横。

**(117)《秋晚野望》清 陈玉树**
余霞红映暮云边，村北村南少夕烟。
远树捧高沧海月，乱鸦点碎夕阳天。
野人乞食启蓬户，渔父施罛入稻田。
满地哀鸿听不得，江淮何处是丰年？

**(118)《别赋》（选段）南朝（梁）江淹**
日下壁而沉彩，月上轩而流光。
见红兰之受露，望青楸之离霜。
巡曾楹而空掩，抚锦幕而虚凉。
知离梦之踯躅，意别魂之飞扬。

**(119)《暮江吟》唐 白居易**
一道残阳铺水中，半江瑟瑟半江红。
可怜九月初三夜，露似真珠月似弓。

**(120)《梦武昌》元 揭傒斯**
黄鹤楼前鹦鹉洲，梦中浑似昔时游。
苍山斜入三湘路，落日平铺七泽流。
鼓角沉雄遥动地，帆樯高下乱维舟。
故人虽在多分散，独向南池看白鸥。

**(121)《西江月·黄陵庙》宋 张孝祥**
满载一船明月，平铺千里秋江。
波神留我看斜阳，唤起鳞鳞细浪。
明日风回更好，今宵露宿何妨。
水晶宫里奏《霓裳》，准拟岳阳楼上。

**(122)《浪花》宋 王寀**
一江秋水浸寒空，渔笛无端弄晚风。
万里波心谁折得？夕阳影里碎残红。

**(123)《十七日观潮》宋 陈师道**
漫漫平沙走白虹，瑶台失手玉杯空。
晴天摇动清江底，晚日浮沉急浪中。

**(124)《送友人》唐 李白**
青山横北郭，白水绕东城。
此地一为别，孤蓬万里征。
浮云游子意，落日故人情。
挥手自兹去，萧萧班马鸣。

**(125)《登乐游原》唐 李商隐**
向晚意不适，驱车登古原。
夕阳无限好，只是近黄昏。

**(126)《中秋对月》唐 曹松**
（同，略）

(127)《水调歌头》宋 苏轼
明月几时有，把酒问青天。
不知天上宫阙，今夕是何年？
我欲乘风归去，又恐琼楼玉宇，
高处不胜寒。
起舞弄清影，何似在人间！
转朱阁，低绮户，照无眠。
不应有恨，何事长向别时圆？
人有悲欢离合，月有阴晴圆缺，
此事古难全。
但愿人长久，千里共婵娟。

(128)《卜算子·黄州定慧院寓居作》
　　　宋 苏轼
缺月挂疏桐，漏断人初静。
谁见幽人独往来，缥缈孤鸿影。
惊起却回头，有恨无人省。
拣尽寒枝不肯栖，寂寞沙洲冷。

(129)《天仙子》宋 张先
水调数声持酒听，午醉醒来愁未醒。
送春春去几时回？临晚镜，
伤流景，往事后期空记省。
沙上并禽池上暝，云破月来花弄影。
重重帘幕密遮灯，风不定，
人初静，明日落红应满径。

(130)《春题湖上》唐 白居易
湖上春来似画图，乱峰围绕水平铺。
松排山面千重翠，月点波心一颗珠。
碧毯线头抽早稻，青罗裙带展新蒲。
未能抛得杭州去，一半勾留是此湖。

(131)《旅夜书怀》唐 杜甫
细草微风岸，危樯独夜舟。
星垂平野阔，月涌大江流。
名岂文章著，官应老病休。
飘飘何所似？天地一沙鸥。

(132)《春江花月夜》唐 张若虚
春江潮水连海平，海上明月共潮生。
滟滟随波千万里，何处春江无月明。
江流宛转绕芳甸，月照花林皆似霰。
空里流霜不觉飞，汀上白沙看不见。
江天一色无纤尘，皎皎空中孤月轮。
江畔何人初见月，江月何年初照人？
人生代代无穷已，江月年年只相似。
不知江月待何人，但见长江送流水。
白云一片去悠悠，青枫浦上不胜愁。
谁家今夜扁舟子，何处相思明月楼？
可怜楼上月徘徊，应照离人妆镜台。
玉户帘中卷不去，捣衣砧上拂还来。
此时相望不相闻，愿逐月华流照君。
鸿雁长飞光不度，鱼龙潜跃水成文。
昨夜闲潭梦落花，可怜春半不还家。
江水流春去欲尽，江潭落月复西斜。
斜月沉沉藏海雾，碣石潇湘无限路。
不知乘月几人归，落月摇情满江树。

(133)《洞庭秋月行》唐 刘禹锡
洞庭秋月生湖心，层波万顷如熔金。
孤轮徐转光不定，游气蒙蒙隔寒镜。
是时白露三秋中，湖平月上天地空。
岳阳楼头暮角绝，荡漾已过君山东。
山城苍苍夜寂寂，水月逶迤绕城白。
荡桨巴童歌竹枝，连樯估客吹羌笛。
势高夜久阴力全，金气肃肃开星躔。
浮云野马归四裔，遥望星斗当中天。
天鸡相呼曙霞出，敛影含光让朝日。
日出喧喧人不闲，夜来清景非人间。

(134)《中秋登偰家楼》明 袭衍
（暂缺）

(135)《登快阁》宋 黄庭坚
痴儿了却公家事，快阁东西倚晚晴。
落木千山天远大，澄江一道月分明。
朱弦已为佳人绝。青眼聊因美酒横。
万里归船弄长笛，此心吾与白鸥盟。

(136)《巫山高》唐 沈佺期

巫山高不极，合沓状奇新。
暗谷疑风雨，阴崖若鬼神。
月明三峡曙，潮满九江春。
为问阳台客，应知入梦人。

(137)《元夕》明 丁鹤年
灯火楼台锦绣筵，谁家箫鼓夜喧天。
光移星斗天逾近，影倒山河月正圆。
金锁开关明似昼，铜壶传漏迥如年。
五云不奏《霓裳曲》，空使扬州望眼穿。

(138)《元夕》清 陈曾寿
（暂缺）

(139)《望月怀远》唐 张九龄
海上生明月，天涯共此时。
情人怨遥夜，竟夕起相思。
灭烛怜光满，披衣觉露滋。
不堪盈手赠，还寝梦佳期。

(140)《牛女》唐 宋之问
粉席秋期缓，针楼别怨多。
奔龙争渡月，飞鹊乱填河。
失喜先临镜，含羞未解罗。
谁能留夜色，来夕倍还梭。

(141)《五鼓乘风过洞庭湖》宋 孔武仲
半掩船逢天淡明，飞帆已背岳阳城。
飘然一叶乘空度，卧听银潢泻月声。

(142)《浣溪沙》宋 吴文英
门隔花深梦旧游，夕阳无语燕归愁。
玉纤香动小帘钩。
落絮无声春堕泪，行云有影月含羞。
东风临夜冷于秋。

(143)《一丛花·溪堂玩月作》宋 陈亮
冰轮斜辗镜天长，江练隐寒光。
危阑醉倚人如画，隔烟村、何处鸣榔？
乌鹊倦栖，鱼龙惊起，星斗挂垂杨。
芦花千顷水微茫，秋色满江乡。
楼台恍似游仙梦，又疑是、洛浦潇湘。
风露浩然，山河影转，今古照凄凉。

(144)《客至当饮酒二首（其二）》
宋 王安石
天提两轮光，环我屋角走。
自从红颜时，照我至白首。
累累地上土，往往平生友。
少年所种树，磊砢行复朽。
古人有真意，独在无好丑。
冥冥谁与论，客至当饮酒。

(145)《把酒问月》唐 李白
青天有月来几时？我今停杯一问之。
人攀明月不可得，月行却与人相随。
皎如飞镜临丹阙，绿烟灭尽清辉发。
但见宵从海上来，宁知晓向云间没！
白兔捣药秋复春，嫦娥孤栖与谁邻？
今人不见古时月，今月曾经照古人。
古人今人若流水，共看明月皆如此。
唯愿当歌对酒时，月光长照金樽里。

(146)《寄人》唐 张泌
别梦依依到谢家，小廊回合曲阑斜。
多情只有春庭月，犹为离人照落花。

(147)《中宵》唐 杜甫
西阁百寻余，中宵步绮疏。
飞星过水白，落月动沙虚。
择木知幽鸟，潜波想巨鱼。
亲朋满天地，兵甲少来书。

(148)《芙蓉池作》三国（魏） 曹丕
乘辇夜行游，逍遥步西园。
双渠相溉灌，嘉木绕通川。
卑枝拂羽盖，修条摩苍天。
惊风扶轮毂，飞鸟翔我前。
丹霞夹明月，华星出云间。
上天垂光彩，五色一何鲜。
寿命非松乔，谁能得神仙？
遨游快心意，保己终百年。

(149)《弃妇诗》三国（魏） 曹植

石榴植前庭，绿叶摇缥青。
丹华灼烈烈，璀彩有光荣。
光荣晔流离，可以戏淑灵。
有鸟飞来集，拊翼以悲鸣。
悲鸣夫何为，丹华实不成。
拊心长叹息，无子当归宁。
**有子月经天，无子若流星。**
**天月相终始，流星没无精。**
栖迟失所宜，下与瓦石并。
忧怀从中来，叹息通鸡鸣。
反侧不能寐，逍遥于前庭。
踟蹰还入房，肃肃帷幕声。
褰帷更摄带，抚节弹鸣筝。
慷慨有余音，要妙悲且清。
收泪长叹息，何以负神灵。
招摇待霜露，何必春夏成。
晚获为良实，愿君且安宁。

**（150）《观沧海》三国（魏） 曹操**
东临碣石，以观沧海。
水何澹澹，山岛竦峙。
树木丛生，百草丰茂。
秋风萧瑟，洪波涌起。
日月之行，若出其中。
星汉灿烂，若出其里。
幸甚至哉！歌以咏志。

**（151）《梦天》唐 李贺**
老兔寒蟾泣天色，云楼半开壁斜白。
玉轮轧露湿团光，鸾佩相逢桂香陌。
黄尘清水三山下，更变千年如走马。
**遥望齐州九点烟，一泓海水杯中泻。**

**（152）《渡荆门送别》唐 李白**
渡远荆门外，来从楚国游。
山随平野尽，江入大荒流。
月下飞天镜，云生结海楼。
仍怜故乡水，万里送行舟。

**（153）《水调歌头·桂林中秋》宋 张孝祥**

今夕复何夕，此地过中秋。
赏心亭上唤客，追忆去年游。
**千里江山如画，万井笙歌不夜，**
扶路看遨头。
玉界拥银阙，珠箔卷琼钩。
驭风去，忽吹到，岭边州。
去年明月依旧，还照我登楼。
楼下水明沙静，楼外参横斗转，
搔首思悠悠。
老子兴不浅，聊复此淹留。

**（154）《蜀道难》唐 李白**
噫吁嚱，危乎高哉！
蜀道之难，难于上青天。
蚕丛及鱼凫，开国何茫然。
尔来四万八千岁，始与秦塞通人烟。
西当太白有鸟道，可以横绝峨嵋巅。
地崩山摧壮士死，然后天梯石栈相钩连。
上有六龙回日之高标，下有冲波逆折之回川。
黄鹤之飞尚不得过，猿猱欲度愁攀缘。
青泥何盘盘，百步九折萦岩峦。
扪参历井仰胁息，以手抚膺坐长叹。
问君西游何时还？畏途巉岩不可攀。
但见悲鸟号古木，雄飞雌从绕林间。
又闻子规啼夜月，愁空山。
蜀道之难，难于上青天，使人听此凋朱颜。
**连峰去天不盈尺，枯松倒挂倚绝壁。**
**飞湍瀑流争喧豗，砯崖转石万壑雷。**
其险也若此，嗟尔远道之人，胡为乎来哉！
剑阁峥嵘而崔嵬，一夫当关，万夫莫开。
所守或匪亲，化为狼与豺。
朝避猛虎，夕避长蛇。
磨牙吮血，杀人如麻。
锦城虽云乐，不如早还家。
蜀道之难，难于上青天，侧身西望长咨嗟！

**（155）《送友人入蜀》唐 李白**
见说蚕丛路，崎岖不易行。

山从人面起，云傍马头生。
芳树笼秦栈，春流绕蜀城。
升沉应已定，不必问君平。

（156）《望岳》唐 杜甫
岱宗夫如何？齐鲁青未了。
造化钟神秀，阴阳割昏晓。
荡胸生层云，决眦入归鸟。
会当凌绝顶，一览众山小。

（157）《将进酒》唐 李白
君不见，黄河之水天上来，
奔流到海不复回！
君不见，高堂明镜悲白发，
朝如青丝暮成雪！
人生得意须尽欢，莫使金樽空对月。
天生我材必有用，千金散尽还复来。
烹羊宰牛且为乐，会须一饮三百杯。
岑夫子，丹丘生，将进酒，君莫停。
与君歌一曲，请君为我倾耳听。
钟鼓馔玉不足贵，但愿长醉不复醒。
古来圣贤皆寂寞，惟有饮者留其名。
陈王昔时宴平乐，斗酒十千恣欢谑。
主人何为言少钱，径须沽取对君酌。
五花马，千金裘，
呼儿将出换美酒，与尔同消万古愁。

（158）《登金陵凤凰台》唐 李白
凤凰台上凤凰游，凤去台空江自流。
吴宫花草埋幽径，晋代衣冠成古丘。
三山半落青天外，二水中分白鹭洲。
总为浮云能蔽日，长安不见使人愁。

（159）《舟中望月》南朝（梁）朱超
大江阔千里，孤舟无四邻。
唯余故楼月，远近必随人。
入风先绕晕，排雾急移轮。
若教长似扇，堪拂艳歌尘。

（160）《与夏十二登岳阳楼》唐 李白
楼观岳阳尽，川迥洞庭开。

雁引愁心去，山衔好月来。
云间连下榻，天上接行杯。
醉后凉风起，吹人舞袖回。

（161）《望洞庭湖赠张丞相》唐 孟浩然
八月湖水平，涵虚混太清。
气蒸云梦泽，波撼岳阳城。
欲济无舟楫，端居耻圣明。
坐观垂钓者，徒有羡鱼情。

（162）《登岳阳楼》唐 杜甫
昔闻洞庭水，今上岳阳楼。
吴楚东南坼，乾坤日夜浮。
亲朋无一字，老病有孤舟。
戎马关山北，凭轩涕泗流。

（163）《与秦少章题汉江远帆》宋 晁冲之
楚山全控蜀，汉水半吞吴。
老眼知佳处，曾看八境图。

（164）《题浔阳楼》唐 白居易
常爱陶彭泽，文思何高玄。
又怪韦江州，诗情亦清闲。
今朝登此楼，有以知其然。
大江寒见底，匡山青倚天。
深夜溢浦月，平旦炉峰烟。
清辉与灵气，日夕供文篇。
我无二人才，孰为来其间？
因高偶成句，俯仰愧江山。

（165）《奉使行高邮道中》金 党怀英
野云来无际，风樯岸转迷。
潮吞淮泽小，云抱楚天低。
蹭蹬船鸣浪，联翩路牵泥。
林鸟亦惊起，夜半傍人啼。

（166）《横江词（其四）》唐 李白
海神来过恶风回，浪打天门石壁开。
浙江八月何如此？涛似连山喷雪来。

（167）《念奴娇·赤壁怀古》宋 苏轼
大江东去，浪淘尽、千古风流人物。
故垒西边，人道是，三国周郎赤壁。

附录一 上卷正文选句与原诗词对照序列

143

乱石穿空，惊涛拍岸，卷起千堆雪。
江山如画，一时多少豪杰！
遥想公瑾当年，小乔初嫁了，雄姿英发。
羽扇纶巾，谈笑间，樯橹灰飞烟灭。
故国神游，多情应笑我，早生华发。
人生如梦，一尊还酹江月。

**(168)《望海楼晚景（五绝其一）》**
　　　宋　苏轼
海上涛头一线来，楼前指顾雪成堆。
从今潮上君须上，更看银山二十回。

**(169)《青山峡口泊舟怀狄侍御》**
　　　唐　岑参
峡口秋水壮，沙边且停桡。
**奔涛振石壁，峰势如动摇。**
九月芦花新，弥令客心焦。
谁念在江岛，故人满天朝。
无处豁心胸，忧来醉能销。
往来巴山道，三见秋草凋。
狄生新相知，才调凌云霄。
赋诗析造化，入幕生风飙。
把笔判甲兵，战士不敢骄。
皆云梁公后，遇鼎还能调。
离别倏经时，音尘殊寂寥。
何当见夫子，不叹乡关遥。

**(170)《次韵平甫金山会宿寄亲友》**
　　　宋　王安石
天末海门横北固，烟中沙岸似西兴。
已无船舫犹闻笛，远有楼台只见灯。
**山月入松金破碎，江风吹水雪崩腾。**
飘然欲作乘桴计，一到扶桑恨未能。

**(171)《钱塘观潮》清　施闰章**
海色雨中开，涛飞江上台。
声驱千骑疾，气卷万山来。
绝岸愁倾覆，轻舟故溯洄。
鸱夷有遗恨，终古使人哀。

**(172)《望庐山瀑布》唐　李白**
日照香炉生紫烟，遥看瀑布挂前川。
飞流直下三千尺，疑是银河落九天。

**(173)《题兴宁县东文岭瀑泉》宋　杨万里**
笋舆路转崖欹倾，只闻满山泉水鸣。
卷书急看已半失，眼不停注耳细听。
石如铁色黑，壁立镜面平。
水从镜面一飞下，蕲笛织簟风漪生。
石知水力卷半壁，锤作天一泓水行。
到此欲小憩，后水忽至前水惊。
**分清裂白两派出，跳珠跃雪双龙争。**
不知落处深几许，千丈井底碎玉声。
安得好事者，泉上作小亭。
酿泉为酒不用曲，春风吹作蒲萄绿。
醉写泉声入枯木，何处更寻响泉曲。

**(174)《黄鹤楼送孟浩然之广陵》唐　李白**
**故人西辞黄鹤楼，烟花三月下扬州。**
**孤帆远影碧空尽，唯见长江天际流。**

**(175)《望天门山》唐　李白**
天门中断楚江开，碧水东流至此回。
**两岸青山相对出，孤帆一片日边来。**

**(176)《早发白帝城》唐　李白**
（同，略）

**(177)《题西溪无相院》宋　张先**
积水涵虚上下清，几家门静岸痕平。
**浮萍破处见山影，小艇归时闻草声。**
入郭僧寻尘里去，过桥人似鉴中行。
已凭暂雨添秋色，莫放修芦碍月生。

**(178)《过海联句》**
沙鸟浮还没，山云断复连。（高丽使）
**棹穿波底月，船压水中天。**（唐　贾岛）

**(179)《念奴娇·过洞庭》宋　张孝祥**
洞庭青草，近中秋，更无一点风色。
玉鉴琼田三万顷，着我扁舟一叶。
**素月分辉，明河共影，表里俱澄澈。**
悠然心会，妙处难与君说。
应念岭海经年，孤光自照，肝胆皆冰雪。

短发萧骚襟袖冷，稳泛沧浪空阔。
尽吸西江，细斟北斗，万象为宾客。
扣舷独笑，不知今夕何夕？

**（180）《乱后春日途经野塘》唐 韩偓**
世乱他乡见落梅，野塘晴暖独徘徊。
船冲水鸟飞还住，袖拂杨花去却来。
季重旧游多丧逝，子山新赋极悲哀。
眼看朝市成陵谷，始信昆明是劫灰。

**（181）《绝句四首（其三）》唐 杜甫**
两个黄鹂鸣翠柳，一行白鹭上青天。
窗含西岭千秋雪，门泊东吴万里船。

**（182）《入洞庭望岳阳》唐 杨收**
飞鸥撇浪三千里，暮草摇风一万畦。
黛色浅深山远近，碧烟浓淡树高低。

**（183）《过华清宫绝句》唐 杜牧**
（同，略）

**（184）《送人之巴蜀》明 吴本善**
烟波迢递古荆州，君去应为万里游。
倚棹遥看湘浦月，听猿初泊渚宫秋。
云开巫峡千峰出，路转巴江一字流。
若见东风杨柳色，便乘春水泛归舟。

**（185）《闻官军收河南河北》唐 杜甫**
剑外忽传收蓟北，初闻涕泪满衣裳。
却看妻子愁何在，漫卷诗书喜欲狂。
白首放歌须纵酒，青春作伴好还乡。
即从巴峡穿巫峡，便下襄阳向洛阳。

**（186）《百步洪（其一）》宋 苏轼**
长洪斗落生跳波，轻舟南下如投梭。
水师绝叫凫雁起，乱石一线争磋磨。
有如兔走鹰隼落，骏马下注千丈坡。
断弦离柱箭脱手，飞电过隙珠翻荷。
四山眩转风掠耳，但见流沫生千涡。
险中得乐虽一快，何异水伯夸秋河？
我生乘化日夜逝，坐觉一念逾新罗。
纷纷争夺醉梦里，岂信荆棘埋铜驼。
觉来俯仰失千劫，回视此水殊委蛇。

君看岸边苍石上，古来篙眼如蜂窠。
但应此心无所住，造物虽驶如吾何。
回船上马各归去，多言饶饶师所呵。

**（187）《祭常山回小猎》宋 苏轼**
青盖前头点皂旗，黄茅冈下出长围。
弄风骄马跑空立，趁兔苍鹰掠地飞。
回望白云生翠巘，归来红叶满征衣。
圣明若用西凉簿，白羽犹能效一挥。

**（188）《望海潮》宋 柳永**
东南形胜，三吴都会，钱塘自古繁华。
烟柳画桥，风帘翠幕，参差十万人家。
云树绕堤沙。怒涛卷霜雪，天堑无涯。
市列珠玑，户盈罗绮，竞豪奢。
重湖叠巘清嘉。有三秋桂子，十里荷花。
羌管弄晴，菱歌泛夜，嬉嬉钓叟莲娃。
千骑拥高牙。乘醉听箫鼓，吟赏烟霞。
异日图将好景，归去凤池夸。

**（189）《江楼夕望招客》唐 白居易**
海天东望夕茫茫，山势川形阔复长。
灯火万家城四畔，星河一道水中央。
风吹古木晴天雨，月照平沙夏夜霜。
能就江楼销暑否，比君茅舍较清凉。

**（190）《京洛春早》宋 司马光**
洛阳春日最繁华，红绿阴中十万家。
谁道群花如锦绣，人将锦绣学群花。

**（191）《登阊门闲望》唐 白居易**
阊门四望郁苍苍，始觉州雄土俗强。
十万夫家供课税，五千子弟守封疆。
阊阊城碧铺秋草，乌鹊桥红带夕阳。
处处楼前飘管吹，家家门外泊舟航。
云埋虎寺山藏色，月耀娃宫水放光。
曾赏钱唐嫌茂苑，今来未敢苦夸张。

**（192）《登河北城楼作》唐 王维**
井邑傅岩上，客亭云雾间。
高城眺落日，极浦映苍山。
岸火孤舟宿，渔家夕鸟还。

寂寥天地暮，心与广川闲。

(193)《归嵩山作》唐 王维
清川带长薄，车马去闲闲。
流水如有意，暮禽相与还。
**荒城临古渡，落日满秋山。**
迢递嵩高下，归来且闭关。

(194)《初春济南作》清 王士祯
山郡逢春复乍清，陂塘分出几泉清？
**郭边万户皆临水，雪后千峰半入城。**

(195)《寄朗州温右史曹长》唐 刘禹锡
暂别瑶墀鹓鹭行，彩旗双引到沅湘。
**城边流水桃花过，帘外春风杜若香。**
史笔枉将书纸尾，朝缨不敢濯沧浪。
云台公业家声在，征诏何时出建章。

(196)《忆扬州》唐 徐凝
萧娘脸薄难胜泪，桃叶眉头易得愁。
**天下三分明月夜，二分无赖是扬州。**

(197)《半月寺有感》宋 赵希淦
一水波澄接御沟，近城宫柳弄春柔。
乌衣巷里人何在，白鹭洲前水自流。
**千古风流歌舞地，六朝兴废帝王州。**
今番不负看山约，他日重来说旧游。

(198)《元夕于通衢建灯夜升南楼诗》
　　　　隋　杨广
法轮天上转，梵声天上来；
**灯树千光照，花焰七枝开。**
月影疑流水，春风含夜梅；
燔动黄金地，钟发琉璃台。

(199)《观灯乐行》唐 李商隐
**月色灯光满帝都，香车宝辇溢通衢。**
身闲不睹中兴盛，羞逐乡人赛紫姑。

(200)《正月十一夜日》唐 白居易
**灯火家家市，箫笙处处楼。**
无妨思帝里，不合厌杭州。

(201)《上元夜效小庾体》唐 崔知贤
今夜启城闉，结伴戏芳春。

鼓声掩动乱，凤光触处新。
月下多游骑，灯前饶看人。
**欢乐无穷已，歌舞达明晨。**

(202)《青玉案·元夕》宋 辛弃疾
（同，略）

(203)《元日》宋 王安石
（同，略）

(204)《减字木兰花》宋 黄裳
（同，略）

(205)《满江红》宋 柳永
暮雨初收，长川静、征帆夜落。
临鸟屿、蓼烟疏淡，苇风萧索。
几许渔人飞短艇，尽将灯火归村落。
遣行客、当此念回程，伤漂泊。

桐江好，烟漠漠。波似染，山如削。
绕严陵滩畔，鹭飞鱼跃。
游宦区区成底事？平生况有云泉约。
归去来，一曲仲宣吟，从军乐。

(206)《采桑子》宋 欧阳修
（同，略）

(207)《饮湖上初晴后雨》宋 苏轼
（同，略）

(208)《夜宿山寺》唐 李白
（同，略）

(209)《黄鹤楼》唐 崔颢
昔人已乘黄鹤去，此地空余黄鹤楼。
黄鹤一去不复返，白云千载空悠悠。
**晴川历历汉阳树，芳草萋萋鹦鹉洲。**
日暮乡关何处是？烟波江上使人愁。

(210)《越王楼歌》唐 杜甫
绵州州府何磊落，显庆年中越王作。
孤城西北起高楼，碧瓦朱甍照城郭。
**楼下长江百丈清，山头落日半轮明。**
君王旧迹今人赏，转见千秋万古情。

(211)《望庐山五老峰》唐 李白
**庐山东南五老峰，青天削出金芙蓉。**

九江秀色可揽结，吾将此地巢云松。

**(212)《瞿塘》清 刘光第**
尽唤蛮山压客舟，甲盐飞去入空遒。
**双崖云洗肌如铁，一石江穿骨在喉。**
风静鱼龙排日睡，水还巴蜀接天流。
涨时倒海枯时涸，安稳哦诗答棹讴。

**(213)《咏趵突泉》明 王守仁**
泺源特起根虚无，下有鳌窟连蓬壶。
绝喜坤灵能尔幻，却愁地脉还时枯。
**惊湍怒涌喷石窦，流沫下泻翻云湖。**
月色照衣归独晚，溪边瘦影伴人孤。

**(214)《同何元立赏荷花追怀镜湖旧游》宋 陆游**
少狂欺酒气吐虹，一笑未了千觞空。
凉堂下帘人如玉，月色泠泠透湘竹。
**三更画船穿藕花，花为四壁船为家。**
不须更踏花底藕，但嗅花香已无酒。
花深不见画船行，天风空吹白纻声。
双桨归来弄湖水，往往湖边人已起。
即今憔悴不堪论，赖有何郎共此尊。
红绿疏疏君勿叹，汉嘉去岁无荷看。

**(215)《同郑子野访王隐居》宋 戴复古**
联骑来寻失马翁，相期投宿此山中。
**一庭花影三更月，万壑松声半夜风。**
共把酒杯眠不得，剧谈世事恨无穷。
明朝莫使儿童见，尚有江船吾欲东。

**(216)《游杏溪兰若》唐 姚合**
踏得度溪湾，晨游暮不还。
**月明松影路，春满杏花山。**
戏狖跳林末，高僧住石间。
未肯离腰组，来此复何颜。

**(217)《清平乐·村居》宋 辛弃疾**
茅檐低小，溪上青青草。
醉里吴音相媚好，白发谁家翁媪。
大儿锄豆溪东，中儿正织鸡笼；
最喜小儿无赖，溪头卧剥莲蓬。

**(218)《四时田园杂兴（其八）》宋 范成大**
（同，略）

**(219)《观书有感二首》宋 朱熹**
其一
半亩方塘一鉴开，天光云影共徘徊。
问渠哪得清如许，为有源头活水来。
其二
昨夜江边春水生，蒙冲巨舰一毛轻。
向来枉费推移力，此日中流自在行。

**(220)《新凉》宋 徐玑**
水满田畴稻叶齐，日光穿树晓烟低。
黄莺也爱新凉好，飞过青山影里啼。

**(221)《秋日郊居》宋 陆游**
行歌曳杖到新塘，银阙瑶台无此凉。
**万里秋风菰菜老，一川明月稻花香。**

**(222)《宁国道中》宋 曾纡**
渡水穿桥一径斜，潦收溪足露汀沙。
**半川云影前山雨，十里香风晚稻花。**
异县悲秋多客思，丰年乐事属田家。
故园正好不归去，满眼西风吹鬓华。

**(223)《红楼梦·第十八回》清 曹雪芹**
杏帘招客饮，在望有山庄。
菱荇鹅儿水，桑榆燕子梁。
**一畦春韭绿，十里稻花香。**
盛世无饥馁，何须耕织忙。

**(224)《归田》宋 徐绩**
悬车疏上动龙颜，几度陈词始放还。
敢忆溪山孤圣眷，只缘衰病乞身闲。
都门祖饯心情剧，里社招邀礼数删。
**最喜儿孙解农事，稻花香满旧田间。**

**(225)《竹》宋 吴潜**
编茅为屋竹为椽，屋上青山屋下泉。
半掩柴门人不见，老牛将犊傍篱眠。

**(226)《禾熟》宋 孔平仲**

百里西风禾黍香，鸣泉落窦谷登场。
老牛粗了耕耘债，啮草坡头卧夕阳。

**(227)《国殇》战国（楚）屈原**
操吴戈兮披犀甲，车错毂兮短兵接。
旌蔽日兮敌若云，矢交坠兮士争先。
凌余阵兮躐余行，左骖殪兮右刃伤。
霾两轮兮絷四马，援玉枹兮击鸣鼓。
天时怼兮威灵怒，严杀尽兮弃原野。
出不入兮往不反，平原忽兮路超远。
带长剑兮挟秦弓，首身离兮心不惩。
诚既勇兮又以武，终刚强兮不可凌。
身既死兮神以灵，魂魄毅兮为鬼雄！

**(228)《兵车行》（选段）唐 杜甫**
车辚辚，马萧萧，行人弓箭各在腰。
爷娘妻子走相送，尘埃不见咸阳桥。
牵衣顿足拦道哭，哭声直上干云霄。
道旁过者问行人，行人但云点行频。
或从十五北防河，便至四十西营田。
去时里正与裹头，归来头白还戍边。
边庭流血成海水，武皇开边意未已。
君不闻，汉家山东二百州，
千村万落荆杞生。

**(229)《破阵子》宋 辛弃疾**
醉里挑灯看剑，梦回吹角连营。
八百里分麾下炙，五十弦翻塞外声。
沙场点秋兵。
马作的卢飞快，弓如霹雳弦惊。
了却君王天下事，赢得生前身后名。
可怜白发生！

**(230)《浣溪沙》宋 张孝祥**
霜日明霄水蘸空，鸣鞘声里绣旗红，
淡烟衰草有无中。
万里中原烽火北，一杯浊酒戍楼东，
酒阑挥泪向悲风。

**(231)《老将行》唐 王维**
少年十五二十时，步行取得胡马骑。
射杀山中白额虎，肯数邺下黄须儿。
一身转战三千里，一剑曾当百万师。
汉兵奋迅如霹雳，虏骑崩腾畏蒺藜。
卫青不败由天幸，李广无功缘数奇。
自从弃置便衰朽，世事蹉跎成白首。
昔时飞箭无全目，今日垂杨生左肘。
路旁时卖故侯瓜，门前学种先生柳。
苍茫古木连穷巷，寥落寒山对虚牖。
誓令疏勒出飞泉，不似颍川空使酒。
贺兰山下阵如云，羽檄交驰日夕闻。
节使三河募年少，诏书五道出将军。
试拂铁衣如雪色，聊持宝剑动星文。
愿得燕弓射天将，耻令越甲鸣吾君。
莫嫌旧日云中守，犹堪一战取功勋。

**(232)《雁门太守行》唐 李贺**
黑云压城城欲摧，甲光向日金鳞开。
角色满天秋色里，塞上胭脂凝夜紫。
半卷红旗临易水，霜重鼓寒声不起。
报君黄金台上意，提携玉龙为君死。

**(233)《燕歌行》唐 高适**
汉家烟尘在东北，汉将辞家破残贼。
男儿本自重横行，天子非常赐颜色。
摐金伐鼓下榆关，旌旗逶迤碣石间。
校尉羽书飞瀚海，单于猎火照狼山。
山川萧条极边土，胡骑凭陵杂风雨。
战士军前半死生，美人帐下犹歌舞。
大漠穷秋塞草衰，孤城落日斗兵稀。
身当恩遇恒轻敌，力尽关山未解围。
铁衣远戍辛勤久，玉箸应啼别离后。
少妇城南欲断肠，征人蓟北空回首。
边风飘飘那可度，绝域苍茫更何有。
杀气三时作阵云，寒声一夜传刁斗。
相看白刃血纷纷，死节从来岂顾勋。
君不见沙场征战苦，至今犹忆李将军！

**(234)《秋晚登城北门》宋 陆游**
幅巾藜杖北城头，卷地西风满眼愁。

一点烽传散关信，两行雁带杜陵秋。
山河兴废供搔首，身世安危人倚楼。
横槊赋诗非复昔，梦魂犹绕古梁州。

（235）《燕歌行》唐 贾至
国之重镇惟幽都，东威九夷北制胡。
五军精卒三十万，百战百胜擒单于。
前临滹沱后沮水，崇山沃野亘千里。
昔时燕王重贤士，黄金筑台从隗始。
俟忽兴王定蓟丘，汉家又以封王侯。
萧条魏晋为横流，鲜卑窃据朝五州。
我唐区夏余十纪，军容武备振万祀。
彤弓黄钺授元帅，垦耕大漠为内地。
季秋胶折边草肥，治兵羽猎因出师。
千营万队连旌旗，望之如火忽雷驰。
匈奴慑窜穷发北，大荒万里无尘飞。
君不见隋家昔为天下宰，穷兵黩武征辽海。
南风不竞多死声，鼓卧旗折黄云横。
**六军将士皆死尽，战马空鞍归故营。**
时迁道革天下平，白环入贡沧海清。
自有农夫已高枕，无劳校尉重横行。

（236）《关山月》唐 张籍
秋月朗朗关山上，山中行人马蹄响。
关山秋来雨雪多，行人见月唱边歌。
海边茫茫天气白，胡儿夜度黄龙碛。
军中探骑暮出城，伏兵暗处低旌戟。
溪水连天霜草平，野驼寻水碛中鸣。
陇头风急雁不下，沙场苦战多流星。
**可怜万国关山道，年年战骨多秋草。**

（237）《赵将军歌》唐 岑参
九月天山风似刀，**城南猎马缩寒毛。**
将军纵博场场胜，赌得单于貂鼠袍。

（238）《送沈左司从汪参政分省陕西由御
　　　史中丞出》明 高启
重臣分陕去台端，宾从威仪尽汉官。
四塞河山归版籍，百年父老见衣冠。
**函关月落听鸡度，华岳云开立马看。**

知尔西行定回首，如今江左是长安。

（239）《奉和相公发益昌》唐 岑参
相国临戎别帝京，拥麾持节远横行。
**朝登剑阁云随马，夜渡巴江雨洗兵。**
山花万朵迎征盖，川柳千条拂去旌。
暂到蜀城应计日，须知明主持持衡。

（240）《山海关》清 吕履恒
天际重关虎豹扃，前瞻云树尚冥冥。
山余落日千峰紫，海泻遥空一气青。
汉塞烽烟亭壁坏，秦城膏血土花腥。
漫吟碣石东临句，绝代雄才敢乞灵。

（241）《山海关城楼对联》无名氏
（同，略）

（242）《蜀相》唐 杜甫
丞相祠堂何处寻？锦官城外柏森森。
映阶碧草自春色，隔叶黄鹂空好音。
三顾频烦天下计，两朝开济老臣心。
出师未捷身先死，长使英雄泪满襟。

（243）《登鹳雀楼》唐 王之涣
（同，略）

（244）《雨后登岳阳楼》清 杨庆琛
不辨云乡与水乡，茫茫巨浸接长江。
**胸中清气吞云梦，天下奇观到岳阳。**

（245）《怀钟陵旧游四首（其二）》
　　　　　唐 杜牧
滕阁中春绮席开，柘枝蛮鼓殷晴雷。
**垂楼万幕青云合，破浪千帆陈马来。**
未掘双龙牛斗气，高悬一榻栋梁材。
连巴控越知何事，珠翠沉檀处处堆。

（246）《奉和春日幸望春宫应制》唐 苏颋
东望望春春可怜，更逢晴日柳含烟。
**宫中下见南山尽，城上平临北斗悬。**
细草偏承回辇处，飞花故落奉觞前。
宸游对此欢无极，鸟弄歌声杂管弦。

（247）《奉和贾至舍人早朝大明宫》
　　　唐 杜甫

五夜漏声催晓箭，九重春色醉仙桃。
**旌旗日暖龙蛇动，宫殿风微燕雀高。**
朝罢香烟携满袖，诗成珠玉在挥毫。
欲知世掌丝纶美，池上于今有凤毛。

**（248）《集灵台》唐 张祜**
日光斜照集灵台，红树花迎晓露开。
昨夜上皇新授箓，太真含笑入帘来。
虢国夫人承主恩，平明骑马入宫门。
却嫌脂粉污颜色，淡扫蛾眉朝至尊。

**（249）《离思五首（其二）》唐 元稹**
山泉散漫绕阶流，万树桃花映小楼。
闲读道书慵未起，水晶帘下看梳头。

**（250）《灵隐寺》唐 宋之问**
鹫岭郁岩峣，龙宫锁寂寥。
**楼观沧海日，门对浙江潮。**
**桂子月中落，天香云外飘。**
扪萝登塔远，刳木取泉遥。
霜薄花更发，冰轻叶未凋。
夙龄尚遐异，搜对涤烦嚣。
待入天台路，看余渡石桥。

**（251）《资深院》宋 孙谔**
**四山藏一寺，方丈压诸峰。**
回首坐禅处，白云深几重。

**（252）《兴福寺》宋 真山民**
为厌市喧杂，携诗来此吟。
**鸟声山路静，花影寺门深。**
楼阁庄严界，池塘清净心。
松风亦好事，送客出前林。

**（253）《病后登快哉亭》宋 贺铸**
经雨清蝉得意鸣，征尘断处见归程。
病来把酒不知厌，梦后倚楼无限情。
**鸦带斜阳投古刹，草将野色入荒城。**
故园又负黄华约，但觉秋风发上生。

**（254）《江南春绝句》唐 杜牧**
（同，略）

**（255）《江城子·密州出猎》宋 苏轼**

（同，略）

**（256）《上京即事》元 萨都剌**
（同，略）

**（257）《观猎》唐 王维**
风劲角弓鸣，将军猎渭城。
草枯鹰眼疾，雪尽马蹄轻。
忽过新丰市，还归细柳营。
回看射雕处，千里暮云平。

**（258）《张山人草堂会王方士》唐 韩翃**
屿花晚，山日长，蕙带麻襦食草堂。
一片水光飞入户，千竿竹影乱登墙。
园梅熟，家醅香。
新湿头巾不复筹，相看醉倒卧藜床。

**（259）《寄韩谏议注》唐 杜甫**
今我不乐思岳阳，身欲奋飞病在床。
美人娟娟隔秋水，濯足洞庭望八荒。
鸿飞冥冥日月白，青枫叶赤天雨霜。
玉京群帝集北斗，或骑麒麟翳凤凰。
**芙蓉旌旗烟雾落，影动倒景摇潇湘。**
星宫之君醉琼浆，羽人稀少不在旁。
似闻昨者赤松子，恐是汉代韩张良。
昔随刘氏定长安，帷幄未改神惨伤。
**国家成败吾岂敢，色难腥腐餐风香。**
周南留滞古所惜，南极老人应寿昌。
美人胡为隔秋水，焉得置之贡玉堂。

**（260）《岳阳楼》唐 元稹**
岳阳楼上日衔窗，影到深潭赤玉幢。
怅望残春万般意，满棂湖水入西江。

**（261）《离骚》（选段）战国（楚） 屈原**
帝高阳之苗裔兮，朕皇考曰伯庸。
摄提贞于孟陬兮，惟庚寅吾以降。
皇览揆余于初度兮，肇锡余以嘉名。
名余曰正则兮，字余曰灵均。……
**老冉冉其将至兮，恐修名之不立。**
朝饮木兰之坠露兮，夕餐秋菊之落英。
苟余情其信姱以练要兮，长顑颔亦何伤。

揽木根以结茝兮，贯薜荔之落蕊。
矫菌桂以纫蕙兮，索胡绳之缅缅。
謇吾法夫前修兮，非世俗之所服。
虽不周于今之人兮，愿依彭咸之遗则！
**长太息以掩涕兮，哀民生之多艰。**
余虽好修姱以鞿羁兮，謇朝谇而夕替。
既替余以蕙纕兮，又申之以揽茝。
**亦余心之所善兮，虽九死其尤未悔。**
怨灵修之浩荡兮，终不察乎民心。
众女嫉余之蛾眉兮，谣诼谓余以善淫。
固时俗之工巧兮，偭规矩而改错。
**背绳墨以追曲兮，竞周容以为度。**
忳郁邑余侘傺兮，吾独穷困乎此时也。
**宁溘死以流亡兮，余不忍为此态也！**
鸷鸟之不群兮，自前世而固然。
何方圆之能周兮，夫孰异道而相安！
屈心而抑志兮，忍尤而攘诟。
伏清白以死直兮，固前圣之所厚。
悔相道之不察兮，延伫乎吾将反。
回朕车以复路兮，及行迷之未远。
步余马于兰皋兮，驰椒丘且焉止息。
进不入以离尤兮，退将复修吾初服。
制芰荷以为衣兮，集芙蓉以为裳。
不吾知其亦已兮，苟余情其信芳。
高余冠之岌岌兮，长余佩之陆离。
芳与泽其杂糅兮，唯昭质其犹未亏。
忽反顾以游目兮，将往观乎四荒。
佩缤纷其繁饰兮，芳菲菲其弥章。
民生各有所乐兮，余独好修以为常。
虽体解吾犹未变兮，岂余心之可惩。
……
汤禹俨而祗敬兮，周论道而莫差。
举贤才而授能兮，循绳墨而不颇。
皇天无私阿兮，览民德焉错辅。
夫维圣哲以茂行兮，苟得用此下土。
瞻前而顾后兮，相观民之计极。

夫孰非义而可用兮，孰非善而可服。
阽余身而危死兮，览余初其犹未悔。
不量凿而正枘兮，固前修以菹醢。
曾歔欷余郁邑兮，哀朕时之不当。
揽茹蕙以掩涕兮，沾余襟之浪浪。
跪敷衽以陈词兮，耿吾既得此中正。
驷玉虬以乘鹥兮，溘埃风余上征。
朝发轫于苍梧兮，夕余至乎县圃。
欲少留此灵琐兮，日忽忽其将暮。
吾令羲和弭节兮，望崦嵫而勿迫。
**路曼曼其修远兮，吾将上下而求索。**
饮余马于咸池兮，总余辔乎扶桑。
折若木以拂日兮，聊逍遥以相羊。
前望舒使先驱兮，后飞廉使奔属。
鸾皇为余先戒兮，雷师告余以未具。
吾令凤鸟飞腾兮，继之以日夜。
飘风屯其相离兮，帅云霓而来御。
纷总总其离合兮，斑陆离其上下。
吾令帝阍开关兮，倚阊阖而望予。
时暧暧其将罢兮，结幽兰而延伫。
世溷浊而不分兮，好蔽美而嫉妒。
……
汤禹严而求合兮，挚咎繇而能调。
苟中情其好修兮，又何必用夫行媒。
说操筑于傅岩兮，武丁用而不疑。
吕望之鼓刀兮，遭周文而得举。
宁戚之讴歌兮，齐桓闻以该辅。
及年岁之未晏兮，时亦犹其未央。
恐鹈鴃之先鸣兮，使夫百草为之不芳。
何琼佩之偃蹇兮，众薆然而蔽之。
惟此党人之不谅兮，恐嫉妒而折之。
时缤纷其变易兮，又何可以淹留。
兰芷变而不芳兮，荃蕙化而为茅。
何昔日之芳草兮，今直为此萧艾也。
……
灵氛既告余以吉占兮，历吉日乎吾将行。

附录一 上卷正文选句与原诗词对照序列

折琼枝以为羞兮，精琼靡以为粻。
为余驾飞龙兮，杂瑶象以为车。
何离心之可同兮，吾将远逝以自疏。
邅吾道夫昆仑兮，路修远以周流。
扬云霓之晻蔼兮，鸣玉鸾之啾啾。
**朝发轫于天津兮，夕余至乎西极。**
凤皇翼其承旗兮，高翱翔之翼翼。
忽吾行此流沙兮，遵赤水而容与。
麾蛟龙使梁津兮，诏西皇使涉予。
路修远以多艰兮，腾众车使径待。
路不周以左转兮，指西海以为期。
屯余车其千乘兮，齐玉轪而并驰。
**驾八龙之婉婉兮，载云旗之委蛇。**
抑志而弭节兮，神高驰之邈邈。
……

(262)《十一月四日风雨大作》宋 陆游
僵卧孤村不自哀，尚思为国戍轮台。
**夜阑卧听风吹雨，铁马冰河入梦来。**

(263)《秋夜闻雨》宋 陆游
香断灯昏小幌深，不堪病里值秋霖。
**惊回万里关河梦，滴碎孤臣犬马心。**
清似钓船闻急濑，悲于静院听繁砧。
玉峰老去情怀恶，稳受千茎雪鬓侵。

(264)《紫骝马》南朝（陈）张正见
将军入大宛，善马出从戎。
影绝干河上，声流水窟中。
**似鹿犹依草，如龙欲向空。**
须还十万里，试为一追风。

(265)《马射赋》晋 曹毗
奔电无以追其踪，逸羽不能企其足。
状若腾虹而登紫霄，目似晨景之骇扶木。
体与机会，动蹑惊风，於是抗孙阳之辔，
弯繁弱之弓，轻足郁其云合，妙手於焉争雄。

(266)《渔父》五代 张松龄
轻风细浪漾渔船。碧水斜阳欲暮天。
**看白鸟，下长川。点破潇湘万里烟。**

(267)《鸟鸣涧》唐 王维
人闲桂花落，夜静春山空。
**月出惊山鸟，时鸣春涧中。**

(268)《两栖曲》金 元好问
游丝落絮春漫漫，西楼晓晴花作团。
楼中少妇弄瑶瑟，一曲未终坐长叹。
去年与郎西入关，春风浩荡随金鞍。
今年区马妾东还，零落芙蓉秋水寒。
并刀不剪东流水，湘竹年年泪痕紫。
**海枯石烂两鸳鸯，只合双飞便双死。**
重城车马红尘起，乾鹊无端为谁喜？
镜中独语人不知，欲插花枝泪如洗。

(269)《菩萨蛮》宋 魏夫人
**溪山掩映斜阳里，楼台影动鸳鸯起。**
隔岸两三家，出墙红杏花。
绿杨堤下路，早晚溪边去。
三见柳絮飞，离人犹未归。

(270)《浪淘沙九首》唐 刘禹锡
一
九曲黄河万里沙，浪淘风簸自天涯。
如今直上银河去，同到牵牛织女家。
二
洛水桥边春日斜，碧流轻浅见琼砂。
**无端陌上狂风急，惊起鸳鸯出浪花。**
三
汴水东流虎眼文，清淮晓色鸭头春。
君看渡口淘沙处，渡却人间多少人。
四
鹦鹉洲头浪飐沙，青楼春望日将斜。
衔泥燕子争归舍，独自狂夫不忆家。
五
濯锦江边两岸花，春风吹浪正淘沙。
女郎剪下鸳鸯锦，将向中流匹晚霞。
六
日照澄洲江雾开，淘金女伴满江偎。
**美人首饰侯王印，尽是沙中浪底来。**

七
八月涛声吼地来，头高数丈触山回。
须臾却入海门去，卷起沙堆似雪堆。
八
莫道谗言如浪深，莫言迁客似沙沉。
**千淘万漉虽辛苦，吹尽狂沙始到金。**
九
流水淘沙不暂停，前波未灭后波生。
令人忽忆潇湘渚，回唱迎神三两声。

**(271)《正月三日闲行》唐 白居易**
黄鹂巷口莺欲语，乌鹊河头冰欲销。
绿浪东西南北水，红栏三百九十桥。
鸳鸯荡漾双双翅，杨柳交加万万条。
借问春风来早晚，只从前日到今朝。

**(272)《入茶山下题水口草市绝句》唐 杜牧**
倚溪侵岭多高树，夸酒书旗有小楼。
惊起鸳鸯岂无恨，一双飞去却回头。

**(273)《菩萨蛮》宋 舒亶**
杜鹃啼破江南月，香风扑面吹红雪。
赋就缕金笺，黄昏醉上船。
年华双短鬓，事往情何尽。
明日各天涯，来春空好花。

**(274)《送春》宋 王令**
三月残花落更开，小檐日日燕飞来。
子规夜半犹啼血，不信东风唤不回。

**(275)《子规》唐 顾况**
杜宇冤亡积有时，年年啼血动人悲。
若教恨魄皆能化，何树何山著子规？

**(276)《杜鹃花》宋 杨巽斋**
鲜红滴滴映霞明，尽是冤禽血染成。
羁客有家归未得，对花无语两含情。

**(277)《春日闲居》宋 何基**
轻阴薄薄笼朝曦，小雨班班湿燕泥。
春草阶前随意绿，晓莺花里尽情啼。

**(278)《滁州西涧》唐 韦应物**
独怜幽草涧边生，上有黄鹂深树鸣。
春潮带雨晚来急，野渡无人舟自横。

**(279)《绝句漫兴九首》唐 杜甫**
其一
眼见客愁愁不醒，无赖春色到江亭。
即遣花开深造次，便教莺语太叮咛。
其二
手种桃李非无主，野老墙低还是家。
恰似春风相欺得，夜来吹折数枝花。
其三
熟知茅斋绝低小，江上燕子故来频。
衔泥点污琴书内，更接飞虫打着人。
其四
二月已破三月来，渐老逢春能几回。
莫思身外无穷事，且尽生前有限杯。
其五
肠断江春欲尽头，杖藜徐步立芳洲。
颠狂柳絮随风去，轻薄桃花逐水流。
其六
懒慢无堪不出村，呼儿日在掩柴门。
苍苔浊酒林中静，碧水春风野外昏。
其七
糁径杨花铺白毡，点溪荷叶叠青钱。
笋根雉子无人见，沙上凫雏傍母眠。
其八
舍西柔桑叶可拈，江畔细麦复纤纤。
人生几何春已夏，不放香醪如蜜甜。
其九
隔户杨柳弱袅袅，恰似十五女儿腰。
谁谓朝来不作意，狂风挽断最长条。

**(280)《钱塘湖春行》唐 白居易**
孤山寺北贾亭西，水面初平云脚低。
**几处早莺争暖树，谁家新燕啄春泥？**
乱花渐欲迷人眼，浅草才能没马蹄。
最爱湖东行不足，绿杨阴里白沙堤。

**(281)《江村》唐 杜甫**

清江一曲抱村流，长夏江村事事幽。
**自去自来梁上燕，相亲相近水中鸥。**
老妻画纸为棋局，稚子敲针作钓钩。
多病所须唯药物，微躯此外复何求？

（282）《赠诸旧友》南朝（梁）何逊
弱操不能植，薄伎竟无依。
浅智终已矣，令名安可希。
扰扰从役卷，屑屑身事微。
**少壮轻年月，迟暮惜光辉。**
一涂今未是，万绪昨如非。
新知虽已乐，旧爱尽睽违。
望乡空引领，极目泪沾衣。
旅客长憔悴，春物自芳菲。
**岸花临水发，江燕绕樯飞。**
无由下征帆，独与暮潮归。

（283）《南园十三首（其八）》唐 李贺
**春水初生乳燕飞，黄蜂小尾扑花归。**
窗含远色通书幌，鱼拥香钩近石矶。

（284）《鹧鸪天》宋 张震
横素桥边景最佳。绿波清浅见琼沙。
**衔泥燕子迎风絮，得食鱼儿趁浪花。**
春已暮，日初斜。画船箫鼓是谁家。
兰桡欲去空留恋，醉倚阑干看晚霞。

（285）《应制题扇》明 申时行
群芳烂熳吐春辉，双燕差池雪羽飞。
玳瑁梁间寒色莹，水晶帘外曙光微。
**轻翻玉剪穿花过，试舞霓裳带月归。**
一自衔恩金屋里，年年送喜傍慈闱。

（286）《燕》唐 郑谷
年去年来来去忙，春寒烟暝渡潇湘。
**低飞绿岸和梅雨，乱入红楼拣杏梁。**
闲几砚中窥水浅，落花径里得泥香。
千言万语无人会，又逐流莺过短墙。

（287）《燕》明 袁袠
最爱堂前燕，高飞忽复低。
**趁风穿柳絮，冒雨掠花泥。**

帘影朝双舞，梁尘晚并栖。
绿窗离思切，断肠各东西。

（288）《双双燕·咏燕》宋 史达祖
（同，略）

（289）《鹰》唐 章孝标
星眸未放警秋毫，频掣金铃试雪毛。
会使老拳供口腹，莫辞杀手咬腥臊。
穿云自怪身如电，煞兔谁知吻胜刀。
可惜忍饥寒日暮，向人鹘断碧丝绦。

（290）《笼鹰词》唐 柳宗元
凄风淅沥飞严霜，苍鹰上击翻曙光。
云披雾裂虹霓断，霹雳掣电捎平冈。
砉然劲翮剪荆棘，下攫狐兔腾苍茫。
爪毛吻血百鸟逝，独立四顾时激昂。
炎风溽暑忽然至，羽翼脱落自摧藏。
草中狸鼠足为患，一夕十顾惊且伤。
但愿清商复为假，拔去万累云间翔。

（291）《画鸡》明 唐寅
（同，略）

（292）《利州南渡》唐 温庭筠
澹然空水对斜晖，曲岛苍茫接翠微。
波上马嘶看棹去，柳边人歇待船归。
**数丛沙草群鸥散，万顷江田一鹭飞。**
谁解乘舟寻范蠡，五湖烟水独忘机。

（293）《西江月·题溧阳三塔寺》
　　　宋 张孝祥
问讯湖边春色，重来又是三年。
东风吹我过湖船，杨柳丝丝拂面。
世路如今已惯，此心到处悠然。
**寒光亭下水连天，飞起沙鸥一片。**

（294）《小寒食舟中作》唐 杜甫
佳辰强饮食犹寒，隐几萧条带鹖冠。
春水船如天上坐，老年花似雾中看。
**娟娟戏蝶过闲幔，片片轻鸥下急湍。**
云白山青万余里，愁看直北是长安。

（295）《忆昨行寄吴中诸故人》明 高启

忆昨结交豪侠客，意气相倾无促戚。
十年离乱如不知，日费黄金出游剧。
狐裘蒙茸欺北风，霹雳应手鸣雕弓。
桓王墓下沙草白，仿佛地似辽城东。
马行雪中四蹄热，流影欲追飞隼灭。
归来笑学曹景宗，生击黄獐饮其血。
皋桥泰娘双翠蛾，唤来尊前为我歌，
白日欲没奈愁何。
回潭水绿春始波，此中夜游乐更多。
月出东山白云里，照见船中笛声起。
**惊鸥飞过片片轻，有似梅花落江水。**
天峰最高明日登，手接飞鸟攀危藤。
龙门路黑不可上，松风吹灭岩中灯。
众客欲归我不能，更度前岭缘岖嶒。
远携茗器下相候，喜有白首楞伽僧。
馆娃离宫已为寺，香径无人欲愁思。
醉题高壁墨如鸦，一半欹斜不成字。
夫差城南天下稀，狂游累日忘却归。
座中争起劝我酒，但道饮此无相违。
自从飘零各江海，故旧如今几人在。
荒烟落日野乌啼，寂寞青山颜亦改。
须知少年乐事偏，当饮岂得言无钱。
我今自算虽未老，豪健已觉难如前。
去日已去不可止，来日方来犹可喜。
古来达士有名言，只说人生行乐耳。

**（296）《经溪东亭寄郑少府谔》唐 李白**
我游东亭不见君，沙上行将白鹭群。
**白鹭行时散飞去，又如雪点青山云。**
欲往泾溪不辞远，龙门蹙波虎眼转。
杜鹃花开春已阑，归向陵阳钓鱼晚。

**（297）《积雨辋川庄作》唐 王维**
积雨空林烟火迟，蒸藜炊黍饷东菑。
**漠漠水田飞白鹭，阴阴夏木啭黄鹂。**
山中习静观朝槿，松下清斋折露葵。
野老与人争席罢，海鸥何事更相疑。

**（298）《渔歌子》唐 张志和**

**西塞山前白鹭飞，桃花流水鳜鱼肥。**
青箬笠，绿蓑衣，斜风细雨不须归。

**（299）《漫成一首》唐 杜甫**
江月去人只数尺，风灯照夜欲三更。
**沙头宿鹭联拳静，船尾跳鱼拨剌鸣。**

**（300）《渔夫》唐 和凝**
白芷汀寒立鹭鸶，蘋风轻剪浪花时。
烟幂幂，日迟迟，香引芙蓉惹钓丝。

**（301）《过蒲口和清字》清 洪昇**
（暂缺）

**（302）《沈园二首（其一）》宋 陆游**
城上斜阳画角哀，沈园非复旧池台。
**伤心桥下春波绿，曾是惊鸿照影来。**

**（303）《鹧鸪天·黄沙道中即事》**
　　　宋 辛弃疾
句里春风正剪裁。溪山一片画图开。
轻鸥自趁虚船去，荒犬还迎野妇回。
松菊竹，翠成堆。要擎残雪斗疏梅。
**乱鸦毕竟无才思，时把琼瑶蹴下来。**

**（304）《早作》宋 裘万顷**
井梧飞叶送秋声，篱菊缄香待晚晴。
**斗柄横斜河欲没，数山青处乱鸦鸣。**

**（305）《破幌》宋 张耒**
破幌一点白，卧知千里明。
低窗通雪气，乔木尚风声。
传警军城静，鸣钟梵刹清。
**高眠寻断梦，邻树已乌惊。**

**（306）《早起见雪》宋 利登**
折竹声高晓梦惊，寒鸦一阵噪冬青。
起来檐外无行处，昨夜三更犹有星。

**（307）《淮村兵后》宋 戴复古**
小桃无主自开花，烟草茫茫带晚鸦。
几处败垣围故井，向来——是人家。

**（308）《村居》宋 张舜民**
水绕陂田竹绕篱，榆钱落尽槿花稀。
夕阳牛背无人卧，带得寒鸦两两归。

(309)《晚步》宋 真山民
未暝先啼草际萤,石桥暗度晚花风。
归鸦不带残阳去,留得林梢一抹红。

(310)《天迥》宋 刘子翚
天迥孤帆隐约归,茫茫残照欲沉西。
寒鸦散乱知多少,飞向江头一树栖。

(311)《短歌行》三国(魏) 曹操
对酒当歌,人生几何!
譬如朝露,去日苦多。
慨当以慷,忧思难忘。
何以解忧?唯有杜康。
青青子衿,悠悠我心。
但为君故,沉吟至今。
呦呦鹿鸣,食野之苹。
我有嘉宾,鼓瑟吹笙。
明明如月,何时可掇?
忧从中来,不可断绝。
越陌度阡,枉用相存。
契阔谈䜩,心念旧恩。
月明星稀,乌鹊南飞。
绕树三匝,何枝可依?
山不厌高,海不厌深。
周公吐哺,天下归心。

(312)《兰溪棹歌》唐 戴叔伦
凉月如眉挂柳湾,越中山色镜中看。
兰溪三日桃花雨,半夜鲤鱼来上滩。

(313)《题螃蟹诗》明 徐渭
稻熟江村蟹正肥,双螯如戟挺青泥;
若教纸上翻身看,应见团团董卓脐。

(314)《蟹六首(其一)》明 徐渭
红绿碟文窑,姜橙捣末高。
双螯高雪挺,百品失风骚。
喂喜朝争谷,飕闻夜泣糟。
大苏无缺事,只怪传江瑶。

(315)《咏蟹》唐 皮日休
未游沧海早知名,有骨还从肉上生。

莫道无心畏雷电,海龙王处也横行。

(316)《二月十日呈吴正仲遗活蟹》
　　　宋 梅尧臣
年年收稻卖江蟹,二月得从何处来。
满腹红膏肥似髓,贮盘青壳大于杯。
定知有口能嘘沫,休信无心便畏雷。
幸与陆机还往熟,每分吴味不嫌猜。

(317)《蟹联》宋 黄庭坚
(同,略)

(318)《病愈》宋 陆游
秋夕高斋病始轻,物华凋落岁峥嵘。
蟹黄旋擘馋涎堕,酒渌初倾老眼明。
提笔诗情还跌宕,倒床药裹尚纵横。
闲愁恰似憎人睡,又起挑灯听雨声。

(319)《丁公默送蝤蛑》宋 苏轼
溪边石蟹小如钱,喜见轮囷赤玉盘。
半壳含黄宜点酒,两螯斫雪劝加餐。
蛮珍海错闻名久,怪雨腥风入座寒。
堪笑吴兴馋太守,一诗换得两尖团。

(320)《蟹》唐 唐彦谦
(同,略)

(321)《遗贾耘老蟹》宋 沈偕
(同,略)

(322)《次韵田园居》宋 方岳
带郭林塘尽可居,秋田虽少不如归。
荒烟五亩竹中半,明月一间山四围。
草卧夕阳牛犊健,菊留秋色蟹螯肥。
园翁溪友过从惯,怕有人来莫掩扉。

(323)《采桑女》唐 唐彦谦
春风吹蚕细如蚁,桑芽才努青鸦嘴。
侵晨采桑谁家女,手挽长条泪如雨。
去岁初眠当此时,今岁春寒叶放迟。
愁听门外催里胥,官家二月收新丝。

(324)《无题》唐 李商隐
相见时难别亦难,东风无力百花残。
春蚕到死丝方尽,蜡炬成灰泪始干。

晓镜但愁云鬓改，夜吟应觉月光寒。
蓬山此去无多路，青鸟殷勤为探看。

**（325）《曲江二首（其二）》唐 杜甫**
朝回日日典春衣，每日江头尽醉归。
酒债寻常行处有，人生七十古来稀。
穿花蛱蝶深深见，点水蜻蜓款款飞。
传语风光共流转，暂时相赏莫相违。

**（326）《江畔独步寻花七绝句（其六）》**
　　　　唐 杜甫
（同，略）

**（327）《卜居》唐 杜甫**
浣花流水水西头，主人为卜林塘幽。
已知出郭少尘事，更有澄江销客愁。
无数蜻蜓齐上下，一双鸂鶒对沉浮。
东行万里堪乘兴，须向山阴上小舟。

**（328）《春词》唐 刘禹锡**
新妆宜面下朱楼，
深锁春光一院愁。
行到中庭数花朵，
蜻蜓飞上玉搔头。

**（329）《经临平作》宋 道潜**
风蒲猎猎弄轻柔，欲立蜻蜓不自由。
五月临平山下路，藕花无数满汀州。

**（330）《蝉》唐 虞世南**
垂緌饮清露，流响出疏桐。
居高声自远，非是藉秋风。

**（331）《闻蝉》唐 陆龟蒙**
绿阴深处汝行藏，风露从来是稻粱。
莫倚高枝纵繁响，也应回首顾螳螂。

**（332）《在狱咏蝉》唐 骆宾王**
西陆蝉声唱，南冠客思侵。
不堪玄鬓影，来对白头吟。
露重飞难进，风多响易沉。
无人信高洁，谁为表余心。

**（333）《蝉》唐 李商隐**
本以高难饱，徒劳恨费声。
五更疏欲断，一树碧无情。
薄宦梗犹泛，故园芜已平。
烦君最相警，我亦举家清。

**（334）《秋日行村路》宋 乐雷发**
儿童篱落带斜阳，豆荚姜芽社肉香。
一路稻花谁是主，红蜻蛉伴绿螳螂。

**（335）《女冠子》宋 柳永**
断烟残雨，洒微凉，生轩户。
动清籁、萧萧庭树。银河浓淡，
华星明灭，轻云时度。
莎阶寂静无睹，幽蛩切切秋吟苦。
疏篁一径，流萤几点，飞来又去。
对月临风，空恁无眠耿耿。
暗想旧日牵情处。
绮罗丛里，有人人、那回饮散，
略曾偕鸳侣。
因循忽便睽阻，相思不得长相聚。
好天良夜，无端惹起，千愁万绪。

**（336）《拟咏怀诗（之十八）》**
　　　　北朝（北周） 庾信
寻思万户侯，中夜忽然愁。
琴声遍屋里，书卷满床头。
虽言梦蝴蝶，定自非庄周。
残月如初月，新秋似旧秋。
露泣连珠下，萤飘碎火流。
乐天乃知命，何时能不忧？

**（337）《代靖安佳人怨二首》唐 刘禹锡**
宝马鸣珂踏晓尘，鱼文匕首犯车茵。
适来行哭里门外，昨夜华堂歌舞人。
秉烛朝天遂不回，路人弹指望高台。
墙东便是伤心地，夜夜流萤飞去来。

**（338）《江宿》明 汤显祖**
寂历秋江渔火稀，起看残月映林微。
波光水鸟惊犹宿，露冷流萤湿不飞。

**（339）《七夕》唐 杜牧**
银烛秋光冷画屏，轻罗小扇扑流萤。

天街夜色凉如水，卧看牵牛织女星。

**(340)《雁后归》宋 贺铸**
鸦背夕阳山映断，绿杨风扫津亭。
月生河影带疏星。青松巢白鸟，
深竹逗流萤。
隔水彩舟然绛蜡，碧窗想见娉婷。
浴兰熏麝助芳馨。湘弦弹未半，
凄怨不堪听。

**(341)《咏柳》唐 贺知章**
（同，略）

**(342)《杨柳枝》唐 白居易**
（同，略）

**(343)《杨柳枝》唐 白居易**
叶含浓露如啼眼，枝袅轻风似舞腰。
小树不禁攀折苦，乞君留取两三条。

**(344)《杨柳枝》唐 白居易**
一树春风千万枝，嫩于金色软于丝。
永丰西角荒园里，尽日无人属阿谁？

**(345)《天津桥》唐 白居易**
津桥东北斗亭西，到此令人诗思迷。
眉月晚生神女浦，脸波春傍窈娘堤。
柳丝袅袅风缲出，草缕茸茸雨剪齐。
报导前驱少呼喝，恐惊黄鸟不成啼。

**(346)《忆江南》唐 刘禹锡**
春去也，多谢洛城人。
弱柳从风疑举袂，丛兰裛露似沾巾。
独坐亦含颦。

**(347)《杨柳枝词》唐 刘禹锡**
城外春风吹酒旗，行人挥袂日西时。
长安陌上无穷树，唯有垂杨管别离。

**(348)《踏莎行》宋 晏殊**
细草愁烟，幽花怯露，凭栏总是销魂处。
日高深院静无人，时时海燕双飞去。
带缓罗衣，香残蕙炷，天长不禁迢迢路。
垂杨只解惹春风，何曾系得行人住？

**(349)《踏莎行》宋 晏殊**
小径红稀，芳郊绿遍。高台树色荫荫见。
春风不解禁扬花，濛濛乱扑行人面。
翠叶藏莺，珠帘隔燕。
炉香静逐游丝转。
一场愁梦酒醒时，斜阳却照深深院。

**(350)《浣溪沙》宋 秦观**
漠漠清寒上小楼，晓阴无赖似穷秋。
淡烟流水画屏幽。
自在飞花轻似梦，无边丝雨细如愁。
宝帘闲挂小银钩。

**(351)《水龙吟·次韵章质夫杨花词》**
　　　　宋 苏轼
（同，略）

**(352)《忆梅》唐 李商隐**
定定住天涯，依依向物华。
寒梅最堪恨，常作去年花。

**(353)《卜算子·咏梅》宋 陆游**
驿外断桥边，寂寞开无主。
已是黄昏独自愁，更着风和雨。
无意苦争春，一任群芳妒。
零落成泥碾作尘，只有香如故。

**(354)《梅花》宋 王安石**
（同，略）

**(355)《白梅》元 王冕**
（同，略）

**(356)《卜算子·咏梅》毛泽东**
（同，略）

**(357)《雪梅》宋 卢梅坡**
梅雪争春未肯降，骚人阁笔费评章。
梅须逊雪三分白，雪却输梅一段香。

**(358)《山园小梅》宋 林逋**
众芳摇落独暄妍，占尽风情向小园。
疏影横斜水清浅，暗香浮动月黄昏。
霜禽欲下先偷眼，粉蝶如知合断魂。
幸有微吟可相狎，不须檀板共金樽。

**(359)《夜雨》宋 朱熹**

故山风雪深寒夜,只有梅花独自香。
此日无人问消息,不应憔悴损年芳。

(360)《春日看梅诗二首》隋 侯夫人
其一
砌雪无消日,卷帘时自颦。
庭梅对我有怜意,先露枝头一点春。
其二
香清寒艳好,谁惜是天真。
玉梅谢后阳和至,散与群芳自在春。

(361)《菩萨蛮》宋 谢逸
縠纹波面浮鸂鶒,蒲芽出水参差碧。
满院落梅香,柳梢初弄黄。
衣轻红袖皱,春困花枝瘦。
睡起玉钗横,隔帘闻晓莺。

(362)《红梅》宋 苏轼
怕愁贪睡独开迟,自恐冰融不入时。
故作小红桃杏色,尚余孤瘦雪霜姿。
寒心未肯随春态,酒晕无端上玉肌。
诗老不知梅格在,更看绿叶与青枝。

(363)《早梅》唐 张谓
(同,略)

(364)《玉楼春·红梅》宋 李清照
红酥肯放琼苞碎,探著南枝开遍未?
不知酝藉几多香,但见包藏无限意。
道人憔悴春窗底,闷损阑干愁不倚。
要来小酌便来休,未必明朝风不起。

(365)《墨梅》元 王冕
我家洗砚池头树,个个花开淡墨痕。
不要人夸颜色好,只留清气满乾坤。

(366)《杏花》唐 罗隐
暖气潜催次第春,梅花已谢杏花新。
半开半落闲园里,何异荣枯世上人?

(367)《临江仙·浅浅余寒春半》
宋 晏几道
浅浅余寒春半,雪消蕙草初长。
烟迷柳岸旧池塘。

风吹梅蕊闹,雨细杏花香。
月堕枝头欢意,从前虚梦高唐。
觉来何处放思量。如今不是梦,
真个到伊行。

(368)《马上作》宋 陆游
平桥小陌雨初收,淡日穿云翠霭浮。
杨柳不遮春色断,一枝红杏出墙头。

(369)《杏花》宋 王安石
垂杨一径紫苔封,人语萧萧院落中。
独有杏花如唤客,倚墙斜日数枝红。

(370)《杏园》唐 杜牧
夜来微雨洗芳尘,公子骅骝步贴匀。
莫怪杏园憔悴去,满城多少插花人。

(371)《减字木兰花》宋 李清照
卖花担上,买得一枝春欲放。
泪染轻匀,犹带彤霞晓露痕。
怕郎猜到,奴面不如花面。
云鬓斜簪,徒要教郎比并看。

(372)《木兰花·杏花》宋 柳永
(同,略)

(373)《题都城南庄》唐 崔护
(同,略)

(374)《桃花庵诗》明 唐伯虎
桃花坞里桃花庵,桃花庵下桃花仙;
桃花仙人种桃树,摘来桃花换酒钱。
酒醒只在花前坐,酒醉还来花下眠;
半醒半醉日复日,花开花落年复年。
但愿老死花酒间,不愿鞠躬车马前;
车尘马足富者趣,酒盏花枝贫者缘。
若将富贵比贫贱,一在平地一在天;
若将贫贱比车马,他得驱驰我得闲。
别人笑我太疯癫,我笑他人看不穿;
不见五陵豪杰墓,无花无酒锄作田。

(375)《春日》宋 汪藻
一春略无十日晴,处处浮云将雨行。
野田春水碧于镜,人影渡傍鸥不惊。

附录一 上卷正文选句与原诗词对照序列

159

桃花嫣然出篱笑，似开未开最有情。
茅茨烟暝客衣湿，破梦午鸡啼一声。

**(376)**《渔家傲·梦中作》宋 王安石
隔岸桃花红未半。枝头已有蜂儿乱。
惆怅武陵人不管。清梦断。
亭亭伫立春宵短。

**(377)**《江畔独步寻花七绝句》唐 杜甫
其一
江上被花恼不彻，无处告诉只颠狂。
走觅南邻爱酒伴，经旬出饮独空床。
其二
稠花乱蕊畏江滨，行步欹危实怕春。
诗酒尚堪驱使在，未须料理白头人。
其三
江深竹静两三家，多事红花映白花。
报答春光知有处，应须美酒送生涯。
其四
东望少城花满烟，百花高楼更可怜。
谁能载酒开金盏，唤取佳人舞绣筵。
其五
黄师塔前江水东，春光懒困倚微风。
桃花一簇开无主，可爱深红爱浅红。
其六
黄四娘家花满蹊，千朵万朵压枝低。
留连戏蝶时时舞，自在娇莺恰恰啼。
其七
不是爱花即肯死，只恐花尽老相催。
繁枝容易纷纷落，嫩叶商量细细开。

**(378)**《题百叶桃花》唐 韩愈
百叶双桃晚更红，窥窗映竹见玲珑。
应知侍史归天上，故伴仙郎宿禁中。

**(379)**《桃叶歌三首（其一）》晋 王献之
桃叶映红花，无风自婀娜。
春花映何限，感郎独采我。

**(380)**《鸳湖曲》清 吴伟业
鸳鸯湖畔草黏天，二月春深好放船。
柳叶乱飘千尺雨，桃花斜带一溪烟。
烟雨迷离不知处，旧堤却认门前树。
树上流莺三两声，十年此地扁舟住。
主人爱客锦筵开，水闻风吹笑语来。
画鼓队催桃叶伎，玉箫声出柘枝台。
轻靴窄袖娇妆束，脆管繁弦竞追逐。
云鬓子弟按霓裳，雪面参军舞鹳鹆。
酒尽移船曲榭西，满湖灯火醉人归。
朝来别奏新翻曲，更出红妆向柳堤。
欢乐朝朝兼暮暮，七贵三公何足数！
十幅蒲帆几尺风，吹君直上长安路。
长安富贵玉骢骄，侍女薰香护早朝。
分付南湖旧花柳，好留烟月伴归桡。
那知转眼浮生梦，萧萧日影悲风动。
中散弹琴竟未终，山公启事成何用！
东市朝衣一旦休，北邙抔土亦难留。
白杨尚作他人树，红粉知非旧日楼。
烽火名园窜狐兔，画图偷窥老兵怒。
宁使当时没县官，不堪朝市都非故！
我来倚棹向湖边，烟雨台空倍惘然。
芳草乍疑歌扇绿，落英错认舞衣鲜。
人生苦乐皆陈迹，年去年来堪痛惜。
闻笛休嗟石季伦，衔杯且效陶彭泽。
君不见白浪掀天一叶危，收竿还伯转船迟。
世人无限风波苦，输与江湖钓叟知。

**(381)**《大林寺桃花》唐 白居易
人间四月芳菲尽，山寺桃花始盛开。
长恨春归无觅处，不知转入此中来。

**(382)**《早发定山》南朝（梁）沈约
夙龄爱远壑，晚莅见奇山。
标峰彩虹外，置岭白云间。
倾壁忽斜竖，绝顶复孤圆。
归海流漫漫，出浦水溅溅。
野棠开未落，山樱发欲燃。
忘归属兰杜，怀禄寄芳荃。
眷言采三秀，徘徊望九仙。

（383）《送杨子》唐 岑参
斗酒渭城边，垆头耐醉眠。
梨花千树雪，杨叶万条烟。
惜别添壶酒，临岐赠马鞭。
看君颍上去，新月到家圆。

（384）《宫中行乐词八首（其二）》
　　唐 李白
柳色黄金嫩，梨花白雪香。
玉楼巢翡翠，金殿锁鸳鸯。
选妓随雕辇，征歌出洞房。
宫中谁第一，飞燕在昭阳。

（385）《绝句春日》宋 法具
烧灯过了客思家，独立衡门数暝鸦。
燕子未归梅落尽，小窗明月属梨花。

（386）《次友人春别》元 宋无
波流云散碧天空，鱼雁沉沉信不通。
杨柳昏黄晓西月，梨花明白夜东风。
秋千庭院人初下，春半园林酒正中。
背倚栏杆思往事，书楼魂梦可曾可。

（387）《次韵梨花》宋 黄庭坚
桃花人面各相红，不及天然玉作容。
总向风尘尘莫染，轻轻笼月倚墙东。

（388）《东栏梨花》宋 苏轼
　　（同，略）

（389）《凤栖梧·牡丹》宋 曹冠
魏紫姚黄凝晓露。国艳天然，
造物偏钟赋。独占风光三月暮。
声名都压花无数。
蜂蝶寻香随杖屦。睍睆莺声，
似劝游人住。把酒留春春莫去。
玉堂元是常春处。

（390）《牡丹》唐 皮日休
　　（同，略）

（391）《题御笔牡丹》清 王国维
摩罗西域竟时妆，东海樱花侈国香。
阅尽大千春世界，牡丹终古是花王。

（392）《牡丹花》唐 徐夤
万万花中第一流，浅霞轻染嫩银瓯。
能狂绮陌千金子，也惑朱门万户侯。
朝日照开携酒看，暮风吹落绕栏收。
诗书满架尘埃扑，尽日无人略举头。

（393）《洛阳牡丹图》宋 欧阳修
洛阳地脉花最宜，牡丹尤为天下奇。
我昔所记数十种，于今十年半忘之。
开图若见故人面，其间数种昔未窥。
客言近岁花特异，往往变出呈新枝。
洛人惊夸立名字，买种不复论家赀。
比新较旧难优劣，争先擅价各一时。
当时绝品可数者，魏红窈窕姚黄妃。
寿安细叶开尚少，朱砂玉版人未知。
传闻千叶昔未有，只从左紫名初驰。
四十年间花百变，最后最好潜溪绯。
今花虽新我未识，未信与旧谁妍媸。
当时所见已云绝，岂有更好此可疑。
古称天下无正色，但恐世好随时移。
鞓红鹤翎岂不美，敛色如避新来姬。
何况远说苏与贺，有类异世夸嫱施。
造化无情宜一概，偏此著意何其私。
又疑人心愈巧伪，天欲斗巧穷精微。
不然元化朴散久，岂特近岁尤浇漓。
争新斗丽若不已，更後百载知何为。

（394）《洛阳春吟》宋 邵雍
洛阳人惯见奇葩，桃李花开未当花。
须是牡丹花盛发，满城方始乐无涯。

（395）《牡丹芳》唐 白居易
牡丹芳，牡丹芳，黄金蕊绽红玉房。
千片赤英霞烂烂，百枝绛点灯煌煌。
照地初开锦绣段，当风不结兰麝囊。
宿露轻盈泛紫艳，朝阳照耀生红光。
红紫二色间深浅，向背万态随低昂。
映叶多情隐羞面，卧丛无力含醉妆。
低娇笑容疑掩口，凝思怨人如断肠。

161

附录一　上卷正文选句与原诗词对照序列

秾姿贵彩信奇绝，杂卉乱花无比方。
石竹金钱何细碎，芙蓉芍药苦寻常。
遂使王公与卿士，游花冠盖日相望。
庳车软舆贵公主，香衫细马豪家郎。
卫公宅静闭东院，西明寺深开北廊。
戏蝶双舞看人久，残莺一声春日长。
共愁日照芳难驻，仍张帷幕垂阴凉。
**花开花落二十日，一城之人皆若狂。**
三代以还文胜质，人心重华不重实。
重华直至牡丹芳，其来有渐非今日。
元和天子忧农桑，恤下动天天降祥。
去岁嘉禾生九穗，田中寂寞无人至。
今年瑞麦分两歧，君心独喜无人知。
无人知，可叹息。
我愿暂当造化力，减却牡丹妖艳色。
少回卿士爱花心，同似吾君忧稼穑。

（396）《赏牡丹》唐 刘禹锡

（同，略）

（397）《牡丹》宋 王曙

枣花至小能成实，桑叶惟柔解吐丝。
**堪笑牡丹如斗大，不成一事只空枝。**

（398）《狂夫》唐 杜甫

万里桥西一草堂，百花潭水即沧浪。
**风含翠筱娟娟静，雨裛红蕖冉冉香。**
厚禄故人书断绝，恒饥稚子色凄凉。
欲填沟壑惟疏放，自笑狂夫老更狂。

（399）《鹧鸪天》宋 苏轼

林断山明竹隐墙，乱蝉衰草小池塘。
**翻空白鸟时时见，照水红蕖细细香。**
村舍外，古城旁，杖藜徐步转斜阳。
殷勤昨夜三更雨，又得浮生一日凉。

（400）《晓出净慈寺送林子方》宋 杨万里

毕竟西湖六月中，风光不与四时同。
**接天莲叶无穷碧，映日荷花别样红。**

（401）《溪上行》唐 温庭筠

绿塘漾漾烟蒙蒙，张翰此来情不穷。

雪羽褵襹立倒影，金鳞拨剌跳晴空。
**风翻荷叶一向白，雨湿蓼花千穗红。**
心羡夕阳波上客，片时归梦钓船中。

（402）《懊恼曲》唐 温庭筠

藕丝作线难胜针，蕊粉梁黄那得深。
玉白兰芳不相顾，青楼一笑轻千金。
莫言自古皆如此，健剑刜钟铅绕指。
**三秋庭绿尽迎霜，惟有荷花守红死。**
庐江小吏朱斑轮，柳缕吐芽香玉春。
两股金钗已相许，不令独作空成尘。
悠悠楚水流如马，恨紫愁红满平野。
野土千年怨不平，至今烧作鸳鸯瓦。

（403）《齐安郡中偶题二首（其一）》
　　　　唐 杜牧

两竿落日溪桥上，半缕轻烟柳影中。
**多少绿荷倚相恨，一时回首背西风。**

（404）《海棠》宋 陆游

（暂缺）

（405）《驿舍见故屏风画海棠有感》
　　　　宋 陆游

厌烦只欲长面壁，此心安得顽如石。
杜门复出叹习气，止酒还师惭定力。
成都二月海棠开，锦绣裹城迷巷陌。
燕宫最盛号花海，霸国雄豪有遗迹。
**猩红鹦绿极天巧，送莺重跗眩朝日。**
繁华一梦忽吹散，闭眼细思犹历历。
忧乐相寻岂易知，故人应记醉中诗。
夜阑风雨嘉州路，愁向屏风见折枝。

（406）《木兰花·海棠》宋 柳永

东风催露千娇面。欲绽红深开处浅。
日高梳洗甚时忺，点滴胭脂匀抹遍。
霏微雨罢残阳院。洗出都城新锦段。
**美人纤手摘芳枝，插在钗头和凤颤。**

（407）《海棠》唐 郑谷

春风用意匀颜色，销得携觞与赋诗。
**秾丽最宜新著雨，娇娆全在欲开时。**

莫愁粉黛临窗懒，梁广丹青点笔迟。
朝醉暮吟看不足，羡他蝴蝶宿深枝。

（408）《春寒》宋 陈与义
二月巴陵日日风，春寒未了怯园公。
**海棠不惜胭脂色，独立蒙蒙细雨中。**

（409）《海棠》宋 苏轼
（同，略）

（410）《同儿辈赋未开海棠》金 元好问
（同，略）

（411）《醉花阴》宋 李清照
薄雾浓云愁永昼，瑞脑消金兽。
佳节又重阳，玉枕纱厨，半夜凉初透。
东篱把酒黄昏后，有暗香盈袖。
**莫道不消魂，帘卷西风，人比黄花瘦。**

（412）《菊花》唐 黄巢
（同，略）

（413）《长安秋望》唐 赵嘏
云物凄凉拂曙流，汉家宫阙动高秋。
**残星几点雁横塞，长笛一声人倚楼。**
**紫艳半开篱菊静，红衣落尽渚莲愁。**
鲈鱼正美不归去，空戴南冠学楚囚。

（414）《菊花》唐 元稹
秋丛绕舍似陶家，遍绕篱边日渐斜。
**不是花中偏爱菊，此花开尽更无花。**

（415）《咏菊》唐 白居易
一夜新霜着瓦轻，芭蕉新折败荷倾。
**耐寒唯有东篱菊，金粟初开晓更清。**

（416）《黄花》唐 朱淑真
土花能白又能红，晚节由能爱此工。
**宁可抱香枝上老，不随黄叶舞秋风。**

（417）《寒菊》宋 郑思肖
花开不并百花丛，独立疏篱趣未穷。
**宁可枝头抱香死，何曾吹落北风中！**

（418）《菊花》唐 吴履垒
（同，略）

（419）《白菊》清 许廷荣
正得西方气，来开篱下花。
**素心常耐冷，晚节本无瑕。**
质傲清霜色，香含秋露华。
白衣何处去？载酒问陶家。

（420）《赠刘景文》宋 苏轼
**荷尽已无擎雨盖，菊残犹有傲霜枝。**
一年好景君须记，最是橙黄橘绿时。

（421）《都中怀竹隐徐渊子直院》宋 戴复古
手携漫刺访朝官，争似沧洲把钓竿。
万事看从今日别，九原叫起古人难。
**菊花到死犹堪惜，秋叶虽红不耐观。**
多谢天公怜客意，霜风未忍放深寒。

（422）《残菊》宋 王安石
**黄昏风雨打园林，残菊飘零满地金。**
**撷得一枝犹好在，可怜公子惜花心。**

（423）《重忆白菊》唐 陆龟蒙
我怜贞白重寒芳，前后丛生央小堂。
**月朵暮开无绝艳，风茎时动有奇香。**
何惭谢雪清才咏，不羡刘梅贵丈妆。
更忆幽窗凝一梦，夜来村落有微霜。

（424）《菊花》宋 唐婉
（同，略）

（425）《菊韵》唐 李师广
（同，略）

（426）《春日》宋 秦观
一夕轻雷落万丝，霁光浮瓦碧参差。
**有情芍药含春泪，无力蔷薇卧晓枝。**

（427）《红芍药》唐 元稹
芍药绽红绡，巴篱织青琐。
**繁丝蹙金蕊，高焰当炉火。**
翦刻彤云片，开张赤霞裹。
**烟轻琉璃叶，风亚珊瑚朵。**
受露色低迷，向人娇婀娜。
酡颜醉后泣，小女妆成坐。
艳艳锦不如，夭夭桃未可。

晴霞畏欲散，晚日愁将堕。
结植本为谁，赏心期在我。
采之谅多思，幽赠何由果。

**(428)《契丹歌》宋 姜夔**
契丹家住云沙中，耆车如水马若龙。
**春来草色一万里，芍药牡丹相间红。**
大胡牵车小胡舞，弹胡琵琶调胡女。
一春浪宕不归家，自有穹庐障风雨。
平沙软草天鹅肥，胡儿千骑晓打围。
皂旗低昂围渐急，惊作羊解凌空飞。
海东健鹘健如许，韝上风生看一举。
万里追奔未可知，划见纷纷落毛羽。
平章俊味天下无，年年海上驱群胡。
一鹅先得金百两，天使走送贤王庐。
天鹅之飞铁为翼，射生小儿空看得。
腹中惊怪有新姜，元是江南经宿食。

**(429)《木兰花》唐 庾传素**
木兰红艳多情态，不似凡花人不爱。
移来孔雀槛边栽，折向凤凰钗上戴。
**是何芍药争风彩，自共牡丹长作对。**
若教为女嫁东风，除却黄莺难匹配。

**(430)《牡丹花》唐 罗隐**
似共东风别有因，绛罗高卷不胜春。
若教解语应倾国，任是无情亦动人。
**芍药与君为近侍，芙蓉何处避芳尘。**
可怜韩令功成后，辜负秾华过此身。

**(431)《春尽日》唐 白居易**
芳景销残暑气生，感时思事坐含情。
无人开口共谁语，有酒回头还自倾。
**醉对数丛红芍药，渴尝一碗绿昌明。**
春归似遣莺留语，好住林园三两声。

**(432)《城上蔷薇》唐 李绅**
**蔷薇繁艳满城阴，烂熳开红次第深。**
新蕊度香翻宿蝶，密房飘影戏晨禽。
窦闺织妒惭诗句，南国佳人怨锦衾。
风月寂寥思往事，暮春空赋白头吟。

**(433)《花院》宋 赵与滂**
拆了千秋院宇空，无人杨柳自春风。
蔷薇性野难拘束，却过邻家屋上红。

**(434)《蔷薇》唐 齐己**
**根本似玫瑰，繁美刺外开。**
香高丛有架，红落地多苔。
去住闲人看，晴明远蝶来。
牡丹先几日，销歇向尘埃。

**(435)《咏蔷薇诗》南朝（梁） 江洪**
（同，略）

**(436)《长安古意》唐 卢照邻**
长安大道连狭斜，青牛白马七香车。
玉辇纵横过主第，金鞭络绎向侯家。
龙衔宝盖承朝日，凤吐流苏带晚霞。
百丈游丝争绕树，一群娇鸟共啼花。
游蜂戏蝶千门侧，碧树银台万种色。
复道交窗作合欢，双阙连甍垂凤翼。
梁家画阁中天起，汉帝金茎云外直。
楼前相望不相知，陌上相逢讵相识？
借问吹箫向紫烟，曾经学舞度芳年。
得成比目何辞死，愿作鸳鸯不羡仙。
比目鸳鸯真可羡，双去双来君不见？
生憎帐额绣孤鸾，好取门帘帖双燕。
双燕双飞绕画梁，罗帷翠被郁金香。
片片行云着蝉鬓，纤纤初月上鸦黄。
鸦黄粉白车中出，含娇含态情非一。
妖童宝马铁连钱，娼妇盘龙金屈膝。
御史府中乌夜啼，廷尉门前雀欲栖。
隐隐朱城临玉道，遥遥翠幰没金堤。
挟弹飞鹰杜陵北，探丸借客渭桥西。
俱邀侠客芙蓉剑，共宿娼家桃李蹊。
娼家日暮紫罗裙，清歌一啭口氛氲。
北堂夜夜人如月，南陌朝朝骑似云。
南陌北堂连北里，五剧三条控三市。
弱柳青槐拂地垂，佳气红尘暗天起。
**汉代金吾千骑来，翡翠屠苏鹦鹉杯。**

罗襦宝带为君解，燕歌赵舞为君开。
别有豪华称将相，转日回天不相让。
意气由来排灌夫，专权判不容萧相。
专权意气本豪雄，青虬紫燕坐春风。
自言歌舞长千载，自谓骄奢凌五公。
节物风光不相待，桑田碧海须臾改。
昔时金阶白玉堂，即今惟见青松在。
寂寂寥寥扬子居，年年岁岁一床书。
独有南山桂花发，飞来飞去袭人裾。

**(437)《鹧鸪天·桂花》宋 李清照**
暗淡轻黄体性柔，情疏迹远只香留。
何须浅碧深红色，自是花中第一流。
梅定妒，菊应羞，画栏开处冠中秋。
骚人可煞无情思，何事当年不见收。

**(438)《摊破浣溪沙》宋 李清照**
揉破黄金万点轻，剪成碧玉叶层层。
风度精神如彦辅，太鲜明。
梅蕊重重何俗甚，丁香千结苦粗生。
熏透愁人千里梦，却无情。

**(439)《桂花》宋 吕声之**
（同，略）

**(440)《咏岩桂》宋 谢逸**
（同，略）

**(441)《有怀汉老弟》宋 虞俦**
缺落槿篱须补缀，稀疏菜甲欠锄耘。
芙蓉泣露坡头见，桂子飘香月下闻。
策杖却愁成独往，举杯谁与醉浓芬。
欢惊莫讶年来减，触目无非是忆君。

**(442)《桂花》明 沈周**
丹桂迎风蓓蕾开，折来斜插竟相猥。
清香不与群芳许，仙种原从月里来。

**(443)《蝶恋花·答李淑一》毛泽东**
我失骄杨君失柳，杨柳轻飏上重霄九。
问讯吴刚何所有，吴刚捧出桂花酒。
寂寞嫦娥舒广袖，万里长空且为忠魂舞。
忽报人间曾伏虎，泪飞顿作倾盆雨。

**(444)《竹石》清 郑板桥**
（同，略）

**(445)《咏竹》宋 徐庭筠**
不论台阁与山林，爱尔岂惟千亩阴。
未出土时先有节，便凌云去也无心。
葛陂始与龙俱化，嶰谷聊同凤一吟。
月朗风清良夜永，可怜王子独知音。

**(446)《于潜僧绿筠轩》宋 苏轼**
可使食无肉，不可居无竹。
无肉令人瘦，无竹令人俗。
人瘦尚可肥，士俗不可医。
旁人笑此言，似高还似痴？
若对此君仍大嚼，世间那有扬州鹤！

**(447)《和黄门卢侍御咏竹》唐 张九龄**
清切紫庭垂，葳蕤防露枝。
色无玄月变，声有惠风吹。
高节人相重，虚心世所知。
凤凰佳可食，一去一来仪。

**(448)《墨竹图》清 郑板桥**
秋风昨夜渡潇湘，触石穿林惯作狂。
惟有竹枝浑不怕，挺然相斗一千场。

**(449)《金谷园怀古》唐 邵谒**
在富莫骄奢，骄奢多自亡。
为女莫骋容，骋容多自伤。
如何金谷园，郁郁椒兰房。
昨夜绮罗列，今日池馆荒。
竹死不变节，花落有余香。
美人抱义死，千载名犹彰。
娇歌无遗音，明月留清光。
浮云易改色，衰草难重芳。
不学韩侯妇，衔冤报宋王。

**(450)《木兰花》宋 欧阳修**
别后不知君远近，触目凄凉多少闷。
渐行渐远渐无书，水阔鱼沉何处问？
夜深风竹敲秋韵，万叶千声皆是恨。
故欹单枕梦中寻，梦又不成灯又烬。

(451)《夏日南亭怀辛大》唐 孟浩然
山光忽西落,池月渐东上。
散发乘夕凉,开轩卧闲敞。
**荷风送香气,竹露滴清响。**
欲取鸣琴弹,恨无知音赏。
感此怀故人,中宵劳梦想。

(452)《咏竹》宋 黄庭坚
竹笋才生黄犊角,蕨芽初长小儿拳。
试寻野菜炊香饭,便是江南二月天。

(453)《自愧》唐 李咸用
多负悬弧礼,危时隐薜萝。
有心明俎豆,无力执干戈。
**壮士难移节,贞松不改柯。**
缨尘徒自满,欲濯待清波。

(454)《山石》唐 韩愈
山石荦确行径微,黄昏到寺蝙蝠飞。
升堂坐阶新雨足,芭蕉叶大栀子肥。
僧言古壁佛画好,以火来照所见稀。
铺床拂席置羹饭,疏粝亦足饱我饥。
夜深静卧百虫绝,清月出岭光入扉。
天明独去无道路,出入高下穷烟霏。
**山红涧碧纷烂漫,时见松枥皆十围。**
当流赤足踏涧石,水声激激风吹衣。
人生如此自可乐,岂必局束为人靰?
嗟哉吾党二三子,安得至老不更归。

(455)《左阙雪后行古柏下有作》
明 李东阳
长安城中雨成雪,退食冲寒过东阙。
**苍然古柏势横空,数尺盘拏成百折。**
玉龙战罢缠碧绡,流涎喷沫凝不飘。
仙人掌上露初冻,五老峰头冰未消。
飞花拂面吹还转,步屧穿林印犹浅。
鹤氅衣轻动欲翻,水精帘重寒初卷。
风骨昂藏夐出尘,俨如佩玉拖长绅。
须知世有后凋质,元是仙家不老身。

(456)《落叶》唐 廖凝
(同,略)

(457)《将赴汝州,途出浚下,留辞李相公》唐 刘禹锡
长安旧游四十载,鄂渚一别十四年。
**后来富贵已零落,岁寒松柏犹依然。**
初逢贞元尚文主,云阙天池共翱舞。
相看却数六朝臣,屈指如今无四五。
夷门天下之咽喉,昔时往往生疮疣。
联翩旧相来镇压,四海吐纳皆通流。
久别凡经几多事,何由说得平生意。
千思万虑尽如空,一笑一言真可贵。
**世间何事最殷勤,白头将相逢故人。**
功成名遂会归老,请向东山为近邻。

(458)《赠书侍御黄裳(其一)》
唐 李白
太华生长松,亭亭凌霜雪。
天与百尺高,岂为微飙折。
桃李卖阳艳,路人行且迷。
春光扫地尽,碧叶成黄泥。
**愿君学长松,慎勿作桃李。**
受屈不改心,然后知君子。

(459)《将赴成都草堂途中有作(五首 其一)》唐 杜甫
常苦沙崩损药栏,也从江槛落风湍。
**新松恨不高千尺,恶竹应须斩万竿。**
生理只凭黄阁老,衰颜欲付紫金丹。
三年奔走空皮骨,信有人间行路难。

(460)《稻田》唐 韦庄
(同,略)

(461)《秋兴八首(其八)》唐 杜甫
昆吾御宿自逶迤,紫阁峰阴入渼陂。
**香稻啄余鹦鹉粒,碧梧栖老凤凰枝。**
佳人拾翠春相问,仙侣同舟晚更移。
彩笔昔曾干气象,白头吟望苦低垂。

(462)《村夜》唐 白居易
霜草苍苍虫切切,村南村北行人绝。

独出前门望野田，月明荞麦花如雪。

（463）《雪后煎茶》宋 陆游

（同，略）

（464）《寒夜》宋 杜耒

（同，略）

（465）《双井茶》（选段）宋 欧阳修

（同，略）

（466）《和章岷从事斗茶歌》宋 范仲淹

年年春自东南来，建溪先暖冰微开。

**溪边奇茗冠天下，武夷仙人从古栽。**

新雷昨夜发何处，家家嬉笑穿云去。

露芽错落一番荣，缀玉含珠散嘉树。

终朝采掇未盈襜，唯求精粹不敢贪。

研膏焙乳有雅制，方中圭兮圆中蟾。

北苑将期献天子，林下雄豪先斗美。

鼎磨云外首山铜，瓶携江上中泠水。

黄金碾畔绿尘飞，碧玉瓯中翠涛起。

斗茶味兮轻醍醐，斗茶香兮薄兰芷。

其间品第胡能欺，十目视而十手指。

胜若登仙不可攀，输同降将无穷耻。

吁嗟天产石上英，论功不愧阶前蓂。

众人之浊我可清，千日之醉我可醒。

屈原试与招魂魄，刘伶却得闻雷霆。

卢仝敢不歌，陆羽须作经。

森然万象中，焉知无茶星。

商山丈人休茹芝，首阳先生休采薇。

长安酒价减百万，成都药市无光辉。

不如仙山一啜好，泠然便欲乘风飞。

君莫羡，

花间女郎只斗草，赢得珠玑满斗归。

（467）《尝茶》唐 刘禹锡

生拍芳丛鹰嘴芽，老郎封寄谪仙家。

**今宵更有湘江月，照出霏霏满碗花。**

（468）《次韵曹辅寄壑源试焙新芽》
　　　　宋 苏轼

仙山灵草湿行云，洗遍香肌粉未匀。

明月来投玉川子，清风吹破武林春。

要知冰雪心肠好，不是膏油首面新。

**戏作小诗君勿笑，从来佳茗似佳人。**

（469）《赠东邻王十三》唐 白居易

携手池边月，开襟竹下风。

**驱愁知酒力，破睡见茶功。**

居处东西接，年颜老少同。

能来为伴否？伊上作渔翁。

（470）《一字至七字诗茶》唐 元稹

（同，略）

（471）《自京赴奉先县咏怀五百字》
　　　　唐 杜甫

杜陵有布衣，老大意转拙。

许身一何愚，窃比稷与契。

居然成濩落，白首甘契阔。

盖棺事则已，此志常觊豁。

穷年忧黎元，叹息肠内热。

取笑同学翁，浩歌弥激烈。

非无江海志，潇洒送日月。

生逢尧舜君，不忍便永诀。

当今廊庙具，构厦岂云缺？

**葵藿倾太阳，物性固莫夺。**

**顾惟蝼蚁辈，但自求其穴。**

胡为慕大鲸，辄拟偃溟渤？

以兹悟生理，独耻事干谒。

兀兀遂至今，忍为尘埃没。

终愧巢与由，未能易其节。

沉饮聊自遗，放歌颇愁绝。

岁暮百草零，疾风高冈裂。

天衢阴峥嵘，客子中夜发。

霜严衣带断，指直不得结。

凌晨过骊山，御榻在嵽嵲。

蚩尤塞寒空，蹴踏崖谷滑。

瑶池气郁律，羽林相摩戛。

君臣留欢娱，乐动殷胶葛。

赐浴皆长缨，与宴非短褐。

彤庭所分帛，本自寒女出。
鞭挞其夫家，聚敛贡城阙。
圣人筐篚恩，实欲邦国活。
臣如忽至理，君岂弃此物？
多士盈朝廷，仁者宜战栗。
况闻内金盘，尽在卫霍室。
中堂舞神仙，烟雾蒙玉质。
暖客貂鼠裘，悲管逐清瑟。
劝客驼蹄羹，霜橙压香橘。
**朱门酒肉臭，路有冻死骨。**
**荣枯咫尺异，惆怅难再述。**
北辕就泾渭，官渡又改辙。
群水从西下，极目高崒兀。
疑是崆峒来，恐触天柱折。
河梁幸未坼，枝撑声窸窣。
行旅相攀援，川广不可越。
老妻寄异县，十口隔风雪。
谁能久不顾，庶往共饥渴。
入门闻号咷，幼子饿已卒。
吾宁舍一哀，里巷亦呜咽。
所愧为人父，无食致夭折。
岂知秋禾登，贫窭有仓卒。
生常免租税；名不隶征伐。
抚迹犹酸辛，平人固骚屑。
默思失业徒，因念远戍卒。
忧端齐终南，澒洞不可掇。

**(472)《题净因壁》宋 黄庭坚**
暝倚蒲团挂钵囊，半窗疏箔度微凉。
**蕉心不展待时雨，葵叶为谁倾太阳。**

**(473)《潮州纸伞业》元 萨都剌**
开如轮，合如束，剪纸调膏护秋竹。
日中荷叶影亭亭，雨里芭蕉声簌簌。
晴天却阴雨却晴，二天之说诚分明。
**但操大柄常在手，覆尽东西南北行。**

**(474)《赠别二首》唐 杜牧**
　　其一
娉娉袅袅十三余，豆蔻梢头二月初。
春风十里扬州路，卷上珠帘总不如。
　　其二
多情却似总无情，唯觉樽前笑不成。
**蜡烛有心还惜别，替人垂泪到天明。**

**(475)《蝶恋花》宋 晏几道**
醉别西楼醒不记，春梦秋云，聚散真容易。
斜月半窗还少睡，画屏闲展吴山翠。
衣上酒痕诗里字，点点行行，总是凄凉意。
**红烛自怜无好计，夜寒空替人垂泪。**

**(476)《卜算子·送鲍浩然之浙东》**
　　　宋　王观
**水是眼波横，山是眉峰聚。**
欲问行人去哪边？眉眼盈盈处。
才始送春归，又送君归去。
若到江南赶上春，千万和春住。

**(477)《水》唐 韩溉**
方圆不定性空求，东注沧溟早晚休。
高截碧塘长耿耿，远飞青嶂更悠悠。
**潇湘月浸千年色，梦泽烟含万古愁。**
别有岭头呜咽处，为君分作断肠流。

**(478)《竹枝词九首（其二）》唐 刘禹锡**
山桃红花满上头，蜀江春水拍山流。
**花红易衰似郎意，水流无限似侬愁。**

**(479)《虞美人·听雨》宋 蒋捷**
少年听雨歌楼上，红烛昏罗帐。
壮年听雨客舟中，江阔云低、断雁叫西风。
而今听雨僧庐下，鬓已星星也。
**悲欢离合总无情，一任阶前，点滴到天明。**

**(480)《雨夜》宋 张咏**
帘幕萧萧竹院深，客怀孤寂伴灯吟。
**无端一夜空阶雨，滴破思乡万里心。**

**(481)《竹枝词二首（其一）》唐 刘禹锡**
杨柳青青江水平，闻郎江上唱歌声。
**东边日出西边雨，道是无晴还有晴。**

**(*911)《杂言》唐 司空图**

乌飞飞，兔蹶蹶，朝来暮去驱时节。
女娲只解补青天，不解煎胶粘日月。

(*912)《离思五首（其四）》唐 元稹
曾经沧海难为水，除却巫山不是云。
取次花丛懒回顾，半缘修道半缘君。

(*913)《送崔珏往西川》唐 李商隐
年少因何有旅愁，欲为东下更西游。
一条雪浪吼巫峡，千里火云烧益州。
卜肆至今多寂寞，酒垆从古擅风流。
浣花笺纸桃花色，好好题诗咏玉钩。

(*914)《桂枝香》宋 王安石
登临送目。正故国晚秋，天气初肃。
千里澄江似练，翠峰如簇。
归帆去棹残阳里，背西风、酒旗斜矗。
彩舟云淡，星河鹭起，画图难足。
念往昔、繁华竞逐。叹门外楼头，悲恨相续。
千古凭高，对此漫嗟荣辱。
六朝旧事随流水，但寒烟、芳草凝绿。
至今商女，时时犹唱后庭遗曲。

(*915)《瀑布》唐 褚载
泻雾青烟撼撼雷，满山风雨助喧豗。
争知不是青天阙？扑下银河一半来！

(*916)《灯节诗》清 无名氏
（同，略）

(*917)《湖南邵阳双清公园对联》
　　　清 徐小松
（同，略）

(*918)《塞下曲》唐 戎昱
汉将归来虏塞空，旌旗初下玉关东。
高蹄战马三千匹，落日平原秋草中。

(*919)《雁》唐 李峤
春晖满朔方，归雁发衡阳。
望月惊弦影，排云结阵行。
往还卷南北，朝夕苦风霜。
寄语能鸣侣，相随入帝乡。

(*920)《花下醉》唐 李商隐
寻芳不觉醉流霞，倚树沉眠日已斜。
客散酒醒深夜后，更持红烛赏残花。

(*921)《菊花》清 黄体元
生成傲骨秋方劲，嫁得西风晚更奇。
寄语群芳休侧目，何曾争汝艳阳时。

(*926)《花时遍游诸家园》宋 陆游
（略，同）

(*928)《松》唐 李山甫
地耸苍龙势抱云，天教青共众材分。
孤标百尺雪中见，长啸一声风里闻。
桃李傍他真是佞，藤萝攀尔亦非群。
平生相爱应相识，谁道修篁胜此君。

(*929)《偶题》唐 郑遨
帆力劈开沧海浪，马蹄踏破乱山青。
浮名浮利浓于酒，醉得人心死不醒。

(*930)《采桑曲》清 张问陶
（暂缺）

(*931)《峨眉山月歌》唐 李白
峨眉山月半轮秋，影入平羌江水流。
夜发清溪向三峡，思君不见下渝州。

附录一 上卷正文选句与原诗词对照序列

169

## 附录二

# 上、下卷所选诗词按人物索引

注：本索引括号内的数字不是页码是编号，与附录中的诗词序号一致。

● **本著多次出现的作者及诗篇**

李　白（2）《宫中行乐词八首（其七）》，（105）《北风行》，（112）《庐山谣寄卢侍御虚舟》，（124）《送友人》，（145）《把酒问月》，（152）《渡荆门送别》，（154）《蜀道难》，（155）《送友人入蜀》，（157）《将进酒》，（158）《登金陵凤凰台》，（160）《与夏十二登岳阳楼》，（166）《横江词》，（172）《望庐山瀑布》，（174）《黄鹤楼送孟浩然之广陵》，（175）《望天门山》，（176）《早发白帝城》，（208）《夜宿山寺》，（211）《望庐山五老峰》，（296）《经溪东亭寄郑少府谔》，（384）《宫中行乐词八首（其二）》，（458）《赠书侍御黄裳》，（483）《日出入行》，（501）《玉壶吟》，（513）《远别离》，（567）《秋浦歌十七首》，（573）《上李邕》，（574）《行路难三首》，（575）《宣州谢朓楼饯别校书叔云》，（598）《梦游天姥吟留别》，（607）《江上吟》，（640）《经乱离后天恩流夜郎忆旧游书怀赠江夏韦太守良宰》，（673）《哭晁卿衡》，（683）《越中览古》，（684）《苏台览古》，（704）《扶风豪士歌》，（712）《江夏赠韦南陵冰》，（717）《赠汪伦》，（718）《金陵酒肆留别》，（737）《陈情赠友人》，（757）《春怨》，（772）《春夜洛城闻笛》，（788）《代寄情楚词体》，（832）《长干行》，（852）《清平调三首》，（905）《月下独酌其二》，（909）《襄阳歌》，（*925）《惜余春赋（节选）》，（*931）《峨眉山月歌》

杜　甫（44）《春夜喜雨》，（45）《赠卫八处士》，（64）《夏夜叹》，（92）《茅屋为秋风所破歌》，（93）《登高》，（116）《羌村三首（选两首）》，（131）《旅夜书怀》，（147）《中宵》，（156）《望岳》，（162）《登岳阳楼》，（181）《绝句四首（其三）》，（185）《闻官军收河南河北》，（210）《越王楼歌》，（228）《兵车行》，（242）《蜀相》，（247）《奉和贾至舍人早朝大明宫》，（259）《寄韩谏议注》，（279）《绝句漫兴九首》，（281）《江村》，（294）《小寒食舟中作》，（299）《漫成一首》，（325）《曲江二首（其二）》，（326）《江畔独步寻花七绝句（其六）》，（327）《卜居》，（377）《江畔独步寻花七绝句》，（398）《狂夫》，（459）《将赴成都草堂途中有作（五首其一）》，（461）《秋兴八首（其八）》，（471）《自京赴奉先县咏怀五百字》，（496）《丽人行》，（498）《赠花卿》，（505）《锦树行》，（523）《贫交行》，（534）《梦李白二首（其二）》，（535）《丹青引赠曹将军霸》，（554）《九日蓝田崔氏庄》，（560）《重经昭陵》，（605）《一百五日夜对月》，（608）《戏为六绝句（其二）》，（621）《柏学士茅屋》，（634）《前出塞九首（其三）》，（646）《春望》，（749）《送郑十八虔贬台州司户》，（771）《大麦行》，（851）《昭君怨》，（854）《观公孙大娘弟子舞剑器行》，（870）《哀江头》，（877）《戏题王宰画山水图歌》，（882）《醉歌行》，（883）《寄李十二白二十韵》，（885）《咏怀古迹五首（其一）》，（910）《饮中八仙歌》

白居易（14）《忆江南》，（24）《春至》，（25）《彭蠡湖晚归》，（42）《春风》，（65）《观刈麦》，（119）《暮江吟》，（130）《春题湖上》，（164）《题浔阳楼》，（189）《江楼夕望招客》，（191）《登阊门闲望》，（200）《正月十一夜日》，（271）《正月三日闲行》，（280）《钱塘湖春行》，（342）《杨柳枝》，（343）《杨柳枝》，（344）《杨柳枝》，（345）《天津桥》，（381）《大林寺桃花》，（395）《牡丹芳》，（415）《咏菊》，（431）《春尽日》，（462）《村夜》，（469）《赠东邻王十三》，（484）《赋得古原草送别》，（495）《长恨歌》，（518）《天可度》，（543）《我身》，（548）《不出门》，（549）《对酒五首（其二）》，（566）《新制绫袄成感而有咏》，（602）《李都尉古剑》，（612）《不如来饮酒七首（之七）》，（699）《放言五首（其三）》，（716）《琵琶行》，（728）《戏答诸少年》，（759）长相思，（779）《禽虫十二章（其三）》，（786）《七夕二首》，（815）《后宫词》，（836）《耳顺吟寄敦诗梦得》，（846）《筝》，（853）《骠国乐》，（867）《鸟》，（879）《画竹歌》，（896）《竹枝词四首（其一）》，（901）《歌舞》，（903）《轻肥》，（908）《问刘十九》，（*924）《李白墓》

苏　轼（9）《题惠崇春江晚景》，（23）《送别》，（31）《蝶恋花》，（40）《西江月》，（41）《春宵》，（55）《望海楼晚景（五绝其二）》，（127）《水调歌头》，（128）《卜算子·黄州定慧院寓居作》，（167）《念奴娇·赤壁怀古》，（168）《望海楼晚景（五绝其一）》，（186）《百步洪》，（187）《祭常山回小猎》，（207）《饮湖上初晴后雨》，（255）《江城子·密州出猎》，（319）《丁公默送蝤蛑》，（351）《水龙吟·次韵章质夫杨花词》，（362）《红梅》，（388）《东栏梨花》，（399）《鹧鸪天》，（409）《海棠》，（420）《赠刘景文》，（446）《于潜僧绿筠轩》，（468）《次韵曹辅寄壑源试焙新芽》，（544）《除夜野宿常州城外（之二）》，（545）《东坡》，（558）《醉睡者》，（559）《纵笔》，（562）《荔枝叹》，（576）《八月十五日看潮》，（588）《登玲珑山》，（601）《送李公恕赴阙》，（609）《陌上花三首》，（629）《和董传留别》，（723）《与潘郭二生同游忆去岁旧连》，（724）《和

附录二　上、下卷所选诗词按人物索引

子由渑池怀旧》，（752）《洗儿戏作》，（753）《吴中田妇叹》，（797）《浣溪沙》，（828）《江城子》，（835）《寄吴德仁兼简陈季常》，（843）《与张先逗和》，（875）《王维吴道子画》，（902）《回张琪》，（876）《鲜于子骏见遗吴道子画》

辛弃疾（27）《满江红》，（50）《鹧鸪天·游鹅湖，醉书酒家壁》，（97）《西江月·夜行黄沙道中》，（202）《青玉案·元夕》，（229）《破阵子》，（217）《清平乐·村居》，（303）《鹧鸪天·黄沙道中即事》，（485）《菩萨蛮·书江西造口壁》，（491）《永遇乐》，（650）《水龙吟》，（725）《鹧鸪天》，（907）《西江月·遣兴》

陆　游（38）《初夏绝句》，（46）《临安春雨初霁》，（56）《夜雨》，（57）《七月十八日夜枕上作》，（77）《大风雨中作》，（78）《卯饮醉卧枕上有赋》，（80）《雨》，（214）《荷塘赏花》，（221）《秋日郊居》，（234）《秋晚登城北门》，（262）《十一月四日风雨大作》，（263）《秋夜闻雨》，（302）《沈园二首（其一）》，（318）《病愈》，（368）《马上作》，（404）《海棠》，（405）《驿舍见故屏风画海棠有感》，（353）《卜算子·咏梅》，（463）《雪后煎茶》，（499）《关山月》，（541）《醉题》，（570）《长歌行》，（586）《金错刀行》，（589）《游山西村》，（590）《闲游所至少留得长句》，（624）《冬夜读书示子聿》，（625）《九月一日夜读诗稿有感走笔作歌》，（639）《病起书怀》，（648）《黄州》，（664）《老马行》，（665）《枕上偶成》，（666）《夏夜大醉醒后有感》，（667）《示儿》，（812）《钗头凤》，（841）《自述》，（842）《自述》，（881）《秋思》，（891）《读近人诗》，（*926）《花时遍游诸家园》

柳　永（34）《诉衷情近》，（52）《木兰花慢》，（85）《八声甘州》，（96）《倾杯》，（188）《望海潮》，（205）《满江红》，（335）《女冠子》，（372）《木兰花·杏花》，（406）《木兰花·海棠》，（511）《玉楼春》，（542）《鹤冲天》，（722）《梁州令》，（781）《忆帝京》，（795）《凤栖梧》，（805）《雨霖铃》，（900）《木兰花（三首）》

王安石（15）《泊船瓜洲》，（28）《咏石榴花》，（61）《初夏即事》，（144）《客至当饮酒二首（其二）》，（170）《次韵平甫金山会宿寄亲友》，（203）《元日》，（354）《梅花》，（369）《杏花》，（376）《渔家傲·梦中作》，（422）《残菊》，（506）《开元行》，（512）《鹦鹉》，（571）《登飞来峰》，（681）《杜甫画像》，（765）《葛溪驿》，（865）《江上》，（894）《读史》，（*914）《桂枝香》，（*927）《题张司业诗》

刘禹锡（35）《春日抒怀》，（86）《秋词二首》，（133）《洞庭秋月行》，（195）《寄朗州温右史曹长》，（270）《浪淘沙九首》，（328）《春词》，（337）《代靖安佳人怨二首》，（346）《忆江南》，（347）《杨柳枝词》，（396）《赏牡丹》，(457)《将赴汝州，途出浚下，留辞李相公》，(467)《尝茶》，(478)《竹枝词九首（其二）》，(481)《竹枝词二首（其一）》，(488)《酬乐天扬州初逢席上见赠》，(489)《乐天见示伤微之敦诗晦叔三君子皆有深分因成是诗以寄》，(490)《乌衣巷》，(538)《元和十年自朗州召至京戏赠看花诸君子》(577)《始闻秋风》，(643)《学阮公体三首（其三）》，(692)《西塞山怀古》，(802)《杨柳枝》，(804)《踏歌词四首（其一）》

**杜　牧**(30)《怅诗》，(87)《山行》，(183)《过华清宫绝句三首》，(245)《怀钟陵旧游四首（其二）》，(254)《江南春绝句》，(272)《入茶山下题水口草市绝句》，(339)《七夕》，(370)《杏园》，(403)《齐安郡中偶题二首（其一）》，(474)《赠别二首》，(500)《泊秦淮》，(622)《留赠曹师等诗》，(626)《登池州九峰楼寄张祜》，(670)《题乌江亭》，(686)《题宣州开元寺水阁》，(726)《送友人》，(727)《送隐者一绝》，(740)《赤壁》，(744)《金谷园》，(745)《怀紫阁山》，(837)《书怀》，(811)《遣怀》，(866)《赠猎骑》，(884)《读韩杜集》

**欧阳修**(206)《采桑子》，(393)《洛阳牡丹图》，(450)《木兰花》，(465)《双井茶》，(527)《画眉鸟》，(547)《对联》，(702)《春日西湖寄谢发曹韵》，(767)《送慧勤归余杭》，(785)《生查子》，(817)《踏莎行》

**李商隐**(53)《无题四首（其二）》，(125)《登乐游原》，(199)《观灯乐行》，(324)《无题》，(333)《蝉》，(352)《忆梅》，(494)《咏史》，(503)《贾生》，(620)《韩碑》，(682)《马嵬》，(714)《无题二首（其一）》，(762)《代赠二首》，(803)《无题二首（其一）》，(814)《二月二日》，(816)《无题四首（其一）》，(839)《晚晴》，(*913)《送崔珏往西川》，(*920)《花下醉》，(*922)《北齐》

**李清照**(29)《如梦令》，(364)《玉楼春·红梅》，(371)《减字木兰花》，(411)《醉花阴》，(437)《鹧鸪天·桂花》，(438)《摊破浣溪沙》，(585)《乌江》，(661)《上枢密韩公工部尚书胡公第二首》，(763)《武陵春》，(764)《声声慢》，(824)《一剪梅》，(904)《如梦令》

**张　先**(37)《千秋岁》，(129)《天仙子》，(177)《题西溪无相院》，(520)《木兰花》

**岑　参**(104)《白雪歌送武判官归京》，(109)《轮台歌奉送封大夫出师西征》，(169)《青山峡口泊舟怀狄侍御》，(237)《赵将军歌》，(239)《奉和相公发益昌》，(383)《送杨子》，(594)《送李副使赴碛西官军》，(773)《逢入京使》(906)《凉州馆中与诸判官夜集》

**王　维**(47)《辋川别业》，(75)《送梓州李使君》，(115)《使至塞上》，(192)《登河北城楼作》，(193)《归嵩山作》，(231)《老将行》，(257)《观猎》，(267)《鸟鸣涧》，(297)《积雨辋川庄作》，(768)《九月九日忆山

东兄弟》，（856）《既蒙宥罪旋复拜官伏感圣恩……》

柳宗元（73）《登柳州城楼寄漳汀封连四州刺史》，（110）《江雪》（290）《笼鹰词》

李　贺（151）《梦天》，（232）《雁门太守行》，（283）《南园十三首（其八）》，（536）《南园十三首（其五）》，（739）《马诗（其十四）》，（848）《南园十三首（其一）》，（871）《杨生青花紫石砚歌》

李　煜（652）《浪淘沙》，（750）《渔父（二首）》，（751）《虞美人》，（796）《清平乐》

晏　殊（3）《蝶恋花》，（348）《踏莎行》，（349）《踏莎行》，（486）《浣溪纱》，（748）《鹊踏枝》，（784）《玉楼春》

晏几道（367）《临江仙·浅浅余寒春半》，（475）《蝶恋花》，（522）《南乡子》，（709）《采桑子》，（799）《秋蕊香》，（895）《浣溪沙》，（899）《鹧鸪天》

韩　愈（11）《春雪》，（32）《晚春》，（378）《题百叶桃花》，（454）《山石》，（539）《左迁至蓝关示侄孙湘》，（829）《华山女》，（869）《石鼓歌》，（890）《荐士》，（897）《八月十五夜赠张功曹》

张孝祥（121）《西江月·黄陵庙》，（153）《水调歌头·桂林中秋》，（179）《念奴娇·过洞庭》，（230）《浣溪沙》，（293）《西江月·题溧阳三塔寺》

杨万里（18）《小池》，（36）《小溪至新田》，（102）《嘲淮风》，（173）《题兴宁县东文岭瀑泉》，（400）《晓出净慈寺送林子方》，（565）《竹枝歌》

黄庭坚（43）《次元明韵寄子由》，（135）《登快阁》，（317）《蟹联》，（387）《次韵梨花》，（452）《咏竹》，（472）《题净因壁》，（553）《木兰花令》，（617）《题胡逸老致虚庵》

温庭筠（292）《利州南渡》，（401）《溪上行》，（402）《懊恼曲》，（521）《和王秀才伤歌姬》，（790）《赠知音》

袁　枚（531）《遣怀》，（627）《题桃树》，（711）《别常宁》，（889）《遣兴二首》

孟浩然（39）《春晓》，（161）《望洞庭湖赠张丞相》，（451）《夏日南亭怀辛大》，（653）《送陈七赴西军》

孟　郊（546）《达士》，（754）《偶作》，（776）《游子吟》，（858）《登科后》

屈　原（227）《国殇》，（261）《离骚》，（482）《天问》，（504）《卜居》

毛泽东（356）《卜算子·咏梅》，（443）《蝶恋花·答李淑一》，（493）《沁园春·雪》

秦　观（49）《好事近·梦中作》，（350）《浣溪沙》，（426）《春日》，（801）《鹊桥仙》，（830）《南歌子》

高　适（233）《燕歌行》，（524）《封丘作》，（770）《除夜作》

范成大（33）《再赋简养正》，（67）《四时田园杂兴（其二）》，（218）《四时田园杂兴（其八）》

曹　操（150）《观沧海》，（311）《短歌行》，（838）《龟虽寿》

曹　植（149）《弃妇诗》，（552）《薤露行》，（581）《赠白马王彪》，（610）《杂诗》，（633）《白马篇》，（695）《当墙欲高行》，（703）《野田黄雀行》，（780）《七步诗》

张　籍（12）《凉州词》，（236）《关山月》，（774）《秋思》，（806）《节妇吟，寄东平李司空师道》

罗　隐（108）《雪》，（366）《杏花》，（430）《牡丹花》，（733）《水边偶题》，（738）《筹笔驿》

元　稹（249）《离思五首（其二）》，（260）《岳阳楼》，（414）《菊花》，（427）《红芍药》，（470）《一字至七字诗茶》，（550）《酬复言长庆四年元日郡斋感怀见寄》，（845）《看花》，（886）《寄赠薛涛》，（*912）《离思五首（其四）》

于　谦（595）《入京诗》，（596）《石灰吟》，（611）《无题》，（637）《立春日感怀》，（800）《古意》

贺　铸（253）《病后登快哉亭》，（340）《雁后归》，（791）《菩萨蛮》，（807）《踏莎行》，（833）《六州歌头》

朱　熹（17）《春日》，（219）《观书有感二首》，（359）《夜雨》

李咸用（453）《自愧》，（593）《送谭孝廉赴举》，（707）《论交》，（708）《古意论交》

萨都剌（256）《上京即事》，（473）《潮州纸伞业》，（720）《雁门集·留别同年索士岩经历》，（761）《四时宫词》，（847）《燕姬曲》

元好问（268）《两栖曲》，（410）《同儿辈赋未开海棠》，（572）《壬辰十二月车驾东狩后即事》，（600）《论诗三十首（其二十一）》，（887）《论诗三十首（其四）》

曹雪芹（223）《红楼梦·第十八回》，（623）《红楼梦·第五回》，（706）《红楼梦·第五十七回》，（731）《葬花诗》

戴复古（215）《同郑子野访王隐居》，（307）《淮村兵后》，（421）《都中怀竹隐徐渊子直院》，（840）《望江南》

鲁　迅（603）《自嘲》，（660）《自题小像》，（674）《答客诮》，（742）《题三义塔》

● 出现2~3次的作者及诗篇

郑板桥（444）《竹石》，（448）《墨竹图》，（564）《潍县署中画竹呈年伯包大中丞括》

郑　谷（286）《燕》，（407）《海棠》，（798）《中年》

郑思肖（417）《寒菊》，（579）《二砺》

张　耒（7）《早春》，（74）《初见嵩山》，（305）《破幌》

张九龄（139）《望月怀远》，（447）《和黄门卢侍御咏竹》

张　谓（363）《早梅》，（644）《代北州老翁答》

徐　渭（313）《题螃蟹诗》，（314）《蟹六首（其一）》

徐　凝（196）《忆扬州》，（766）《宿冽上人房》

许　浑（72）《咸阳城西楼晚眺》，（582）《谢人赠鞭》，（689）《金陵怀古》

曹　丕（148）《芙蓉池作》，（760）《燕歌行》

吴承恩（507）《西游记·第五十八回》，（508）《西游记·第一回》

吴伟业（380）《鸳湖曲》，（502）《圆圆曲》，（555）《追叙旧约》

李　颀（106）《古从军行》，（509）《行路难》，（532）《送陈章甫》

李　坤（432）《城上蔷薇》，（569）《悯农二首》

杜荀鹤（591）《题弟侄书堂》，（599）《自叙》，（*923）《投从叔补阙》

杜　耒（82）《秋晚》，（464）《寒夜》

唐伯虎（111）《晓起图》，（291）《画鸡》，（374）《桃花庵诗》

唐　婉（424）《菊花》，（813）《钗头凤·世情薄》

唐彦谦（320）《蟹》，（323）《采桑女》，（628）《无题十首（其一）》

戴叔伦（101）《江乡故人偶集客舍》，（312）《兰溪棹歌》

贺知章（341）《咏柳》，（775）《回乡偶书二首（其一）》

文天祥（635）《过零丁洋》，（636）《言志》，（647）《赴阙》

龚自珍（533）《秋心》，（537）《咏史》，（701）《已亥杂诗》

骆宾王（84）《晚泊江镇》，（332）《在狱咏蝉》

陆龟蒙（331）《闻蝉》，（423）《重忆白菊》

李攀龙（54）《广阳山道中》，（70）《送子相归广陵》

贾　至（20）《春思》，（94）《泛洞庭湖三首（其二）》，（235）《燕歌行》

姚　合（4）《早春山居寄城中知己》，（216）《游杏溪兰若》

蒋　捷（479）《虞美人·听雨》，（721）《一剪梅·舟过吴江》

韩　偓（180）《乱后春日途经野塘》，（700）《此翁》

庾　信（68）《奉和夏日应令》，（336）《拟咏怀诗（之十八）》

皮日休（315）《咏蟹》，（390）《牡丹》，（540）《春夕酒醒》

洪　昇（301）《过蒲口和清字》，（514）《淮水吊韩侯》，（693）《己卯春日湖上》

顾炎武（613）《秋风行》，（638）《酬王处士九日见怀之作》，（844）《又酬傅处士次韵》

姜　夔（428）《契丹歌》，（741）《送范仲讷往合肥三首（其二）》，（892）《除夜自石湖归苕溪（其九）》

鱼玄机（783）《江陵愁望有寄》，（849）《浣纱庙》

胡令能（864）《小儿垂钓》，（872）《咏绣障》

秋　瑾（587）《黄海舟中日人索句并见日俄战争地图》，（645）《柬某君三首（其二）》

朱淑真（63）《即景》，（416）《黄花》

汤显祖（338）《江宿》，（769）《闰中秋》

齐　己（434）《蔷薇》，（705）《谢人寄新诗集》

林则徐（649）《次韵答陈子茂德培》，（677）《福州鼓山联语》

王　冕（355）《白梅》，（365）《墨梅》

查慎行（71）《登宝婺楼》，（787）《玉泉山》

赵　翼（615）《论诗五首（选三）》，（675）《论诗五首（选二）》

黄　庚（60）《暮景》，（107）《雪》，（516）《偶书》

宋之问（140）《牛女星》，（250）《灵隐寺》

司马光（190）《京洛春早》，（735）《感怀》

张问陶（592）《煎茶坪题壁》，（893）《论诗十二绝句》，（*930）《采桑曲》

李　峤（90）《风》，（*919）《雁》

李山甫（746）《上元怀古》，（*928）《松》

刘　攽（51）《雨后池上》，（91）《新晴》

曹　毗（58）《霖雨》，（265）《马射赋》

曹　松（126）《中秋对月》，（676）《己亥岁二首（其一）》

韦　庄（688）《台城》，（460）《稻田》

高　启（238）《送沈左司从汪参政分省陕西由御史中丞出》，（295）《忆昨行寄吴中诸故人》

真山民（252）《兴福寺》，（309）《晚步》

谢　逸（361）《菩萨蛮》，（440）《咏岩桂》

郑　遨（568）《伤农》，（*929）《偶题》

戎　昱（597）《上湖南崔中丞》，（*918）《塞下曲》

岳　飞（556）《池州翠微亭》，（632）《满江红》

朱余庆（510）《宫词》，（821）《闺意献张水部》

陶渊明（83）《酬刘柴桑》，（630）

苏　辙（618）《省事诗》，（642）《癸丑二月重到汝阴寄子瞻》

邵　雍（394）《洛阳春吟》，（*932）《安乐窝中吟》

● 出现一次的作者及诗篇（按姓氏归类排列）

张　张昪（81）《离亭燕》，张继（99）《枫桥夜泊》，张元（103）《雪》，张若虚

177

（132）《春江花月夜》，张泌（146）《寄人》，张祜（248）《集灵台》，张正见（264）《紫骝马》，张松龄（266）《渔夫》，张震（284）《鹧鸪天》，张志和（298）《渔歌子》，张舜民（308）《村居》，张咏（480）《雨夜》，张为（641）《渔阳将军》，张以宁（651）《过辛稼轩神道》，张说（658）《破阵乐二首》，张元干（668）《水调歌头》，张英（743）《家书》，张氏（823）《寄夫》

王　王驾（21）《雨晴》，王粲（100）《七哀诗（其二）》，王寀（122）《浪花》，王士祯（194）《初春济南作》，王守仁（213）《咏趵突泉》，王之涣（243）《登鹳雀楼》，王令（274）《送春》，王献之（379）《桃叶歌三首（其一）》，王国维（391）《题御笔牡丹》，王曙（397）《牡丹》，王观（476）《卜算子·送鲍浩然之浙东》，王勃（713）《杜少府之任蜀州》，王建（810）《宫词一百首（选一）》，王僧孺（818）《为姬人自伤》，王昌龄（860）《观猎》

汪　汪琬（48）《忆洞庭》，汪藻（375）《春日》

赵　赵汎（1）《黄山道中》，赵师秀（69）《约客》，赵希淦（197）《半月寺有感》，赵嘏（413）《长安秋望》，赵与滂（433）《花院》，赵秉文（515）《寄王学士子端》，赵善伦（528）《京口多景楼》，赵师侠（729）《鹧鸪天》

李　李师广（425）《菊韵》，李东阳（455）《左阙雪后行古柏下有作》，李世民（696）《赐萧禹》，李弥逊（755）《春日即事》，李华（808）《春行即兴》，李元膺（819）《鹧鸪天》，李益（820）《写情》，李之仪（822）《卜算子》，李梦阳（855）《戏作放歌寄别吴子》

刘　刘方平（19）《夜月》，刘光第（212）《瞿塘》，刘子翚（310）《天迥》，刘伯温（517）《梁甫吟》，刘克庄（580）《玉楼春·戏呈林节推乡兄》，刘日湘（687）《过宁王府故宫并望陵寝志感》，刘长卿（719）《送李判官之润州行营》，刘希夷（730）《代悲白头翁》，刘铄（831）《白纻曲》，刘邦（862）《大风歌》，刘兼（898）《春宴河亭》

徐　徐玑（220）《新凉》，徐绩（224）《归田》，徐夤（392）《牡丹花》，徐琰（519）《南吕一枝花》，徐锡麟（659）《出塞》，（445）徐庭筠《咏竹》，徐小松（*917）《湖南邵阳双清公园对联》

宋　宋祁（10）《玉楼春》，宋雍（89）《失题》，宋无（386）《次友人春别》，宋琬（487）《九日同姜如龙、王西樵、程穆倩诸君登慧光阁饮于竹圃分韵》，宋濂（792）《越歌》

杨　杨巨源（6）《元日呈李逢吉舍人》，杨载（8）《到京师》，杨收（182）《入洞庭望岳阳》，杨广（198）《元夕于通衢建灯夜升南楼诗》，杨庆琛（244）《雨后登岳阳楼》，杨巽斋（276）《杜鹃花》，杨慎（492）《临江仙》，杨维桢（680）《鸿门会》

曹　曹冠（389）《凤栖梧·牡丹》，曹翰（663）《内宴奉诏作》

陈　陈玉树（117）《秋晚野望》，陈师道（123）《十七日观潮》，陈曾寿（138）

| | |
|---|---|
| |《元夕》，陈亮（143）《一丛花·溪堂玩月作》，陈与义（408）《春寒》，陈白崖（551）《自题联》，陈子昂（655）《感遇诗三十八首（其三十五）》，陈陶（672）《陇西行四首（其二）》|
|吴|吴文英（142）《浣溪沙》，吴本善（184）《送人之巴蜀》，吴潜（225）《竹》，吴履垒（418）《菊花》|
|黄|黄大受（114）《早作》，黄裳（204）《减字木兰花》，黄巢（412）《菊花》，黄升（614）《鹧鸪天》，黄氏女（793）《感怀》，黄体元（*921）《菊花》|
|朱|朱超（159）《舟中望月》，朱草衣（756）《由灵谷寺经孝陵》，朱元璋（874）《赠屠夫春联》|
|沈|沈佺期（136）《巫山高》，沈偕（321）《遗贾耘老蟹》，沈约（382）《早发定山》，沈周（442）《桂花》，沈德潜（561）《咏黑牡丹诗》，沈彬（671）《吊边人》|
|卢|卢梅坡（357）《雪梅》，卢照邻（436）《长安古意》，卢仝（794）《有所思》|
|史|史青（5）《应诏赋得除夜》，史达祖（288）《双双燕·咏燕》|
|范|范仲淹（466）《和章岷从事斗茶歌》，范椁（679）《王氏能远楼》|
|韩|韩翃（258）《张山人草堂会王方士》，韩溉（477）《水》，韩琦（79）《北塘春雨》|
|孔|孔武仲（141）《五鼓乘风过洞庭湖》，孔平仲（226）《禾熟》|
|崔|崔致远（95）《兖州留献李员外》，崔知贤（201）《上元夜效小庾体》，崔颢（209）《登黄鹤楼》，崔护（373）《题都城南庄》，崔珏（669）《哭李商隐》|
|侯|侯夫人（360）《春日看梅诗》，侯克中（578）《题韩蕲王世忠卷后》|
|程|程颢（606）《偶成》，程之鵕（690）《抵金陵》|
|虞|虞世南（330）《蝉》，虞俦（441）《有怀汉老弟》|
|江|江淹（118）《别赋》，江洪（435）《咏蔷薇诗》，江总（758）《闺怨》|
|司|司马光（735）《感怀》，司空曙（732）《喜外弟卢纶见宿》，司空图（*911）《杂言》|
|苏|苏颋（246）《奉和春日幸望春宫应制》，苏麟（526）《断句》|
|叶|叶绍翁（16）《游园不值》，叶梦得（834）《八声甘州》|
|鲍|鲍溶（22）《春日》，鲍照（697）《代出自蓟北门行》|
|贾|贾弇（62）《孟夏》，贾至（94）《泛洞庭湖三首（其二）》，贾岛（178）《过海联句》|
|高|高骈（66）《山亭夏日》，高翥（826）《清明日对酒》，高蟾（880）《金陵晚望》|
|倪|倪瑞璇（778）《忆母》，倪瓒（878）《赞书画家王蒙》|
|胡|胡太后（497）《杨白花歌》，胡君防（685）《咸阳闲望》，胡皓（694）《大漠行》|
|何|何基（277）《春日闲居》，何逊（282）《赠诸旧友》|

**陆** 陆机（604）《猛虎行》，陆凯（715）《赠范晔》

**曾** 曾巩（76）《西楼》，曾纡（222）《宁国道中》

**袁** 袁衍（134）《中秋登偞家楼》，袁万顷（304）《早作》

**吕** 吕履恒（240）《山海关》，吕声之（439）《桂花》

● **其它**

令狐楚（13）《游春词》，董解元（26）《西厢记》，俞琰（59）《电》，牟融（88）《送报本寺分韵得通字》，雷震（98）《村晚》，萧贡（113）《日观峰》，揭傒斯（120）《梦武昌》，丁鹤年（137）《元夕》，晁冲之（163）《与秦少章题汉江远帆》，党怀英（165）《奉使行高邮道中》，施闰章（171）《钱塘观潮》，孙谔（251）《资深院》，魏夫人（269）《菩萨蛮》，舒亶（273）《菩萨蛮》，顾况（275）《子规》，韦应物（278）《滁州西涧》，申时行（285）《应制题扇》，袁袠（287）《燕》，章孝标（289）《鹰》，和凝（300）《渔夫》，利登（306）《早起见雪》，梅尧臣（316）《二月十日呈吴正仲遗活蟹》，方岳（322）《次韵田园居》，道潜（329）《经临平作》，乐雷发（334）《秋日行村路》，林逋（358）《山园小梅》，法具（385）《绝句春日》，许廷荣《白菊》（419），庾传素（429）《木兰花》，廖凝（456）《落叶》，马熙（525）《开窗看雨》，秦韬玉（529）《贫女》，耿湋（530）《代园中老人》，谭嗣同（583）《狱中题壁》，陶翰（584）《赠郑员外》，颜真卿（616）《劝学》，章碣（619）《焚书坑》，宗泽（631）《早发》，夏完淳（654）《即事》，彭定求（656）《汤阴谒拜岳忠武故里庙像》，寒山（657）《诗三百三首》，戚继光（662）《过文登营》，贯休（678）《献钱尚父》，劳之辩（691）《眺玄武湖歌》，祖咏（698）《汝坟秋同仙州王长史翰闻百舌鸟》，贺兰进明（710）《行路难五首（其五）》，薛能（734）《春日使府寓怀二首（其一）》，冯梦龙（736）《警世通言》，释德清（747）《醒世歌》，蒋士铨（777）《岁暮到家》，珠帘绣（789）《正宫·醉西施（玉芙蓉）》，杜秋娘（809）《金缕衣》，向滈（825）《卜算子》，金岳霖（827）《悼林徽因》，罗贯中（850）《咏貂蝉》，朝施櫱（857）《恩荣宴诗》，殷文圭（859）《寄贺杜荀鹤及第》，潘良贵（861）《题三江亭》，储光羲（863）《钓鱼湾》，周密（868）《西塍废园》，奉蚌（873）《思故乡》，翁照（888）《与友人寻山》，褚载（*915）《瀑布》，邵谒（449）《金谷园怀古》，无名氏（241）《山海关城楼对联》，无名氏（557）《生年不满百》，无名氏（563）民谣，无名氏（782）《诗经·关雎》，无名氏（*916）《灯节诗》

## 附录三

# 诗词格律简述字表

诗词的魅力，在于它是人类心灵触摸大自然和社会碰撞出的智慧的火花，用精美的语言凝炼出的结晶。格律诗词是中华民族独有的以独特的方式凝炼出的优美辞章，是我国优秀传统文化里永存的瑰宝。《中华诗彩》所选诗词基本上是格律诗词，为便于广大读者阅读和理解，有必要对诗词格律最基本的常识及规则作一简述。

### 一、格律诗

我国古代诗词大体可分为古体诗、近体诗和词三个大类。古体诗也称作古诗或古风。近体诗又称格律诗。格律诗因对一首诗的句数、每句的字数、字音的平仄、押韵、对仗等有严格的限制，所以称之为格律诗。除用韵略受限制外，凡不受格律限制的诗，都称为古体诗或古风。

格律诗按句数区分，每首为四句的，称为绝句，或称律绝；每首为八句的，称为律诗；每首为十句以上的，称为长律，或称排律。

格律诗的每句字数是确定的，一般是每句五个字或七个字。绝句是五字的，称为五言绝句，简称五绝；是七字的，称为七言绝句，简称七绝。律诗是五字的，称为五言律诗，简称五律；是七字的，称为七言律诗简称七律。长律有五字句和七字句，多是五字句，称为五言排律或七言排律。

### 二、格律诗的规则

格律诗的规则主要体现在三个方面：声调平仄有安排，音色押韵有限制，句法对仗有要求。

#### 1. 声调平仄安排

我国的汉文字源远流长，不仅有其声，而且有其调，许多文字的音调在不同的语境下随即变化，使汉语言文字对人的情感表达极为丰富精彩。阅读或写格律诗时为什么要吟呢？其义就在这儿，格律诗首先是门创作音律美的艺术。

古代汉文字的声调有平声、上声、去声、入声四种，其中上声、去声、入声均为仄声。智慧的中华先民们早已将文字的四个声调归为平仄两大类用以诗词歌赋的创作。现代汉语使用普通话，继承并改进了古代汉文字的四声调，将平声分为阴平和阳平，将入声字分别入了其它声调，所以现代汉语的声调也是四种：第一声为阴平，第二声为阳平，第三声为上声，第四声为去声。依次分别用符号－／∨＼来表示。也是把四个声调再分作"平"、"仄"两类，阴平、阳平为一类，称做平声，上声、去声为一类，称做仄声。文学是随着语言的变化而发展的，现代汉文字与古代汉文字，在声调平仄分布的范围上虽有一些不同，但并没改变格律诗在声调平仄安排上的规则。一个人只要上过小学，学过汉语拼音，就能分辨出字音的平仄。那么，写格律诗时，对诗句内的字的平仄安排遵循以下规则就是了：

181

其一，**句内平仄间换**。一是，要求句子内的字在平仄上要交错，这种交错是按两个字为一节，即前一个两字节是平声，后一个两字节则必须是仄声，续之亦然。平仄交错使声音富有变化，从而以适应人们对万事万物及复杂情感的表达。

二是，平仄间换特指诗句中处在偶数位上的字和每句的尾字。因为每个音节中的第二个字是前后两个节拍的分水线，也是节奏点，而尾字虽处在奇数位，但它代表一个音节，它们的平仄必须确定且轮换。这样，在格律诗句中处在偶数位上的字和句尾字的平仄间换，就成了判断一个诗句是否合乎平仄的关键。如在五言格律句中是2、4位上的字和句尾字，在七言格律句中是2、4、6位上的字和句尾字。而句中处在奇数位上的字，一般来说，可平可仄。

三是，句内不允许出现孤平。**孤平**通常指韵句或对句中，出现了除韵脚是平声字外，句中只有一个平声字，且形成两仄夹一平的情况。因其字是孤立的，故称出现此类的句子犯了孤平。孤平是格律诗词创作的大忌。如在五言诗的"平平仄仄平"这个句型中，第一个字必须用平声字，若用了仄声字，就是犯了孤平。在七言诗的"仄仄平平仄仄平"这个句型中，第三个字也必须用平声字，若用了仄声，也是犯了孤平。这就是说，句中处在奇数位上的字，一般而言是可平可仄，但在个别句型中，平仄也必须是确定的，以避免孤平。

四是，每句句尾不允许出现三字平，也最好不要出现三字仄，因为出现在句尾，会影响该句的音质效果，尤其是韵句，句尾是押平声韵，三字平是不允许出现的。

其二，**联内平仄相对**。格律诗，自首句排序，每两句为一联，前一句为出句，后一句为对句。联内平仄相对，就是出句与对句在对应位置上的字（一般是指出句和对句处在偶数位上的字，还包括这些出句与对句的尾字），平仄上要相对立。违反此规则叫**失对**。

其三，**联间平仄相粘**。联间，即上一联的对句与下一联的出句。平仄相粘，即此对句与出句对应位置上的字平仄要相同（也是指对应在偶数位上的字）。如绝句，一、二句为一联，三四句为一联，那么，二、三句即为联间，第二句与第三句在对应位置上的字，平仄上要相同，即为相粘。律诗、长律也从其规则。违反这一规则叫**失粘**。

依据以上格律诗平仄的"间""对""粘"规则，能够自然而然地推出五言绝句与五言律诗都只有四个相同的标准句型：仄仄平平仄，平平仄仄平，平平平仄仄，仄仄仄平平。七言绝句与七言律诗也都只有相同的四个标准句型：平平仄仄平平仄，仄仄平平仄仄平，仄仄仄平平仄仄，平平仄仄仄平平。

以这些句型的任何一句为首句，都可以组成一种格式的格律诗。一首格律诗就是依规则用这四个句型轮换。这里关键是先确定首句是什么句型。只要确定了，使用平仄的"间""对""粘"规则，就能很容易地推出下句的句型，以至推写出整首诗各句，而不必去死记每个句型及格式，这一点特别重要。例如，写出一首五言绝句的首句是仄仄平平仄，根据联内相对的规则，可写出第二句是平平仄仄平；根据联间相粘的规则，可写出第三句是平平平仄仄；再根据联内相对的规则，可写出第四句是仄仄仄平平，等等。

诗中凡是平仄安排合乎"间""对""粘"规则的句子称做**律句**，而不合"间""对""粘"规则的句子，称做**拗句**。拗句可以采取补救的办法，称做**拗救**。

### 2.音色押韵限制

绝大多数汉文字的读音都是由声母与韵母两部分拼读而成,譬如"康"字的读音由声母k和韵母ang拼读而成。所谓韵,就是指韵母之音,所谓**押韵**,就是有规律地把同韵目的字放在不同句子的同一位置上,通常在句尾,使其声调抑扬顿挫,以形成音韵美的回旋。而格律诗中的韵还要严一些,不仅讲究音色的押韵,而且讲究音调的平仄。其对押韵要遵循以下规则:

一是,一首诗除首句可韵可不韵外,韵要押在偶数句的句尾,此句称为韵句,此句尾称作韵脚。

二是,不仅要押韵,而且在音调上要押平声韵。即押韵不只是音的同韵,还有音的同调,而这个同调限于平声。因为这条限制,处于奇数句的尾字一般要求须为仄声。其实,只要遵守平仄规则,押仄声韵也未尝不可。如诗人杜甫、王安石等都有专押仄字韵的名篇,如杜甫的《望岳》,王安石的《江雪》等。总之,格律诗的押韵,是指在韵脚用同韵且同调的字。除此之外即为**出韵**。

### 3.句法对仗要求

对仗是文学创作中使用的一种手法。它要求对仗的两句即出句与对句,在字数上相等,在语序上相同,而其在对应位置上的词,在词性上也要相同。即名词对名词,动词对动词,形容词对形容词,副词对副词,虚词对虚词,数量词对数量词,方位词对方位词,色彩词对色彩词等等。符合这一要求的对仗称为**工对**,只在词组语序上大致相同,而在对应的词性上基本合要求的对仗是**宽对**。格律诗创作使用对仗也遵循这些要求,但还有以下特殊规则:

一是,律诗、长律一律要求对仗,而绝句不要求必须对仗。

二是,律诗有八句,一二句为首联,三四句为颔联,五六句为颈联,七八句为尾联。其首联与尾联不要求对仗。颈联与颔联必须对仗。长律也是一样,除了首联和尾联不要求对仗外,其间的各联必须对仗。

三是,格律诗的对仗在音律上使用平仄的规则。在其它文学体裁中使用的对仗,则没有这个要求。

四是,对仗的出句与对句在义上不能相同或相近。甚至出句和对句对应位置上的词在词性上要相同,但在义上却不能相同或相近,应尽量不用同义词,少用近义词。就是要求对仗两句的内容反差越大越好。义上的雷同是内容重复,在格律诗上称作"**合掌**",也是格律诗创作的大忌。是谓反对为优,正对为劣。但也不要过于拘泥而古板。在初中时对汉语言词性即语法修辞的学习,对掌握格律诗写作十分重要。能够这么说,一个人,只要比较顺利的完成初中学业,就奠定了学习格律诗的语言基础。

综上所述,学习格律诗的规则并不难,规则就像登山地图一样指明了路径,难的是,你要有毅力登上山去。格律诗虽受这些规则的限制,但这些正是其创作走向至美的通道,因而使人们对格律诗的创作亲而敬畏。由此锲而不舍挑灯夜战,苦思冥想遣词造句,经过千百次的提炼,有可能写出令人惊叹的华章。故将诗词格律列以简字表,以便使用:

# 诗词格律简字表

| 格律内容\格律范围 体例 | 格律诗 ||||| 格律词 |
|---|---|---|---|---|---|---|
| | 五绝 | 七绝 | 五律 | 七律 | 排律 | |
| 格式 | 限4句，每句5字 | 限4句，每句7字 | 限8句，每句5字 | 限8句，每句7字 | 10句以上，每句5或7字 | 分为小令、中调、长调 |
| 声调平仄安排 | 1.句中平仄交错。2.联内平仄相对。3.联间平仄相粘。4.以上平仄交错、相对、相粘特指句中处于偶数位的字。处于奇数位上的字，一般可仄可平，特例除外。5.句中不允许出现孤平。6.句尾不允许出现三字平或三字仄。 | （同略） | （同略） | （同略） | （同略） | 平仄有要求，须按词谱填写。 |
| 音色押韵限制 | 1.首句可韵可不韵。2.除首句外，用韵只在偶数句句尾。3.押韵限用平声。4.奇数句的尾字限用仄声。5.一首诗只能用同一韵目的字，邻韵字少用。6.一首诗押韵的字不能重复。 | （同略） | （同略） | （同略） | （同略） | 押韵有要求，须按词谱填写。 |
| 句法对仗要求 | 不要求必有对仗。 | （同五绝） | 1.起联、尾联不必对仗。2.颔联、颈联必须对仗。3.凡对仗之联，平仄要合乎格律。4.对仗的出句与对句在词序、词性上要对应。但句义、词义上不能雷同。 | （同五律） | 除起联、尾联不要求必对仗外，中间各联都要对仗。 | 不要求必有对仗 |

184

### 三、格律词

到了隋唐时代，逐渐产生了一种多样的格式化的新音乐，对这种音乐配上的歌词称为"词"。音乐有节奏和音的高低轻重，而词的字音有平仄、轻重，以及词中句子的多少和长短，会形成不同的声调和节拍。大概是基于曲与词的这种联系，定格式的音乐从字音的选择上形成了定格式的词，也就形成了词牌和词谱。词产生于唐而盛于宋，因那时的诗主要是格律诗，词深受其影响，使古人的词中律句特别多，词由此被称为诗余。所以，凡写词或填词，了解和掌握格律诗的一些规则是必要的。

古代的格式化的乐谱如今虽已散佚，但格律化的词谱和精美的词牌，作为我国一种特有的优秀文化却流传了下来。现在的人们虽然不会唱当时的歌，却可依照着这些词牌的词谱，来欣赏和创作美妙的词。

词，按其字数多少，一般分为小令、中调和长调。词，多是两段，称为上阕和下阕。词，多以长短句为句型，格式很多，形成了近千种词牌，有许多词牌又有多种格式，不易记忆。并且在押韵、平仄安排以及对仗上比起格律诗要宽泛得多。所以，写词多依照词谱去填，也叫填词。下面将70余个常用词谱句型分布列表，以便读者阅鉴：

## 常用词谱句字数及韵脚句分布表

| 总字数 | 词牌名称 | 每句字数及韵脚分布<br>（韵脚·）（上阕*下阕） | 韵 | 经典作品例示 |
|---|---|---|---|---|
| 16 | 十六字令 | 1735 | 平 | 山，快马加鞭未下鞍。惊回首，离天三尺三。——毛泽东 |
| 27 | 忆江南 | 35775 | 平 | 江南好，风景旧曾谙。日出江花红胜火，春来江水绿如蓝，怎不忆江南。——唐 白居易 |
| 27 | 渔歌子 | 77337 | 平 | 西塞山前白鹭飞，桃花流水鳜鱼肥。青箬笠，绿蓑衣，斜风细雨不须归。——唐 张志和 |
| 27 | 章台柳 | 33777 | 仄 | 章台柳，章台柳，昔日青青今在否？纵使长条似旧垂，也应攀折他人手。——唐 韩翃 |
| 27 | 捣练子 | 33777 | 平 | 深院静，小庭空，断续寒砧断续风。无奈夜长人不寐，数声和月到帘栊。——南唐 李煜 |
| 32 | 调笑令 | 22666226 | 仄 | 杨柳，杨柳，日暮白沙渡口。船头江水茫茫，商人少妇断肠。肠断，肠断，鹧鸪夜飞失伴。——唐五代 王建 |
| 33 | 如梦令 | 6656226 | 仄 | 昨夜雨疏风骤，浓睡不消残酒。试问卷帘人，却道海棠依旧。知否？知否？应是绿肥红瘦。——宋 李清照（女） |

附录三 诗词格律简述字表

185

| 总字数 | 词牌名称 | 每句字数及韵脚分布（韵脚·）（上阕*下阕） | 韵 | 经典作品例示 |
|---|---|---|---|---|
| 36 | 长相思 | 3375*3375 | 平 | 汴水流，泗水流，流到瓜洲古渡头。吴山点点愁。　思悠悠，恨悠悠，恨到归时方始休。明月人倚楼。——唐 白居易 |
| 36 | 相见欢 | 639*3339 | 平/仄 | 无言独上西楼，月如钩，寂寞梧桐深院锁清秋。　剪不断，理还乱，是离愁。别是一般滋味在心头。——南唐 李煜 |
| 37 | 何满子 | 667666 | 平 | 正是破瓜年纪，含情惯得人饶。桃李精神鹦鹉舌，可堪虚度良宵。却爱蓝罗裙子，羡她长束纤腰。——后唐 和凝 |
| 40 | 生查子 | 5555*5555 | 仄 | 去年元夜时，花市灯如昼。月到柳梢头，人约黄昏后。　今年元夜时，月与灯依旧。不见去年人，泪满春衫袖。——宋 欧阳修 |
| 41 | 点绛唇 | 4745*45345 | 仄 | 岭南云高，梦儿欲把羊城绕。怪他双棹，不送魂飞到。　多病多愁，多恨多烦恼。谁知道？情田虽小，长遍相似草。——清 钱念生（女） |
| 42 | 浣溪沙 | 777*777 | 平 | 霜日明霄水蘸空，鸣哨声里绣旗红。淡烟衰草有无中。　万里中原烽火北，一尊浊酒戍楼东。酒阑挥泪向悲风。——宋 张孝祥 |
| 42 | 春光好 | 33373*6773 | 平 | 花阴月，柳梢莺。近清明。长恨去年今夜雨，洒离亭。　枕上怀远诗成。红笺纸、小研吴绫。寄与征人教念远，莫无情。——宋 晏几道 |
| 44 | 菩萨蛮 | 7755*5555 | 仄/平 | 平林漠漠烟如织，寒山一带伤心碧。暝色入高楼，有人楼上愁。　玉阶空伫立，宿鸟归飞急。何处是归程，长亭更短亭。——唐 李白 |
| 44 | 采桑子 | 7447*7447 | 平 | 少年不识愁滋味，爱上层楼。爱上层楼，为赋新诗强说愁。　而今识尽愁滋味，欲说还休。欲说还休，却道天凉好个秋！——宋 辛弃疾 |
| 44 | 卜算子 | 5575*5575 | 仄 | 驿外断桥边，寂寞开无主。已是黄昏独自愁，更著风和雨。　无意苦争春，一任群芳妒。零落成泥碾作尘，只有香如故。——宋 陆游 |
| 44 | 诉衷情 | 7565*333444 | 平 | 青梅煮酒斗时新，天气欲残春。东城南陌花下，逢着意中人。　回绣袂，展香茵，叙情亲。此情拼作，千尺游丝，惹住朝云。——宋 晏殊 |

| 总字数 | 词牌名称 | 每句字数及韵脚分布（韵脚·）（上阕*下阕） | 韵 | 经典作品例示 |
|---|---|---|---|---|
| 44 | 减字木兰花 | 4747*4747 | 仄/平 | 天涯旧恨，独自凄凉人不问。欲见回肠，断尽金炉小篆香。 黛蛾长敛，任是春风吹不展。困倚危楼，过尽飞鸿字字愁。——宋 秦观 |
| 45 | 好时光 | 63375*53355 | 平 | 宝髻偏宜宫样，莲脸嫩、体红香。眉黛不须张敞画，天教入鬓长。 莫倚倾国貌，嫁取个、有情郎。彼此当年少，莫负好时光。——唐 李隆基 |
| 46 | 清平乐 | 4576*6666 | 仄/平 | 春归何处？寂寞无行路。若有人知春去处，唤取归来同住。 春光踪迹谁知？除非问取黄鹂。百啭无人能解，因风飞过蔷薇。——宋 黄庭坚 |
| 46 | 忆秦娥 | 37344*77344 | 仄 | 箫声咽，秦娥梦断秦楼月。秦楼月，年年柳色，灞陵伤别。 乐游原上清秋节，咸阳古道音尘绝。音尘绝，西风残照，汉家陵阙。——唐 李白 |
| 47 | 撼庭秋 | 65444*444444 | 仄 | 别来音信千里，恨此情难寄。碧纱秋月，梧桐夜雨，几回无寐。 楼高目断，天遥云黯，只堪憔悴。念兰堂红烛，心长焰短，向人垂泪。——宋 晏殊 |
| 48 | 人月圆 | 75444*444444 | 平 | 小桃枝上春来早，初试薄罗衣。年年此夜，华灯竞处，人月圆时。 禁街箫鼓，寒轻夜永，纤手同携。夜阑人静，千门笑语，声在帘帏。——宋 王诜 |
| 48 | 眼儿媚 | 75444*75444 | 平 | 迟迟春日弄轻柔，花径暗香流。清明过了，不堪回首，云锁朱楼。 午窗睡起莺声巧，何处唤春愁？绿杨影里，海棠枝畔，红杏枝头。——宋 朱淑真（女） |
| 48 | 摊破浣溪沙 | 7773*7773 | 平 | 手卷真珠上玉钩，依前春恨锁重楼。风里落花谁是主？思悠悠。 青鸟不传云外信，丁香空结雨中愁。回首绿波三楚暮，接天流。——南唐 李璟 |
| 48 | 武陵春 | 7575*7575 | 平 | 风住尘香花已尽，日晚倦梳头。物是人非事事休，欲语泪先流。 闻说双溪春尚好，也拟泛轻舟。只恐双溪舴艋舟，载不动、许多愁。——宋 李清照（女） |
| 49 | 柳梢青 | 444444*634444 | 平 | 岸草平沙，吴王故苑，柳袅烟斜。雨后寒清，风前香软，春在梨花。 行人一棹天涯。酒醒处、残阳乱鸦。门外秋千，墙头红粉，深院谁家？——宋 秦观 |
| 49 | 太常引 | 75534*445534 | 平 | 一轮秋影转金波。飞镜又重磨。把酒问姮娥：被白发、欺人奈何？ 乘风好去，长空万里，直下看山河。斫去桂婆娑。人道是、清光更多。——宋 辛弃疾 |

附录三 诗词格律简述字表

187

| 总字数 | 词牌名称 | 每句字数及韵脚分布（韵脚·）（上阕*下阕） | 韵 | 经典作品例示 |
|---|---|---|---|---|
| 50 | 西江月 | 6676*6676 | 平/仄 | 问讯湖边春色，重来又是三年。东风吹我过湖船。杨柳丝丝拂面。　世路如今已惯，此心到处悠然。寒光亭下水如天。飞起沙鸥一片。——宋 张孝祥 |
| 50 | 少年游 | 75445*75445 | 平 | 芙蓉花发去年枝。双燕欲归飞。兰堂风软，金炉香暖，新曲动帘帏。　家人拜上千春寿，深意满琼卮。绿鬓朱颜，道家装束，长似少年时。——宋 晏殊 |
| 52 | 思远人 | 75545*75545 | 仄 | 红叶黄花秋意晚，千里念行客。看飞云过尽，归鸿无信，何处寄书得。　泪弹不尽临窗滴，就枕旋研墨。渐写到别来，此情深处，红笺为无色。——宋 晏几道 |
| 52 | 醉花阴 | 75545*75545 | 仄 | 薄雾浓云愁永昼，瑞脑消金兽。佳节又重阳，玉枕纱厨，半夜凉初透。　东篱把酒黄昏后，有暗香盈袖。莫道不消魂，帘卷西风，人比黄花瘦。——宋 李清照（女） |
| 54 | 月照梨花 | 2244725*7353325 | 仄/平 | 春水，千里，孤舟浪起，梦携西子。觉来村巷夕阳斜，几家，短墙红杏花。　晚云做造些儿雨，折花去，岸上谁家女？太狂颠，笑那边，柳绵，被风吹上天。——宋 辛弃疾 |
| 54 | 浪淘沙 | 54774*54774 | 平 | 帘外雨潺潺，春意阑珊。罗衾不耐五更寒。梦里不知身是客，一晌贪欢。　独自莫凭栏，无限江山。别时容易见时难。流水落花春去也，天上人间！——南唐 李煜 |
| 55 | 鹧鸪天 | 7777*33777 | 平 | 客路那知岁序移，忽惊春到小桃枝。天涯海角悲凉地，记得当年全盛时。　花弄影，月流辉。水精宫殿五云飞。分明一觉华胥梦，回首东风泪满衣。——宋 赵鼎 |
| 56 | 玉楼春 | 7777*7777 | 仄 | 酒美春浓花世界。得意人人千万态。莫教辜负艳阳天，过了堆金何处买。　已去少年无计奈。且愿芳心长恁在。闲愁一点上心来，算得东风吹不解。——宋 欧阳修 |
| 56 | 鹊桥仙 | 446734*446734 | 仄 | 纤云弄巧，飞星传恨，银汉迢迢暗度。金风玉露一相逢，便胜却、人间无数。　柔情似水，佳期如梦，忍顾鹊桥归路？两情若是久长时，又岂在、朝朝暮暮。——宋 秦观 |
| 56 | 虞美人 | 7579*7579 | 仄/平 | 春花秋月何时了。往事知多少？小楼昨夜又东风。故国不堪回首月明中。　雕栏玉砌应犹在。只是朱颜改。问君能有几多愁？恰似一江春水向东流。——南唐 李煜 |

| 总字数 | 词牌名称 | 每句字数及韵脚分布（韵脚·）（上阕*下阕） | 韵 | 经典作品例示 |
|---|---|---|---|---|
| 56 | 南乡子 | 57727*57727 | 平 | 何处望神州？满眼风光北固楼。千古兴亡多少事，悠悠，不尽长江滚滚流。年少万兜鍪。坐断东南战未休。天下英雄谁敌手？曹刘。生子当如孙仲谋。——宋 辛弃疾 |
| 56 | 木兰花 | 7777*7777 | 仄 | 三年流落巴山道，破尽青衫尘满帽。身如西瀼渡头云，愁抵瞿塘关上草。春盘春酒年年好，试戴银幡判醉倒。今朝一岁大家添，不是人间偏我老。——宋 陆游 |
| 58 | 踏莎行 | 44777*44777 | 仄 | 随水落花，离弦飞箭。今生无处能相见。长江纵使向西流，也应不尽千年怨。　盟誓无凭，情缘无便。愿魂化作衔泥燕。一年一度一归来，孤雌独入郎庭院。——元 贾云华 |
| 60 | 临江仙 | 76755*76755 | 平 | 夜饮东坡醒复醉，归来仿佛三更。家童鼻息已雷鸣。敲门都不应，倚杖听江声。　长恨此身非我有，何时忘却营营。夜阑风静縠纹平。小舟从此逝，江海寄余生。——宋 苏轼 |
| 60 | 蝶恋花 | 74577*74577 | 仄 | 花褪残红青杏小。燕子飞时，绿水人家绕。枝上柳绵吹又少。天涯何处无芳草。　墙里秋千墙外道。墙外行人，墙里佳人笑。笑渐不闻声渐悄，多情却被无情恼。——宋 苏轼 |
| 60 | 一剪梅 | 744744*744744 | 平 | 红藕香残玉簟秋。轻解罗裳，独上兰舟。云中谁寄锦书来，燕子回时，月满西楼。　花自飘零水自流。一种相思，两处闲愁。此情无计可消除，才下眉头，却上心头。——宋 李清照（女） |
| 60 | 钗凤头 | 3373344111*3373344111 | 仄 | 红酥手，黄縢酒，满城春色宫墙柳。东风恶，欢情薄，一杯愁绪，几年离索。错！错！错！　春如旧，人空瘦，泪痕红浥鲛绡透。桃花落，闲池阁，山盟虽在，锦书难托。莫！莫！莫！——宋 陆游 |
| 62 | 渔家傲 | 77737*77737 | 仄 | 画鼓声中昏又晓。时光只解催人老。求得浅欢风日好。齐揭调。神仙一曲渔家傲。　绿水悠悠天杳杳。浮生岂得长年少。莫惜醉来开口笑。须信道。人间万事何时了？——宋 晏殊 |
| 62 | 破阵子 | 66775*66775 | 平 | 醉里挑灯看剑，梦回吹角连营。八百里分麾下炙，五十弦翻塞外声。沙场秋点兵。　马作的卢飞快，弓如霹雳弦惊。了却君王天下事，赢得生前身后名。可怜白发生。——宋 辛弃疾 |

附录三 诗词格律简述字表

189

| 总字数 | 词牌名称 | 每句字数及韵脚分布（韵脚·）（上阕*下阕） | 韵 | 经典作品例示 |
|---|---|---|---|---|
| 62 | 苏幕遮 | 3345745*3345745 | 仄 | 燎沉香，消溽暑。鸟雀呼晴，侵晓窥檐语。叶上初阳干宿雨。水面清圆，一一风荷举。 故乡遥，何日去。家住吴门，久作长安旅。五月渔郎相忆否。小楫轻舟，梦入芙蓉浦。——宋 周彦邦 |
| 67 | 青玉案 | 7337445*777445 | 仄 | 东风夜放花千树，更吹落、星如雨。宝马雕车香满路。凤箫声动，玉壶光转，一夜鱼龙舞。 蛾儿雪柳黄金缕，笑语盈盈暗香去。众里寻他千百度，蓦然回首，那人却在，灯火阑珊处。——宋 辛弃疾 |
| 68 | 天仙子 | 777337*777337 | 仄 | 水调数声持酒听，午醉醒来愁未醒。送春春去几时回？临晚镜，伤流景，往事后期空记省。 沙上并禽池上暝，云破月来花弄影。重重帘幕密遮灯，风不定，人初静，明日落红应满径。——宋 张先 |
| 70 | 江城子 | 73345733*73345733 | 平 | 十年生死两茫茫。不思量，自难忘。千里孤坟，无处话凄凉。纵使相逢应不识，尘满面，鬓如霜。 夜来幽梦忽还乡。小轩窗，正梳妆。相顾无言，惟有泪千行。料得年年肠断处，明月夜，短松冈。——宋 苏轼 |
| 70 | 连理枝（红娘子） | 5544485*5544485 | 仄 | 绿树莺声老。金井生秋早。不寒不暖，裁衣按曲，天时正好。况兰堂逢著寿筵开，见炉香缥缈。 组绣呈纤巧。歌舞夸妍妙。玉酒频倾，朱弦翠管，移宫易调。献金杯重叠祝长生，永逍遥奉道。——宋 晏殊 |
| 76 | 风入松 | 7573466*7573466 | 平 | 听风听雨过清明，愁草瘗花铭。楼前绿暗分携路，一丝柳、一寸柔情。料峭春寒中酒，交加晓梦啼莺。 西园日日扫林亭，依旧赏新晴。黄蜂频扑秋千索，有当时、纤手香凝。惆怅双鸳不到，幽阶一夜苔生。——宋 吴文英 |
| 93 | 满江红 | 43434477353*33335477353 | 仄 | 怒发冲冠，凭栏处、潇潇雨歇。抬望眼、仰天长啸，壮怀激烈。三十功名尘与土，八千里路云和月。莫等闲、白了少年头，空悲切! 靖康耻，犹未雪。臣子恨，何时灭! 驾长车踏破、贺兰山缺。壮志饥餐胡虏肉，笑谈渴饮匈奴血。待从头、收拾旧山河，朝天阙。——宋 岳飞 |

| 总字数 | 词牌名称 | 每句字数及韵脚分布（韵脚·）（上阕*下阕） | 韵 | 经典作品例示 |
|---|---|---|---|---|
| 95 | 水调歌头 | 556566555*3334766555 | 平 | 明月几时有？把酒问青天。不知天上宫阙、今夕是何年。我欲乘风归去，又恐琼楼玉宇，高处不胜寒。起舞弄清影，何似在人间！　转朱阁，低绮户，照无眠。不应有恨、何事长向别时圆？人有悲欢离合，月有阴晴圆缺，此事古难全。但愿人长久，千里共婵娟。——宋 苏轼 |
| 95 | 满庭芳 | 44645634345*234454634345 | 平 | 蜗角虚名，蝇头微利，算来着甚干忙。事皆前定，谁弱又谁强。且趁闲身未老，尽放我、些子疏狂。百年里，浑教是醉，三万六千场。　思量，能几许？忧愁风雨，一半相妨。又何须抵死，说短论长。幸对清风皓月，苔茵展、云幕高张。江南好，千钟美酒，一曲《满庭芳》。——宋 苏轼 |
| 96 | 烛影摇红 | 4775634444*4775634444 | 仄 | 芳脸匀红，黛眉巧画宫妆浅。风流天付与精神，全在娇波转。早在紫心可惯，向尊前、频频顾昀。几回相见，见了还休，争如不见。　烛影摇红，夜阑饮散春宵短。当时谁会唱阳关，离恨天涯远。争奈云收雨散。凭阑干、东风泪满。海棠开后，燕子来时，黄昏庭院。——宋 周邦彦 |
| 97 | 凤求凰（声声慢） | 44664634336*6364663437 | 仄 | 寻寻觅觅。冷冷清清，凄凄惨惨戚戚。乍暖还寒时候，最难将息。三杯两盏淡酒，怎敌他、晚来风急。雁过也，正伤心，却是旧时相识。　满地黄花堆积，憔悴损，如今有谁堪摘？守着窗儿，独自怎生得黑。梧桐更兼细雨，到黄昏、点点滴滴。这次第，怎一个愁字了得。——宋 李清照（女） |
| 97 | 红情（暗香） | 454476775*2354476764 | 仄 | 旧时月色，算几番照我，梅边吹笛。唤起玉人，不管清寒与攀摘。何逊而今渐老，都忘却、春风词笔。但怪得、竹外疏花，香冷入瑶席。　江国。正寂寂。叹寄与路遥，夜雪初积。翠尊易泣。红萼无言耿相忆。长记曾携手处，千树压、西湖寒碧。又片片、吹尽也，几时见得。——宋 姜夔 |
| 100 | 念奴娇 | 43643644546*65443644546 | 仄 | 大江东去，浪淘尽、千古风流人物。故垒西边、人道是，三国周郎赤壁。乱石穿空，惊涛拍岸，卷起千堆雪。江山如画，一时多少豪杰！　遥想公瑾当年，小乔初嫁了，雄姿英发。羽扇纶巾、谈笑间，樯橹灰飞烟灭。故国神游，多情应笑，我早生白发。人生如梦，一尊还酹江月。——宋 苏轼 |

| 总字数 | 词牌名称 | 每句字数及韵脚分布（韵脚·）（上阕＊下阕） | 韵 | 经典作品例示 |
|---|---|---|---|---|
| 100 | 东风第一枝 | 446664776*77664776 | 仄 | 草脚愁苏，花心梦醒，鞭香拂散牛土。旧歌空忆珠帘，綵笔倦题绣户。黏鸡贴燕，想立断、东风来处。暗惹起、一掬相思，乱若翠盘红缕。　今夜觅、梦池秀句。明日动、探花芳绪。寄声沽酒人家，预约俊游伴侣。怜它梅柳，乍忍后、天街酥雨。待过了、一月灯期，日日醉扶归去。——宋 史达祖 |
| 101 | 木兰花慢 | 53354424866*243354424866 | 平 | 拆桐花烂漫，乍疏雨、洗清明。正艳杏烧林，细桃绣野，芳景如屏。倾城。尽寻胜赏，骤雕鞍绀幰出郊坰。风暖繁弦脆管，万家竞奏新声。　盈盈。斗草踏青。人艳冶、递逢迎。向路傍往往，遗簪堕珥，珠翠纵横。欢情。对佳丽地，信金罍罄竭玉山倾。拚却明朝永日，画堂一枕春醒。——宋 柳永 |
| 101 | 桂枝香 | 4546477444*7546477444 | 仄 | 登临送目。正故国晚秋，天气初肃。千里澄江似练，翠峰如簇。归帆去棹残阳里，背西风、酒旗斜矗。彩舟云淡，星河鹭起，画图难足。　念往昔、繁华竞逐。叹门外楼头，悲恨相续。千古凭高对此，谩嗟荣辱。六朝旧事随流水，但寒烟、芳草凝绿。至今商女，时时犹唱，后庭遗曲。——宋 王安石 |
| 102 | 水龙吟 | 674444445433*67444444544 | 仄 | 似花还似非花，也无人惜从教坠。抛家路旁，思量却是，无情有思。萦损柔肠，困酣娇眼，欲开还闭。梦随风万里，寻郎去处，又还被，莺呼起。　不恨此花飞尽，恨西园落红难缀。晓来雨过，遗踪何在？一池萍碎。春色三分，二分尘土，一分流水。细看来不是，杨花点点，是离人泪。——宋 苏轼 |
| 103 | 雨霖铃 | 44463465347*73563448345 | 仄 | 寒蝉凄切，对长亭晚，骤雨初歇。都门帐饮无绪，留恋处、兰舟催发。执手相看泪眼，竟无语凝噎。念去去、千里烟波，暮霭沉沉楚天阔。　多情自古伤离别。更那堪、冷落清秋节！今宵酒醒何处？杨柳岸、晓风残月。此去经年，应是良辰好景虚设。便纵有、千种风情，更与何人说？——宋 柳永 |
| 104 | 永遇乐 | 444445446346*446445446344 | 仄 | 千古江山，英雄无觅，孙仲谋处。舞榭歌台，风流总被，雨打风吹去。斜阳草树，寻常巷陌，人道寄奴曾住。想当年，金戈铁马，气吞万里如虎。　元嘉草草，封狼居胥，赢得仓皇北顾。四十三年，望中犹记，烽火扬州路。可堪回首，佛狸祠下，一片神鸦社鼓！凭谁问，廉颇老矣，尚能饭否？——宋 辛弃疾 |

| 总字数 | 词牌名称 | 每句字数及韵脚分布（韵脚·）（上阕*下阕） | 韵 | 经典作品例示 |
|---|---|---|---|---|
| 107 | 望海潮 | 4464465544<u>7</u>*6544465546<u>5</u> | 平 | 东南形胜，三吴都会，钱塘自古繁华。烟柳画桥，风帘翠幕，参差十万人家。云树绕堤沙。怒涛卷霜雪，天堑无涯。市列珠玑，户盈罗绮竞豪奢。　重湖叠巘清嘉。有三秋桂子、十里荷花。羌管弄晴，菱歌泛夜，嬉嬉钓叟莲娃。千骑拥高牙。乘醉听萧鼓，吟赏烟霞。异日图将好景，归去凤池夸。——宋 柳永 |
| 114 | 沁园春 | 4445444447354*6355444447354 | 平 | 北国风光，千里冰封，万里雪飘。望长城内外，惟余莽莽；大河上下，顿失滔滔。山舞银蛇，原驰蜡象，欲与天公试比高。须晴日，看红妆素裹，分外妖娆。　江山如此多娇，引无数英雄竞折腰。惜秦皇汉武，略输文采；唐宗宋祖，稍逊风骚。一代天骄，成吉思汗，只识弯弓射大雕。俱往矣，数风流人物，还看今朝。——毛泽东 |
| 116 | 贺新郎 | 5344763473533*7344763473533 | 仄 | 北望神州路，试平章、这场公事，怎生分付。记得太行山百万，曾入宗爷驾驭。今把作、握蛇骑虎。君去京东豪杰喜，想投戈、下拜真吾父。谈笑里，定齐鲁。　两河萧瑟惟狐兔。问当年、祖生去后，有人来否？多少新亭挥泪客，谁梦中原块土？算事业、须由人做。应笑书生心胆怯，向车中、闭置如新妇。空目送，塞鸿去！——宋 刘克庄 |
| 116 | 摸鱼儿 | 346763374545*366763374545 | 仄 | 更能消、几番风雨，匆匆春又归去。惜春长怕花开早，何况落红无数。春且住，见说道、天涯芳草无归路。怨春不语，算只有殷勤，画檐蛛网，尽日惹飞絮。　长门事，准拟佳期又误。蛾眉曾有人妒。千金纵买相如赋，脉脉此情谁诉？君莫舞。君不见、玉环飞燕皆尘土。闲愁最苦。休去倚危栏，斜阳正在，烟柳断肠处。——宋 辛弃疾 |
| 143 | 六州歌头 | 4533335333334545543*4333333533333634554 | 平 | 长淮望断，关塞莽然平。征尘暗，霜风劲，悄边声。黯销凝。追想当年事，殆天数，非人力，洙泗上，弦歌地，亦膻腥。隔水毡乡，落日牛羊下，区脱纵横。看名王宵猎，骑火一川明。笳鼓悲鸣，遣人惊。　念腰间箭，匣中剑，空埃蠹，竟何成！时易失，心徒壮，岁将零。渺神京。干羽方怀远，静烽燧，且休兵。冠盖使，纷驰骛，若为情！闻道中原遗老，常南望、翠葆霓旌。使行人到此，忠愤气填膺，有泪如倾！——宋 张孝祥 |

说明：词的历史发展，使许多词牌形成一牌多谱或多格的情况，有正格也有变体。填词应了解一种词牌和词谱的特征，一是在什么地方押韵，是平韵还是仄韵，中间有无换韵？二是词中有无叠字叠句和对仗的要求？三是总的句数，及句的字数变化有什么规律？四是注意区分正格与变体。有些著名的词与词谱似有不合，是其变体所致。认识这几点对表达某种情感、选用合适的词牌很有帮助。

图书在版编目(CIP)数据

中华诗彩.上卷,诗词里江山/少轩编著.—北京：
中国书籍出版社,2015.9
ISBN 978-7-5068-5031-5

Ⅰ.①中… Ⅱ.①少… Ⅲ.①古典诗歌－诗歌欣赏－
中国 Ⅳ.① 1207.2

中国版本图书馆 CIP 数据核字(2015)第 160524 号

## 中华诗彩(上卷 诗词里江山)

少轩 编著

| 策划编辑 | 牛　超 |
| --- | --- |
| 责任编辑 | 王　淼 |
| 责任印制 | 孙马飞　马　芝 |
| 封面设计 | 张　宁 |
| 出版发行 | 中国书籍出版社 |
| 地　　址 | 北京市丰台区三路居路 97 号(邮编：100073) |
| 电　　话 | (010)52257143(总编室)　　(010)52257140(发行部) |
| 电子邮箱 | chinabp@vip.sina.com |
| 经　　销 | 全国新华书店 |
| 印　　刷 | 宁夏精捷彩色印务有限公司 |
| 开　　本 | 710 毫米×1000 毫米　　1/16 |
| 字　　数 | 220 千字 |
| 印　　张 | 13 |
| 版　　次 | 2015 年 10 月第 1 版　　2015 年 10 月第 1 次印刷 |
| 书　　号 | ISBN 978-7-5068-5031-5 |
| 定　　价 | 30.00 |

版权所有　翻印必究